STINA WESTERKAMP

NACHT FLUT

Psychothriller

Ullstein

Besuchen Sie uns im Internet:
www.ullstein.de

Wir verpflichten uns zu Nachhaltigkeit
- Papiere aus nachhaltiger Waldwirtschaft
  und anderen kontrollierten Quellen
- Druckfarben auf pflanzlicher Basis
- ullstein.de/nachhaltigkeit

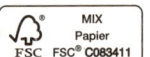

Originalausgabe im Ullstein Paperback
1. Auflage Januar 2025
© Ullstein Buchverlage GmbH, Berlin 2025
Wir behalten uns die Nutzung unserer Inhalte für Text und Data
Mining im Sinne von § 44b UrhG ausdrücklich vor.
Umschlaggestaltung: bürosüd° GmbH, München
Titelabbildung: Wasser © Shutterstock / 3d_and_photo, Figur ©
Trevillion Images / Mark Owen
Gesetzt aus der Quadraat Pro powered by pepyrus
Druck und Bindearbeiten: CPI books GmbH, Leck
ISBN 978-3-86493-275-5

Prolog

Das Meer war unruhiger geworden, seitdem sie den kleinen Hafen von Bad Seeberg verlassen hatten. Einen knappen Kilometer hatten sie sich inzwischen von der Küste entfernt. Die Menschen an der Hafenpromenade und auf dem Deich waren nur noch als winzige Punkte zu erkennen. Nur wenige Boote hatten sich ebenfalls hinausgewagt, kein Vergleich zu dem Ansturm, der hier bei schönem Wetter herrschte. Graue Wolken waren aufgezogen, und der Wind pfiff ihnen inzwischen ganz schön um die Ohren. Die Wellen türmten sich zu Hügeln, und eine salzige Gischt lag auf dem dunklen Wasser. Für erfahrene Segler war die Wetterlage kein Problem. Im Gegenteil. Segeln ohne Wind war wie Champagner ohne Prickeln, das hatte ihre Großmutter früher immer gesagt.

»Prost!«

»Auf Lizzy!«

»Happy Birthday, Schwesterlein!«

Die Gläser stießen klirrend zusammen, und Lizzy trank den Champagner mit drei großen Schlucken aus, was die anderen mit einem fröhlichen Johlen quittierten.

»Geburtstag hat man nur einmal im Jahr!«, rechtfertigte sie sich lachend und drückte Paul überschwänglich einen Kuss auf die Wange.

»Da hast du recht!« Paul strich ihr eine lange blonde Strähne aus dem Gesicht, die sich zwischen den Lippen verfangen hatte.

Die Leute amüsierten sich gerne darüber, dass die hellblonde Marbach-Schwester einen dunklen und die schwarzhaarige einen strohblonden Mann geheiratet hatte, obwohl es doch umgekehrt so viel besser passen würde, wie viele fanden. Elisa und sie hatten nie im selben Revier gefischt, weder als Teenager noch als Erwachsene. Obwohl Lizzy nur drei Jahre älter war als ihre Schwester und sie viele gemeinsame Freunde hatten, hatten sie in Sachen Männer immer einen sehr unterschiedlichen Geschmack bewiesen. So war es bisher jedenfalls immer gewesen und vielleicht ein Grund, warum sie sich so gut verstanden. Abgesehen von dem anderen, der sie für immer zusammenschweißen würde, und von dem Elisa nichts ahnte.

Ahnungslosigkeit ist ein Geschenk, auch so ein Spruch ihrer Großmutter. Ganz bestimmt steckte auch darin etwas Wahres, aber nicht für Lizzy. Sie hatte schon immer alles hinterfragt, wollte alles verstehen und genau Bescheid wissen. Wahrscheinlich hätte sie die Firma sonst auch nie so gut führen können. Sie war ganz anders als Elisa. Und auch als Mama.

Lizzy spürte, wie sie einen Kloß im Hals bekam.

Jetzt bloß nicht sentimental werden, nur weil du schon einen sitzen hast. Die Vergangenheit ist vorbei, nur die Zu-

kunft zählt, ermahnte sie sich und schenkte sich ein weiteres Glas Champagner ein.

»Es zieht sich ganz schön zu.« Ihr Schwager Max blickte stirnrunzelnd Richtung Horizont, der sich immer dunkler färbte. Die schwarzen Wolken hatten sich zu bedrohlichen Ungetümen geformt, die wie eine Wand vor ihnen aufragten. Der Wind war inzwischen so stark, dass das Boot heftig schwankte. »Wir sollten den Motor anschmeißen und sofort zurückfahren. Hilfst du mir, das Segel einzuholen?« Er sah Elisa auffordernd an.

Etwas schwerfällig stand ihre Schwester auf, geriet sofort ins Wanken und musste sich an der Reling festhalten. Hatte sie auch schon zu viel Champagner intus, oder lag es am Wellengang?

»Gib mir eine Sekunde«, bat Elisa und setzte sich wieder, nahm das Haargummi von ihrem Handgelenk und bändigte damit die dunklen Locken. »Mir ist ein bisschen schlecht.«

Das war ungewöhnlich. Normalerweise hatte ihre Schwester einen Pferdemagen, den nichts erschüttern konnte. Im Gegensatz zu Lizzy, die schon als Kind viel spucken musste und der dank einer ausgeprägten Migräne eh häufig übel war. So wie auch jetzt.

Lizzy atmete tief durch und rieb sich über die Augen. Ihr war nicht nur schlecht, sie sah auch alles leicht verschwommen, und ihre Arme und Beine fühlten sich schwer an. Verdammter Champagner! Den vertrug sie nie besonders gut und schon gar nicht um diese Uhrzeit.

»Nimm doch mal die verfluchte Leine, Paul!« Max hatte

wieder diesen aggressiven Unterton, den er schon den ganzen Tag hatte. Nicht ihr gegenüber, aber sobald er mit Paul oder Elisa sprach, klang er pampig. Paul war das offensichtlich auch aufgefallen. »Halt's Maul! Ich weiß schon, was ich tun muss.« Seine Stimme war brüchig, die Worte nur undeutlich zu verstehen. Offenbar setzte ihm der Schampus auch zu.

»Ja, klar, du weißt ja immer, was du tun musst!« Max lachte künstlich, fast spöttisch auf. »Besonders wenn es um Frauen geht, dann weißt du es so richtig gut! Um die kümmerst du dich, auch untenrum, stimmt's?«

»Kannst du vielleicht mal mit dem Mist aufhören?« Paul war nun richtig laut geworden, auch wenn seine Stimme angeschlagen klang.

»Könnt ihr euch nicht ein bisschen zusammenreißen?«, fragte Lizzy. Sie lallte. Himmel! Das war ihr schon lange nicht mehr passiert. »Wieso müsst ihr euch ausgerechnet an meinem Geburtstag so streiten?«

»Halt dich da raus, Lizzy!«, zischte Max.

»Es ist ihr Geburtstag, Mann!«, regte Paul sich auf. »Und du verbreitest die ganze Zeit nur schlechte Stimmung!«

Mit zusammengekniffenen Lippen ging Max einen Schritt auf Paul zu. »Und wer ist für die Stimmung verantwortlich? Na? Na? Wer denn?« Er spuckte die Worte förmlich in Pauls Gesicht, und es schien so, als würde sein Kreuz immer breiter werden. Er wirkte plötzlich deutlich größer und kräftiger als Paul, der mit hängenden Schultern vor ihm stand und versuchte, seinen Blick zu fokussieren.

»Jetzt kommt mal runter ...« Elisa war auch nicht mehr

nüchtern, das sah Lizzy mit einem Blick, und sie fragte sich, ob es so eine gute Idee gewesen war, schon mittags mit dem Trinken anzufangen.

Obwohl Elisa saß, schwankte ihr Oberkörper hin und her, die Augen nur halb geöffnet, das Gesicht leichenblass. Schwach hob sie eine Hand, als wollte sie so die streitenden Männer beschwichtigen, die sich immer lauter beschimpften. Sie sagte noch etwas, leise und nuschelnd, was Lizzy nicht verstand.

»Du kotzt mich so an!«, schrie Paul in dem Moment, machte einen Satz nach vorn und versuchte, Max am Kragen zu packen, wodurch die kleine Jolle noch mehr ins Schaukeln geriet. Kraftvoll stieß Max ihn zur Seite, und Paul fiel zu Boden.

»Die kloppen sich ja gleich«, rief Lizzy.

Mit viel Mühe stand sie auf, und ging mit wackeligen Schritten zu den Männern, wobei sie sich immer wieder festhalten musste. Aus dem Augenwinkel sah sie, dass auch Elisa versuchte aufzustehen. Immer wieder fiel ihre Schwester auf den Sitz zurück, bis sie es endlich geschafft hatte, mit zittrigen Beinen an der Reling zu stehen.

Auch Paul hatte sich wieder aufgerappelt, das Gesicht rot vor Zorn, die Beine wackelig. »Ich mach dich fertig, du Schwein. Jetzt bist du dran«, brachte er hervor, und als Max ihn laut auslachte, brüllte Paul plötzlich los: »Ich bring dich um!«

Er holte aus und wollte Max einen Faustschlag verpassen. Wie in einem alten Trickfilm verlor er dabei den Halt, schlug ins Leere und geriet selbst so sehr in Schieflage, dass

er drohte umzufallen. Elisa und Lizzy schrien auf, weil das Boot durch die stürmische Bewegung erneut heftig wankte. Erschrocken hielten sie sich an der Reling fest, bis es wieder ruhiger geworden war.

Die bringen das Boot noch zum Kentern, ging es Lizzy durch den Kopf. Wenn die so weitermachen, gibt es noch ein Unglück!

Lizzy ließ die Reling los und strich sich ihr wehendes Haar aus dem Gesicht. Sie wollte die Männer zurechtweisen, aber es fiel ihr schwer, die richtigen Worte zu finden.

»Hört doch ... auf mit ... dem Mist ...« Sie konnte sich selbst kaum verstehen, so leise und undeutlich sprach sie.

Ganz plötzlich, wie aus dem Nichts, machte das Boot eine heftige Bewegung. Lizzy spürte einen Stoß und fiel im nächsten Moment mit panischem Schrei in die eiskalte Ostsee. Sofort fühlte sie tausend Messerstiche auf der Haut, das Wasser rauschte in den Ohren, stieg ihr in die Nase und durchdrang die Kleidung innerhalb von winzigen Augenblicken. Sie konnte nichts sehen, überall Verwirbelungen und kleine Strudel, sie wusste nicht, wo oben und unten war. Die Angst erfasste ihr Bewusstsein schneller als die Erkenntnis, was passiert war.

Du bist über Bord gegangen, du kannst nicht atmen, du musst hier raus, schnell!

Aber sie konnte sich nicht bewegen. Was war los? Ihre Arme und Beine gehorchten ihr nicht. Ihr Herz war durch die Kälte wie gelähmt, der Körper von einer schrecklichen Starre überzogen. Ihr Magen zog sich zusammen, der Hals schnürte sich zu.

Das Wasser beruhigte sich wieder, und sie konnte das Boot an der Oberfläche erkennen. Der Schock, wie weit es inzwischen über ihr lag, verstärkte die Angst zusätzlich.

Panisch wollte Lizzy mit den Armen rudern, den Beinen strampeln, aber es gelang ihr noch immer nicht. Sie spürte den Druck in den Ohren, schließlich im ganzen Körper, und merkte, dass sie immer weiter nach unten sank, unaufhörlich, als hingen Gewichte an ihren Füßen. Sie konnte nichts dagegen tun. Reflexartig schnappte sie nach Luft, und ihre Lunge füllte sich sofort mit Wasser, worauf ihr Körper mit einem heftigen sinnlosen Hustenanfall reagierte. Gleichzeitig breitete sich ein starker Schmerz in ihrem Brustkorb aus, als könnte sie das Platzen der einzelnen Lungenbläschen fühlen. Dabei schluckte sie die ganze Zeit Wasser, literweise.

Noch nie in ihrem Leben hatte sie so viel Angst gehabt, mehr als damals.

Nach oben, du musst nach oben, warum bewegst du dich denn nicht? Aber ihr Körper gehorchte ihr nicht mehr, Arme und Beine verweigerten jeden Befehl.

Mit einem Mal glaubte sie, in dem trüben Wasser ein Gesicht zu erkennen.

Mama?

Lizzy wollte die Arme nach ihr ausstrecken, zu ihr schwimmen und sie endlich wieder umarmen. Aber sie kam keinen Zentimeter von der Stelle, sank stattdessen immer weiter nach unten.

Mama! Mama!, schrie sie stumm ins Wasser.

Die Augen ihrer Mutter blickten sie so traurig an, dass es ihr einen Stich versetzte.

Mama. Es tut mir so leid.

Dann war das Gesicht ihrer Mutter verschwunden.

Ein letztes Mal blickte Lizzy nach oben, sah den Rumpf des Segelbootes immer kleiner werden, das panische Strampeln der anderen im Wasser verschwinden, bevor sie in eine große schwarze Stille hinabglitt.

1

Es war schon ziemlich windig, als Elisa die frisch geleerte Mülltonne von der Straße zog und zur Garage brachte. Sie hatte das Gefühl, dass der Wind jede Minute zunahm. Noch war es kein richtiger Sturm, höchstens ein beginnender. Aber er ließ erahnen, was auf die Bewohner von Bad Seeberg noch zukommen würde und wovor die Experten seit drei Tagen intensiv warnten. Bis gestern wollte das keiner in der Region so richtig ernst nehmen. Hier an der Küste kannte man schwere Winterstürme, eine steife Brise brachte so schnell niemanden aus der Fassung. Aber dass es dieses Mal anders werden würde, spürte inzwischen doch jeder.

Eine Plastiktüte, die der Müllabfuhr entkommen war, fegte laut raschelnd über den Gehweg, wurde nach oben geschleudert, umschlang in einer kurzen Umarmung die Straßenlaterne und wurde im nächsten Augenblick wieder weggerissen. Irgendwo schepperte eine offene Scheunentür, kleinere Äste brachen von den Bäumen, kein Vogel war mehr in der Luft zu sehen.

Elisa schauderte es. Auch wenn sie ein Küstenkind war,

mochte sie dieses Wetter nicht. Dass es den ganzen Tag noch nicht richtig hell geworden war, trübte ihre Laune zusätzlich. Fröstelnd rieb sie sich über den Arm und stemmte sich mit der Mülltonne gegen den Wind.

»Moin, Frau Marbach!« Vera Peters winkte Elisa von der anderen Straßenseite zu. Die schulterlangen grauen Haare der Nachbarin flatterten wild um ihr Gesicht.

Elisa nickte ihr zu. Wie geschickt Vera Peters die Tonne von der Straße schob, dachte sie, trotz ihrer Gehbehinderung. Der Stock, ohne den sie keinen Schritt gehen konnte, schien sie an nichts zu hindern. Wie alt mochte die zierliche Frau sein? Sechzig? Fünfundsechzig? Und trotz ihres schweren Schicksalsschlags ließ sie sich nicht hängen – ganz im Gegensatz zu Elisa.

Sie biss sich auf die Unterlippe. Jetzt bloß kein Selbstmitleid! Energisch schob sie die Mülltonne in die Garage. Jeder geht mit einem Schicksalsschlag anders um. Außerdem lässt sich das, was Frau Peters passiert ist, nun wirklich nicht mit deinem Mist vergleichen.

Vor über einem Jahr war Vera Peters mit ihrem Mann Joachim in das Nachbarhaus gezogen, kurz nachdem sich Elisas Leben für immer verändert hatte. Und seitdem hatte sie die Frau nie klagen gehört. Resilienz, das neue Lieblingswort für alle psychologisch Interessierten, schien sie erfunden zu haben.

Lächelnd, aber auch mit besorgter Miene, kam Vera Peters zu ihr. »Man kann sich kaum vorstellen, dass es noch schlimmer werden soll.« Sie blickte in den Himmel. »Da oben braut sich ja ganz schön was zusammen.«

»Die Nachrichten kennen kein anderes Thema mehr«, sagte Elisa. »Überall gibt es Live-Ticker, wie sonst bei der Fußball-Weltmeisterschaft.«

Vera Peters lachte. »Ich befürchte, ganz so unterhaltsam wird es nicht.« Sie wurde wieder ernst. »Morgen Abend soll es richtig heftig werden. Alle Einwohner von Bad Seeberg sind aufgefordert worden, Vorsichtsmaßnahmen zu treffen und ihre Häuser zu verlassen, jedenfalls wenn sie in Deichnähe wohnen.«

Gleichzeitig blickten sie beide auf den nahen Deich, der keine fünfhundert Meter entfernt lag. Vor ein puar Tagen hatte der Schäfer seine Tiere bereits eingesammelt und mit einem Transporter von Bad Seeberg weggebracht. THW und Feuerwehr hatten den unteren Teil des Deiches mit unzähligen Sandsäcken stabilisiert, aber es gab nicht wenige, die Zweifel daran hatten, ob diese Maßnahmen ausreichend waren. Seit gut vier Wochen regnete es fast ohne Unterlass, kleine Bäche und Überläufe waren längst über die Ufer getreten und hatten sich in reißende Flüsse verwandelt. Felder waren überschwemmt, Keller vollgelaufen, die Hochwassersituation war ohnehin sehr angespannt. Wenn es jetzt wirklich noch eine Sturmflut geben sollte, dann konnte man nur beten, dass der Deich hielt. Sonst würde sich die Ostsee unkontrolliert in ein Gebiet ergießen, in dem das Hochwasserlimit ohnehin schon erreicht, wenn nicht gar überschritten war. Das wäre dann nicht nur der berühmte Tropfen, der das Fass zum Überlaufen bringen würde, sondern ein ganzes verdammtes Meer.

Vera Peters schienen ähnliche Gedanken durch den

Kopf zu gehen. Auf ihrer Stirn waren tiefe Sorgenfalten zu sehen. »Es sind Sammelunterkünfte eingerichtet worden«, sagte sie. »Mehrere Turnhallen in Heilstett wurden mit Feldbetten ausgerüstet. Das sind nur gut fünfzig Kilometer von hier.«

Elisa versuchte, ihr immer stärker pochendes Herz zu ignorieren und weiterhin ruhig zu atmen, was ihr zunehmend schwerfiel. Ihre Häuser standen in erster Deich-Reihe. Wenn er brechen sollte, konnten sie nur hoffen, dass die Häuser den Wassermassen standhielten. Volllaufen, mindestens bis zum ersten Stock, würden sie auf jeden Fall. Aber würden die Mauern halten? Oder würden die Häuser weggerissen werden, wie es bei Hochwasserkatastrophen in anderen Gebieten schon vorgekommen war?

»Der Deich hält bestimmt.« Elisa hörte selbst, wie belegt ihre Stimme klang.

»Das sehen die Experten leider anders«, meinte Vera Peters. »Wir werden heute Abend schon fahren. Für mich als Gehbehinderte ist das alles ein viel zu großes Risiko. Und mein Mann steckt mit seinen fünfundsechzig Jahren eine Sturmflut auch nicht so einfach weg.«

»Glauben Sie wirklich, dass es so schlimm wird?«

»Keiner wohnt so nah am Deich wie wir.« Vera Peters sah sie ernst an. »Durch den verdammten Regen sind alle Ablaufmöglichkeiten übervoll. Und der richtige Starkregen soll erst noch kommen. Wollen Sie es wirklich drauf ankommen lassen?«

Elisa schüttelte den Kopf. »Ich plane, gleich morgen früh zu fahren. Ein paar Sachen muss ich noch zusammen-

packen, aber dann bin ich hier auch weg. Sie haben vollkommen recht, wir sollten es auf keinen Fall drauf ankommen lassen.«

Vera Peters nickte ernst. »Ich denke auch, es gibt keine Alternative. Lieber eine Nacht umsonst in einer Turnhalle verbringen, als hier im Schlaf von einer Flutwelle überrascht zu werden. Haben Sie eine Gebäudeschutzversicherung?«

»Ja, zum Glück. Ich bin in dem Haus aufgewachsen, meine Eltern haben damals alle nötigen Versicherungen abgeschlossen.«

»Vergessen Sie die Unterlagen nicht. Wer weiß, was wir in ein paar Tagen alles davon brauchen.« Vera Peters atmete hörbar aus. »Auch Ausweise, Erinnerungsstücke ... Keine Ahnung, wie es hier aussehen wird, wenn wir zurückkommen.«

»Glauben Sie wirklich, dass es so schlimm wird?« Elisa merkte, wie ihre Unterlippe zitterte.

Vera Peters schien das auch bemerkt zu haben. Sie kam einen Schritt auf sie zu und strich ihr kurz über die Schulter. »Ich weiß es nicht, aber ich wollte Ihnen keine Angst machen, tut mir leid.« Sie lächelte aufmunternd. »Wir schaffen das schon. Materielle Schäden kann man beheben. Nichts ist wichtiger als die Gesundheit. Glauben Sie mir.«

Elisa blickte auf den Gehstock. »Das stimmt wohl.«

»Sagen Sie Bescheid, wenn Sie bei irgendwas Hilfe brauchen.«

»Danke, Frau Peters.«

Ihre Nachbarin warf ihr noch mal einen zuversichtlichen Blick zu und kämpfte sich dann durch den Wind zurück in

ihr Haus. Schlagartig setzte erneut der Regen ein, stärker und heftiger als die Tage zuvor, und Elisa eilte ebenfalls zurück zur Haustür. Der Himmel verdunkelte sich immer mehr, Blitz und Donner wechselten sich ab. Der Regen prasselte nun laut zu Boden.

Elisa streifte die Schuhe ab und ging in die Küche, hielt den Wasserkocher unter den Hahn und ließ ihn volllaufen. *Die Gedanken umzulenken ist eine der ersten Maßnahmen, die helfen können, um die Angst abzuwenden. Konzentrieren Sie sich auf alltägliche Handhabungen, führen Sie diese bewusst aus.* Die Worte ihres Therapeuten gingen ihr durch den Kopf. Elisa versuchte, sich auf das stärker werdende Rauschen des Wasserkochers zu konzentrieren und alle anderen Geräusche auszublenden, nahm ein Handtuch und wischte damit über die Arbeitsfläche, räumte das Geschirr aus der Spülmaschine und stellte es in den Schrank. Dabei benannte sie in Gedanken alles, was sie tat, ganz genau. Tatsächlich beruhigte sich ihr Herzschlag etwas.

Plötzlich stellte sich der Wasserkocher mit einem lauten Klacken aus, was sie erschrocken zusammenzucken ließ. Sofort war jede Ablenkung verschwunden, ihr Herz pochte heftiger, und die innere Unruhe breitete sich in ihr aus. Regen und Sturm waren wieder das Einzige, das sie hörte. Diese verdammte Schreckhaftigkeit wurde immer schlimmer.

Sie hielt ihre Handgelenke unter den kalten Wasserhahn, aber sie merkte, dass die Strategien ihres Therapeuten jetzt nichts mehr brachten. Also suchte sie einen Beutel Baldriantee aus dem Schrank und goss ihn auf, wohl wis-

send, dass ihr auch der nicht wirklich weiterhalf. Mit der dampfenden Tasse ging sie langsam durch den Flur ins Wohnzimmer, das für sie allein viel zu groß war. So wie das ganze Haus.

Es lag noch gar nicht so lange zurück, dass sie hier alles neu gemacht hatten. Ein paar Monate vor ihrer Hochzeit war Max zu ihr gezogen, nachdem Lizzy ein halbes Jahr zuvor ausgezogen war. Viele alte Möbel hatten sie rausgeworfen und durch neue ersetzt. Geld zählte zu den wenigen Dingen, die in Elisas Leben nie ein Problem waren. Ihr Vater war ein erfolgreicher Unternehmer gewesen, Lizzy, Elisa und Max hatten gute Jobs in der Süßwarenfabrik gehabt. Und so hatten Max und sie damals nicht aufs Geld geachtet, als sie sich neu eingerichtet hatten. Große Sofas mit tiefgrünem Samt bezogen und bunten Kissen dekoriert, nagelneues dunkles Parkett, teure italienische Lampen. Ob die Versicherung das alles bezahlen würde? Die edlen Möbel konnte Elisa nicht retten. Vielleicht konnte sie ein paar von den Lampen in den ersten Stock bringen?

Ein gerahmtes Foto des Fabrikgebäudes, das ihr diesen Wohlstand ermöglich hatte, stand auf dem Sideboard neben der Terrassentür. Lizzy hatte die kleine Süßwarenfabrik nach Papas Tod zunächst erfolgreich weitergeführt, und nachdem ihre Schwester verunglückt war, hatte Elisa die Firma für einen guten Preis verkaufen können. Sie selbst hatte sich einfach nicht in der Lage dazu gesehen, in die Geschäftsführung einzusteigen und das Unternehmen allein zu leiten. Bis heute konnte sie nicht arbeiten.

Gedankenverloren blickte sie auf die Terrasse, auf der

Max' teurer Luxusgrill stand, den er fast nie benutzt hatte. Sie verbrannte sich die Zunge am heißen Tee, ohne es wirklich zu bemerken. Die Regentropfen prasselten gegen die Scheibe, schnell bildete sich eine Pfütze draußen auf den Fliesen, die sich rasch vergrößerte. Bald stand die ganze Terrasse unter Wasser.

Ihr Herz begann wieder schneller zu schlagen, die Hände wurden schweißnass. Wie erstarrt blickte Elisa minutenlang auf die größer werdende Wassermenge. Jetzt konnte sie die Fliesen nicht mehr erkennen, Tisch und Stühle schwammen auf der Terrasse, als wäre sie ein See. Der Sturm peitschte das Wasser zu Wellen, auf denen sich die Gischt türmte. Inzwischen hatte der Pegel Brusthöhe erreicht. Wenn die Scheiben nicht hielten und das Glas zerbersten würde, dann würde sie ertrinken.

Klirrend fiel ihre Tasse zu Boden und zersprang in unzählige Stücke. Der heiße Tee spritzte ihr an die Beine, aber Elisa blieb trotzdem wie erstarrt vor der Scheibe stehen und blickte auf die Wassermengen, die das Haus inzwischen überschwemmt zu haben schienen. Ihr kam es vor, als stünde sie vor einem gigantischen Aquarium. Druck legte sich auf ihre Brust, sie schnappte nach Luft, immer schneller versuchte sie zu atmen. Ihr wurde schwindelig, sie geriet ins Straucheln und stützte sich an der Scheibe ab.

Das ist nicht real, sagte sie sich. Das findet nur in deinem Kopf statt. Die Angst, verrückt zu werden, zusammenzubrechen oder gar zu sterben, wurde immer größer. Sie wusste, dass sie mitten in einer Panikattacke steckte, und versuchte, sich an die Worte ihres Therapeuten zu erinnern.

Ihr Körper reagiert gerade auf Stress oder Angst, dieser Zustand wird bald vorbeigehen. Es kann nichts passieren. Sagen Sie laut »Stopp«, oder stellen Sie sich ein rotes Stoppschild vor. Unterbrechen Sie so das Gedankenkarussell.

»Stopp! Stopp! Ach, scheiße!«

Es funktionierte nicht. Elisa brach am ganzen Körper der Schweiß aus. Ihre Brust fühlte sich jetzt wie eingeschnürt an, und sie hatte das Gefühl zu ersticken. Sie zitterte, und ihr wurde schwindelig, die Angst durchzudrehen wurde immer stärker.

Mit Strategien kommst du nicht mehr weiter. Du brauchst deine Tabletten. Jetzt. Obwohl sie so schnell wie möglich zum Sideboard gehen wollte, in dem sie ihren Tablettenvorrat aufbewahrte, konnte sie sich nur in Zeitlupe bewegen. Mit wackeligen Knien musste sie sich auf jeden Schritt konzentrieren, um nicht zusammenzubrechen und weinend für die nächsten Stunden am Boden liegen zu bleiben wie schon so oft. Elisa schnappte nach Luft wie ein gestrandeter Fisch.

Nach unendlich langen Minuten zog sie endlich die oberste Schublade auf, griff nach einer Blisterpackung, von denen bestimmt zwanzig dort lagen, und drückte drei Tabletten in ihre Hand. Eigentlich sollte sie vom Diazepam immer nur eine nehmen, sobald sie eine Panikattacke nicht mehr unter Kontrolle bekam, aber wie sonst auch nahm sie direkt drei. Weitere sechs befanden sich noch in der Packung, die sie in ihre Hosentasche steckte, griffbereit, falls es wieder schlimmer werden sollte.

Elisa hielt sich für einen Moment am Sideboard fest und

versuchte, so ruhig wie möglich in ihren Bauch zu atmen und keinen Gedanken mehr an die Wassermassen zu verschwenden, in denen ihre Terrasse gerade scheinbar versank.

»Vier. Sieben. Acht«, murmelte sie. »Vier. Sieben. Acht.« Sie atmete durch die Nase ein und zählte dabei bis vier, hielt die Luft an und zählte bis sieben, atmete durch den Mund wieder aus und zählte bis acht.

Aus dem Augenwinkel sah sie, wie das Wasser auf der Terrasse stieg und stieg. Das ist nicht real. Ist nicht real. Nicht real. Wie ein Mantra wiederholte sie diesen Satz immer und immer wieder. Schließlich schaffte sie es, langsam auf die Terrassenfenster zuzugehen, die in ihrer Wahrnehmung immer noch bis zum obersten Rand im Wasser standen. Sie musste alle Kräfte mobilisieren, um die Vorhänge in einem Schwung zuzuziehen.

Erleichtert atmete Elisa auf. Es half, das Wasser nicht mehr zu sehen, egal ob es real war oder nicht. Ganz bewusst setzte sie einen Fuß vor den anderen, ging in die Küche, holte einen Lappen und ein Kehrblech, wischte Tee und Scherben vom Boden auf, sagte sich dabei immer wieder, was sie gerade tat. Langsam wurde sie ruhiger, die Tabletten begannen zu wirken.

Verdammt, es wird wirklich immer schlimmer, dachte sie. Was anfänglich leichte Wahrnehmungsstörungen waren, hatten sich zu richtigen Halluzinationen entwickelt. Das war deprimierend. Seit dem schrecklichen Tag auf dem Segelboot war sie in Behandlung, auch wenn sie ihren Therapeuten im Moment fast nur noch sah, um sich ein neues

Rezept zu besorgen. Genau wie ihre anderen Ärzte. Im Umkreis von Bad Seeberg suchte sie regelmäßig bis zu vier verschiedene Mediziner auf, um an ihre Diazepam-Rezepte und an vergleichbare Medikamente zu kommen. Ihr Hausarzt war längst misstrauisch geworden und hatte sich das letzte Mal geweigert, ihr ein neues Rezept auszustellen. Egal. Noch hatte sie genug. Und es würde schließlich nicht mehr ewig dauern, bis sie endlich von hier wegziehen konnte. Spätestens dann würde alles besser werden, das wusste sie genau.

Leider zog sich der Verkauf des Hauses in die Länge. Es war viel schwerer, einen Käufer zu finden, als sie gedacht hatte. Der Immobilienmarkt war eingebrochen, und Elisa war klar, dass es nach der Sturmflut nicht besser werden würde. Im Gegenteil. Wer kaufte schon ein Haus in einem Überflutungsgebiet?

Vielleicht musst du doch noch mal das Ferienkonzept prüfen, dachte sie. Das Haus behalten und als Urlaubsimmobilie vermieten, während sie selbst in eine Mietwohnung zog. Bisher hatte sie diesen Schritt gescheut, immerhin war es ihr Elternhaus, voller Erinnerungen an früher, als es ihre Familie noch gab. Auch wenn diese Erinnerungen sie manchmal fast erdrückten, waren sie doch das Letzte, was ihr von ihrer Familie geblieben war. Die Vorstellung, dass hier fremde Leute Urlaub machen würden, bereitete ihr immer noch Unbehagen. Irgendwann war sie vielleicht so weit, aber im Moment noch nicht.

Sie sackte auf das Sofa und ließ sich in die überdimensionalen Kissen fallen. Sie war wieder ruhiger geworden,

und das Prasseln der Regentropfen verlor seine angstein-
flößende Wirkung. Ihr Blickfeld war nun leicht verschwommen, sie fühlte sich fast etwas beduselt, als hätte sie getrunken. Dabei hatte sie seit damals keinen Tropfen mehr
angerührt. Aber das kannte sie schon. Die Tabletten machten sie zwar ruhiger, aber ohne Nebenwirkungen taten sie
das nicht. Ihr kam es vor, als hätte man Gewichte an ihre
Arme und Beine gehängt und ihren Kopf in Watte gepackt.
Sie fühlte sich so schwer und träge.

Elisa zog die flauschige Decke über ihre Beine und kuschelte sich in die Kissenlandschaft. Denk an etwas anderes, ermahnte sie sich müde. Nicht an den Verkauf des Hauses, nicht an die Vergangenheit. Denk an irgendetwas Schönes. Doch bevor sie einen Gedanken fassen konnte, war sie
schon eingeschlafen.

Verwirrt schreckte sie hoch. Es war stockdunkel, sowohl im
Haus als auch draußen. An der Haustür klingelte es ohne
Unterlass, und Elisa brauchte eine Weile, um wieder klar
denken zu können. Ihr Kopf schmerzte, die Zunge klebte
unter dem Gaumen, Nacken und Rücken taten ihr weh. Sie
war eingenickt ... Wie lange hatte sie geschlafen?

Ein Blick aufs Handy. Vier verpasste Anrufe, alle von ihrer Nachbarin Vera Peters. Es war inzwischen nach sechs,
Elisa hatte den ganzen Tag verschlafen.

Das Klingeln hörte nicht auf. Mühsam stand Elisa auf,
Blut schoss ihr in den Kopf und machte den Schmerz noch
dröhnender. Ihr wurde kurz schwindelig, und sie musste

sich an der Sofalehne festhalten. Langsam schleppte sie sich zur Tür.

»Gott sei Dank!« Vera Peters stand neben ihrem Mann Joachim, ihre Gesichter voller Sorgenfalten, die Kapuzen hochgezogen. Hinter ihnen peitschte der Wind den Regen über die Straße. »Wir klingeln bestimmt schon seit zehn Minuten!«

»Sorry, ich bin eingeschlafen ...«, murmelte Elisa und rieb sich über die schmerzenden Schläfen. Den Blick, den sich das Ehepaar zuwarf, ignorierte sie.

»Der Sturm wird immer schlimmer«, sagte Joachim. »Wir haben eben mit Freunden telefoniert. Die Notunterkünfte in Hellstett füllen sich schon. Wir werden jetzt das Haus verlassen und uns in Sicherheit bringen. Was ist mit Ihnen? Wollen Sie nicht mit uns fahren?«

Elisa schüttelte langsam den Kopf. Sie musste sich räuspern, bevor sie antworten konnte, und sich auf jedes Wort konzentrieren. »Ich habe alles organisiert. Morgen früh, ja genau, dann werde ich auch fahren.«

Joachim Peters zog eine Augenbraue hoch. »Sind Sie sicher?«

»Sie können bei uns mitfahren, das ist wirklich kein Problem«, fügte Vera Peters mit hörbar besorgter Stimme hinzu. »Wir können Sie an der Notunterkunft absetzen. Wir selbst werden weiter zu unseren Freunden fahren.«

»Das ist lieb, aber ich bin noch nicht ganz fertig mit Packen. Ich fahre morgen früh. Sie müssen sich keine Sorgen machen.«

»Wirklich nicht?« Vera Peters schien noch nicht über-

zeugt zu sein. »Aus unserer Straße sind schon viele weg. Wir können Sie hier doch nicht allein lassen.«

Elisa blickte die Straße hinunter. Tatsächlich war es in den meisten Häusern dunkel. Aber in ein paar wenigen war noch Licht zu sehen. »Alle sind noch nicht weg. Ich bin also nicht ganz allein. Morgen früh sitze ich wie geplant im Auto.« Elisa bemühte sich um ein zuversichtliches Lächeln. »Aber danke, dass Sie an mich gedacht haben.«

»Ist doch selbstverständlich.« Vera Peters wirkte immer noch beunruhigt, während ihr Mann sie am Ärmel zurück zu ihrem Haus zog.

»Dann alles Gute für Sie«, sagte Joachim.

»Für Sie auch.«

Die beiden gingen zurück zu ihrem Haus. »Mehr als es anbieten kann man auch nicht«, glaubte Elisa den Mann noch leise sagen zu hören.

Als das Paar gegangen war, ging sie als Erstes ins Bad und spritzte sich eine Handvoll kaltes Wasser ins Gesicht. Dann schluckte sie zwei Ibuprofen 600. Ihr war bewusst, dass auch das eine zu hohe Dosis war, aber im Moment hatte sie nicht die Kraft, über eine verantwortungsvolle Medikamentendosierung nachzudenken.

Elisa blickte in den Spiegel, erschrak kurz über die tiefen Augenschatten und die eingefallenen Wangen, wischte dann den Gedanken weg und überlegte, was sie packen sollte. Es fiel ihr schwer, eine strukturierte Liste zu erstellen.

Klamotten, klar. Bettwäsche? Nein. Die Fotoalben, ja, unbedingt. Damit wollte sie anfangen. Sie ließ das Licht

im Bad an, schaltete auch im Flur und im Wohnzimmer alle Lampen an. Helligkeit war weniger angsteinflößend als Dunkelheit.

Elisa fand die Fotoalben im Wohnzimmerschrank. In dem Regal daneben lag das Familienstammbuch. Das brauche ich nun wirklich nicht zu retten, dachte sie bitter. Ihr Traum von einer Familie war schließlich geplatzt, oder vielmehr: zerstört. Von niemandem anderen als ihr selbst.

Ihre Atmung beschleunigte sich wieder. Sie stützte sich am Schrank ab und schloss die Augen, atmete tief durch die Nase ein und versuchte, ganz bewusst und langsam durch den Mund wieder auszuatmen.

Vier. Sieben. Acht.

Trotzdem sah sie die Bilder plötzlich wieder vor sich. Wellen, Gischt, Wolken. Sie hörte Lizzys Schrei, hörte ihren eigenen, spürte die Kälte der Ostsee, die Angst vor dem Ertrinken, die Rettung in letzter Sekunde, den Schmerz über Lizzys Tod und über ihr eigenes nutzloses Leben.

Vier. Sieben. Acht. Vier! Sieben! Acht!

Es half ihr nicht mehr. In Tränen aufgelöst, sackte sie zu Boden, zitterte am ganzen Leib. Der Schweiß brach ihr aus. Krampfhaft versuchte sie, die Tabletten aus ihrer Hosentasche zu fischen.

Während der Sturm draußen immer heftiger wurde.

2

»Ob sie betrunken war? Sie wirkte irgendwie nicht ganz klar«, meinte Vera besorgt, als sie mit Joachim die letzten Sachen ins Auto packte. Versicherungsunterlagen, Dokumente, Schmuck – alles, was auf keinen Fall in den Fluten verschwinden oder vom Wasser durch die Straßen getrieben werden durfte.

»Irgendwas hat sie auf alle Fälle genommen«, meinte Joachim. »Wobei ich das, ehrlich gesagt, immer bei ihr glaube. Die wirkt doch ständig so, als wäre sie neben der Spur.«

Er schloss die Kofferraumklappe und schlug den Kragen seines Regenmantels hoch. Seine dünnen grauen Haare klebten regennass auf der Kopfhaut, das Wasser lief in kleinen Rinnsalen über sein rundes Gesicht und tropfte auf seinen Bauch, über den der grüne Mantel spannte. Genervt zog er sich die Kapuze wieder über den Kopf, die sofort erneut vom Wind weggeblasen wurde.

»Haben wir alles?«, rief er in den Sturm.

Vera nickte, setzte sich auf den Beifahrersitz und legte ihren Stock auf die Rückbank, auf der sich die Aktenordner

stapelten. Innerhalb von Sekunden waren die Fenster des alten Volvos beschlagen, und Joachim musste für eine Weile die Lüftung laufen lassen, bevor er losfahren konnte.

»Ich kann's kaum abwarten, bis endlich das neue Auto da ist«, murmelte er, zog den Ärmel seines Pullovers über die Hand und wischte damit über die Scheibe. »Hätte ich mir schon längst gönnen sollen.«

Vera schwieg. Joachims Begeisterung für Autos war ihr völlig fremd. Als sie endlich wieder klare Sicht hatten und er den Wagen aus der Parklücke lenkte, sah Vera ihre Nachbarin am Fenster stehen und winkte ihr zum Abschied zu. Doch Elisa Marbach hob nur schwach den Arm. Selbst aus dieser Entfernung konnte Vera erkennen, wie mitgenommen sie aussah. Die Augen in tiefen Höhlen, die Wangen eingefallen, die Mundwinkel hängend.

»Ich glaube, sie ist depressiv.«

»Wer?«

»Na, Frau Marbach!« Joachims Aufmerksamkeitsspanne für Dinge, die ihn nicht interessierten, war erstaunlich niedrig. Und andere Menschen interessierten ihn meistens nicht. »Sie verlässt praktisch nie das Haus, bekommt keinen Besuch und wirkt ganz schön einsam. Überleg mal, wie oft sie bei uns die Blumen gießt oder Katinka füttert, wenn wir unterwegs sind. Wir haben das noch nie bei ihr gemacht.«

»Sie hat ja auch keine Katze.«

»Blumen gießen und Mülltonnen rausstellen könnten wir ja trotzdem«, entgegnete Vera. »Sie verreist nie, sitzt nur allein zu Hause. Irgendwie tut sie mir leid.«

Joachim zuckte gleichgültig mit den Schultern. »Hat die Frau nicht eine Scheidung hinter sich?«

»Ja, das hat sie mal erzählt.«

»Na also. Nach so was sind doch die meisten niedergeschlagen, das finde ich normal. Ein Bekannter von mir hat danach nie wieder das Haus verlassen, bis er tot war.«

»Frau Marbach ist noch jung. Höchstens dreißig. Die kannst du doch nicht mit irgendeinem alten Mann vergleichen.«

Joachim warf ihr einen bösen Blick zu. »Das Eis ist ganz dünn, Gnädigste.«

»Wir sind immerhin Nachbarn, da muss man sich doch ein bisschen kümmern. Vielleicht braucht sie Hilfe?«

Er atmete hörbar durch. »Jetzt mach da kein Drama draus. Wir sind Rentner, und wir reisen gerne. Sie ist halb so alt und frisch geschieden. Allein hat sie wahrscheinlich nicht so viel Lust, etwas zu unternehmen. Das ist doch ganz normal.«

Joachim fuhr aus der Siedlung. Auf der Straße stand bereits das Wasser, jetzt bestand Aquaplaninggefahr. Überall packten die Leute ihre Autos, verrammelten mit Spanplatten Fenster und Türen oder packten Sandsäcke vor ihre Häuser.

»Und wenn sie doch depressiv ist?«

»Was?«

»Frau Marbach! Womöglich tut sie sich was an!«

»Nonsens. So schnell tut sich niemand etwas an. Und jetzt lass uns das Thema bitte beenden.« Joachims Stimme hatte einen strengen Unterton bekommen. »Außerdem

geht uns das alles nichts an.« Er stellte den Scheibenwischer auf die höchste Stufe, so stark regnete es inzwischen.

»Sie ist unsere Nachbarin!«

»Na und? Ich kann dir nur dringend raten, deine Nase nicht in die Angelegenheiten anderer Leute zu stecken. Sonst glaubt die nachher noch, sie müsste sich auch um uns kümmern«, erwiderte Joachim. »Und damit meine ich nicht, der Katze Futter hinzustellen oder im Sommer mal die Blumen zu gießen, wenn wir weg sind, sondern bei uns auf dem Sofa sitzen und sich unterhalten wollen.«

»Wäre das denn so schlimm?«

»Und Fragen stellen.« Joachim warf ihr einen ernsten Blick zu. »So was können wir beim besten Willen nicht gebrauchen. Das ist dir doch klar, oder?«

Vera knetete ihre Hände und starrte aus dem Seitenfenster. Ein heller Blitz zuckte über den Himmel, gefolgt von einem lauten Donnern, das sie erschrocken zusammenzucken ließ.

»Eine normale Unterhaltung zwischen zwei Nachbarn bedeutet noch lange nicht, dass man ausspioniert wird«, sagte sie leise.

»Das geht ganz schnell. Eins kommt zum anderen, und schon hast du den Ärger.«

»Du übertreibst.«

»Nein. Vielleicht bin ich vorsichtig, aber ich übertreibe nicht«, sagte Joachim mit Nachdruck. »Kein enger Kontakt zur Nachbarschaft, haben wir uns verstanden?«

Vera hasste es, wenn er so mit ihr sprach. Dieser dominante Tonfall, der keinen Zweifel daran ließ, wer hier der

Boss war. Das Ignorieren ihrer Bedürfnisse und Wünsche, während seine natürlich immer sofort erfüllt wurden. An manchen Tagen störte es sie weniger, aber in den letzten Stunden war ihr sein Befehlston zunehmend übel aufgestoßen. Er konnte doch nicht über ihr ganzes Leben bestimmen! Sie hätte gerne mehr Kontakt zu Elisa Marbach gehabt. Sie mochte die junge Frau und würde ihr gerne helfen. Aber sie wusste auch, dass sie Joachim nichts entgegenzusetzen hatte.

»Hast du mich verstanden? Kein enger Kontakt, klar?!«, seine Stimme war nun laut geworden, vielleicht wegen des Regens, vielleicht aber auch einfach so.

»Ja ...«, antwortete Vera leise.

»Wie war das?«

»Ja!«

»Gut. Damit ist das Thema endgültig beendet.« Joachim stellte das Radio an.

Mit einem mulmigen Gefühl im Bauch starrte Vera aus dem Fenster, durch das die Straße jetzt kaum noch zu erkennen war. Der Regen war inzwischen so stark, dass er wie eine graue Wand wirkte. Joachim konnte nur Schritttempo fahren, so eingeschränkt war die Sicht. Trotzdem war die Straße voller Autos. Vera hatte den Eindruck, als wenn sich alle Einwohner von Bad Seeberg auf den Weg machten, um den kleinen Ort zu verlassen. Die Autos waren zum Teil mit Dachgepäckträgern und Anhängern ausgestattet, mit denen die Leute ihr Hab und Gut in Sicherheit bringen wollten. Das Ganze kam einer Massenflucht gleich und verstärkte in Vera das ungute Gefühl, dass die drohende Naturkatastro-

phe tatsächlich so schlimm werden könnte, wie es in den Nachrichten vermutet wurde.

»Hast du Bargeld dabei?«, fragte Joachim plötzlich, als sie eine Weile schweigend gefahren waren.

»Ungefähr hundert Euro, glaube ich.«

»Das müsste reichen«, sagte er zufrieden. »Wir sollten das Taxi nicht mit Karte bezahlen. Ich will nicht, dass man irgendetwas nachverfolgen kann.«

Vera nickte stumm.

3

In der JVA Seeberg saßen die meisten Gefangenen bereits im Gemeinschaftsraum, als Paul mit seinem Tablett dazukam. Wie Hagelkörner prasselte der Regen auf den Gefängnishof und gegen die vergitterten Fenster. In dem Raum war es kalt, höchstens sechzehn oder siebzehn Grad, schätzte er. An den nackten Wänden blätterte der graue Putz ab, das grelle Licht aus der Neonröhre flackerte in unregelmäßigen Abständen, und die Luft roch nach widerlichem Essen und widerlichem Mensch.

Paul hasste das Abendessen mit den Mitinsassen, natürlich, er hasste alles in diesem verdammten Knast. Das Zusammenleben mit den anderen empfand er als besonders schwierig, ständig musste er auf der Hut sein, aufpassen, dass er niemandem in die Quere kam, am besten unsichtbar sein. Der Drogenkonsum unter den Gefangenen war enorm, praktisch jedes Suchtmittel schien verfügbar zu sein, wenngleich auch nicht rund um die Uhr. Das hatte zur Folge, dass immer mal wieder jemand auf Turkey war und eine dementsprechend kurze Zündschnur hatte. Schlägereien und Auseinandersetzungen waren an der Tagesord-

nung, bestimmt ein halbes Dutzend mal am Tag ging der Alarm, die Flure wurden geschlossen, und die Schließer rannten los, um irgendwelche Streitigkeiten zu schlichten. Auch wenn selten etwas wirklich Schlimmes passierte und der Ärger sich meistens auf Anschreien, Schubsen und ein paar Schläge beschränkte, herrschte permanent ein Klima von Aggression und Angst.

Wenn es irgendwie möglich war, vermied es Paul, die Zelle zu verlassen. Am liebsten vergrub er sich hinter einem Buch und wechselte mit niemandem ein Wort, was ihm aber nur in den Abendstunden vergönnt war. Für etwas mehr als vierzehn Euro pro Tag arbeitete er in der Gefängniswäscherei, packte schmutzige Wäsche in die Trommeln und von da später in die Trockner, um sie danach zusammenzulegen. Obwohl es in der Wäscherei relativ laut war und daher nur wenige Gespräche unter den Häftlingen stattfanden, war er jeden Tag froh, wenn er zurück in seine Zelle konnte und die anderen nicht mehr sehen musste. Vielleicht auch, weil der Anblick der Männer ihm so deutlich vor Augen führte, was aus ihm selbst geworden war. Er war jetzt einer von ihnen.

Der einzige Platz, der an dem großen Tisch in der Mitte des kargen Raumes noch frei war, war der neben Josh. Ein unangenehmes Gefühl stieg in Paul auf, als er sich neben ihn auf den im Boden verankerten Plastikhocker setzte.

Josh sah aus wie ein Schwerkrimineller aus einer Gefängnisdoku. Ausgesprochen muskulös, mit Tätowierungen überzogen, Aknenarben im Gesicht, die er mit einem Dreitagebart zu kaschieren versuchte. Fettige dunkle Haare nach hinten gekämmt, eine lange Narbe von der rechten

Stirnhälfte bis zur Wange, die von der letzten Knastschlägerei stammte.

»Ah, der feine Herr Oberstudienrat gibt sich auch noch die Ehre!«, sagte Josh, ohne aufzublicken. Die anderen Gefangenen kicherten leise. Weitere zehn Männer saßen am Tisch, alle in der Rangordnung weit unter Josh. Der bekam für alles Applaus, egal ob es sich um ein verbales Statement oder um körperliche Gewalt handelte. Ihm wurde immer zugestimmt, dafür hatten alle einfach viel zu viel Angst vor ihm. »Ich hab gar nicht gehört, dass du gefragt hast, ob hier noch frei ist.«

Konzentriert starrte Paul auf seinen Teller. Er wusste, dass es ein Fehler wäre, Josh jetzt in die Augen zu blicken. Das würde ihn sofort provozieren. »Sorry. Ist hier noch frei?« Er versuchte, mit möglichst fester Stimme zu sprechen.

Für einen Moment herrschte Stille. Dann brüllte Josh vor Lachen los und schlug ihm mit der flachen Hand auf die Schulter. »Aber sicher, Herr Lehrer. Das sieht man doch!«

Die ganze Truppe lachte und stopfte sich dann wieder das Essen in den Mund. Trockenes Graubrot, Margarine, ein paar Scheiben Salami, deren Ränder sich schon nach oben rollten, Joghurt und eine Banane.

Paul hatte keinen Appetit, wie sonst auch nicht. Seitdem er in der JVA einsaß, hatte er fast zehn Kilo abgenommen. Es wären noch mehr, wenn er im Gegenzug nicht durch hartes Training ein paar Muskeln aufgebaut hätte. Nicht so viele wie Josh, aber im Vergleich zu früher waren es eine ganze Menge. Inzwischen hatte er einen Körper wie Iggy

Pop. Muskulös, sehnig, kein Gramm Fett. Der Vollbart, den er sich seit einem Jahr stehen ließ, verdeckte die schmal gewordenen Wangen, und ein bisschen konnte sich Paul auch dahinter verstecken.

Die Muskeln waren notwendig, sonst hätte er hier nie eine Chance zu überleben. Bis auf ein paar ältere Häftlinge waren alle Insassen auffallend muskulös, was auch daran lag, dass die körperliche Fitness bewusst zur Schau gestellt wurde. Enge T-Shirts, hochgekrempelte Ärmel, tätowierte Stiernacken. In Seeberg saßen keine Taschendiebe oder Heiratsschwindler ein, hier waren die schweren Jungs zu Hause. So wie Josh, der Doppelmörder. Er hatte zwei Frauen vergewaltigt, umgebracht und ausgeraubt. Paul hatte diese Information eher zufällig aufgeschnappt, als er ein Gespräch zwischen zwei Schließern mitbekommen hatte. Josh selbst verschwieg die beiden Morde lieber und gab stattdessen mit dem Überfall auf einen Geldtransporter an, bei dem er beide Boten schwer verletzt hatte. Vergewaltiger und Frauenmörder bekamen selten Applaus, selbst im Knast nicht. Paul konnte sich allerdings nicht vorstellen, dass die anderen nichts von den Morden wussten. Da Josh vor ein paar Jahren einen Mithäftling ins Koma geprügelt hatte, ging Paul davon aus, dass die Angst vor ihm bei den meisten einfach zu groß war. Kritisches Nachfragen oder gar das Anzweifeln seiner Führungsqualitäten konnten womöglich tödlich sein. Lebenslang, ohne Aussicht auf vorzeitige Entlassung, hatte Joshs Appetit jedenfalls nicht geschadet. Er fraß wie ein Scheunendrescher.

Ihm gegenüber saß Chalik, Auftragsmörder. Für Geld

tat er alles, auch hier im Knast. Zu ihm hätte Joshs klischeehaftes Aussehen eigentlich gut gepasst, wie Paul fand, aber Chalik war ein schmächtiger kleiner Mann jenseits der fünfzig, ein unscheinbarer Typ, den man eher in der Schadensregulierung vermutet hätte als in der Schadensverursachung. Genau dieses harmlose Aussehen machte ihn so gefährlich. Er war leise, keiner bemerkte es, wenn er in der Nähe war, aber er war immer da. Und wenn jemand bei einer Auseinandersetzung ein Messer in die Rippen bekam, konnte man sicher sein, dass es von Chalik stammte.

Daneben Horst, der Älteste in der Runde. Seit über dreißig Jahren inhaftiert, keiner wusste genau, wie viele Leute er auf dem Gewissen hatte. Zu DDR-Zeiten musste er so etwas wie eine Rotlichtgröße gewesen sein, und es wurde gemunkelt, dass seine Verbrechen von SED-Größen gedeckt worden waren, die zu seiner Kundschaft gezählt hatten. Mit dem Niedergang der DDR begann auch Horsts Niedergang, und ohne den Schutz der Mächtigen landete er schon bald im Knast. Wenn man von seiner Vergangenheit nichts wusste, hätte man ihn für einen netten älteren Herrn gehalten, der er irgendwie vielleicht auch war. Horst hielt sich aus allem raus, und die anderen hielten ihn aus allem raus. Von seinen Verwandten bekam er regelmäßig Süßigkeiten in die JVA geschickt, und genauso sah er inzwischen auch aus. Im Prinzip verbrachte er den Großteil seiner Zeit mit Lesen und Schokolade essen. Paul traute ihm trotzdem nicht über den Weg. An die Wandlung vom Saulus zum Paulus konnte er nur schwer glauben.

Die anderen Männer am Tisch waren alle deutlich jün-

ger, keiner von ihnen über dreißig, wie Paul schätzte. Keiner ohne Tattoos, keiner ohne Narben. Alle mit haufenweise Muskeln und noch mehr Straftaten ausgestattet. In diesem Raum saßen nur Mörder und Totschläger, die zusätzlich noch ein paar andere Delikte vorzuweisen hatten, und manchmal glaubte Paul, dass das Böse in diesen Männern tief verwurzelt war. Den Willen, sich zu bessern, sah er jedenfalls bei keinem.

»Du warst doch Biolehrer, bevor du hier eingecheckt hast«, richtete Josh das Wort an Paul.

Paul spürte, wie sich sein Magen zusammenzog. Seine Lehrervergangenheit hatte schon häufiger zu Spott und Schikanen geführt, auf die alle begeistert aufgesprungen waren. Auf Lehrer war keiner der Häftlinge gut zu sprechen. Nahezu alle blickten auf eine miserable Schulkarriere zurück. Viele hatten keinen Abschluss, andere die Förderschule besucht, wieder andere waren von so vielen Schulen geworfen worden, dass sie sie nicht mehr zählen konnten. Und schuld an solchen Bildungskarrieren waren natürlich immer die Lehrer. Eine kritische Selbstreflexion gab es hier nicht.

Wollte Josh ein normales Gespräch über seine Zeit als Biolehrer anfangen, oder ging es wieder nur darum, ihn bloßzustellen? Paul nickte stumm, ohne aufzublicken.

»Dann müsstest du dich doch eigentlich auch gut mit Sturmfluten auskennen, oder nicht?«

Okay, das konnte möglichweise ein normales Gespräch werden. Die Sturmflut war überall das Thema Num-

mer eins. »Ich weiß, wie so was zustande kommt, wenn du das wissen willst.«

»Ich will vor allen Dingen wissen, ob es wirklich so schlimm wird, wie sie es im Fernsehen die ganze Zeit sagen.«

Paul zuckte mit den Schultern. Woher zur Hölle sollte er das wissen? War er ein verdammter Hellseher? »Ich glaube, da kommt schon einiges, ja. In den Nachrichten sprechen sie dauernd von einer Jahrhundertflut.«

»Was die Nachrichten sagen, weiß ich selbst.« Josh schob sich eine halbe Scheibe Graubrot in den Mund und sprach weiter, wobei ihm einige Brocken wieder herausfielen. »Aber der Lügenpresse glaube ich schon lange nicht mehr. Ich will wissen, wie du als Experte das einschätzt.«

Ich bin kein Experte, wollte Paul zunächst antworten, entschied sich aber dagegen. Es konnte nicht schaden, wenn Josh ihn dafür hielt. »Bei der Wetterlage und dem Orkan, der sich gerade zusammenbraut, ist mit dem Schlimmsten zu rechnen.«

Ein Raunen ging durch die Gruppe. Einige Männer blickten zu den vergitterten Fenstern, gegen die der Regen peitschte.

»Ich hab mitbekommen, dass eventuell die ganze JVA evakuiert werden muss«, sagte Josh.

»Wir sind ziemlich nah am Deich«, meinte Paul. »Wenn der nicht hält, wäre es bestimmt besser, nicht mehr hier zu sein.«

Wieder ein Raunen, das schlagartig verstummte, als Josh mit der Faust auf den Tisch schlug. »Falsch!« Er grinste

breit, als einige Männer erschrocken zusammenzuckten. »Wisst ihr eigentlich, was für ein Glück wir haben?«

Horst sah ihn stirnrunzelnd an. »Was meinst du, Josh?«

»Jetzt denkt doch mal nach! Was eignet sich wohl besser für eine Flucht als eine verfickte Sturmflut, während der wir evakuiert werden müssen.« Er blickte die anderen auffordernd an. »Das ist unsere Chance, Männer!«

Für einen kurzen Moment war eine gewisse Leere und Ratlosigkeit in den Gesichtern der anderen zu sehen, gefolgt von zustimmenden Lauten und heftigem Nicken.

»Ich hab mir schon ein paar Gedanken gemacht«, fuhr Josh mit gedämpfter Stimme fort. »Ganz wichtig, und das geht jetzt an euch alle: Hier wird niemand geordnet evakuiert. Was wir brauchen, ist das totale Chaos. Je mehr es drunter und drüber geht, desto besser für uns.«

Wieder zustimmende Laute und einstimmiges Nicken.

»Ihr könnt davon ausgehen, dass es zu einem Stromausfall kommen wird, sobald der Knast hier vollläuft. Was meint ihr, wie nervös die Schließer dann werden, die pissen sich doch alle ein vor Angst.« Er lachte auf. »Der Alarm wird ausfallen, die Sicherheitssysteme verrücktspielen – ich meine, die Scheißbude ist doch uralt. Hier bricht doch alles zusammen. Dann sind wir ganz schnell raus! Und das Tolle ist: Draußen ist dann ja auch Chaos. Alle werden damit beschäftigt sein, sich selbst zu retten, keiner wird uns suchen. Jedenfalls solange die Sturmflut läuft.« Ruckartig drehte er sich zu Paul. »Wie lange dauert so eine Flut, Herr Oberlehrer?«

41

»Ähm ... normalerweise nicht länger als vielleicht vierzig Stunden.«

Josh haute erneut auf den Tisch und strahlte dabei über das ganze Gesicht. »Vierzig Stunden! Bis dahin sind wir alle aus diesem Scheißland raus.«

Erfreute Laute und vereinzelte »geil« und »wird auch Zeit«-Ausrufe waren zu hören.

»Wir sind zwölf Leute«, unterbrach Horst seinen Redeschwall, »wir können uns natürlich einer geordneten Evakuierung widersetzen und hoffen, dass es in dem Chaos dann eine gute Fluchtmöglichkeit gibt. Aber was ist mit den anderen zweihundert Männern? Was, wenn bei denen alles ganz ordentlich und organisiert läuft, wenn die brav zu irgendeinem Gefangenentransporter latschen und sich in eine andere JVA fahren lassen? Dann hilft es auch nichts, wenn wir zwölf ein bisschen Terz machen.«

Josh warf ihm einen bösen Blick zu, lächelte dann aber wieder. »Wenn kein allgemeines Chaos ausbricht, lieber Horst, dann liegt es an uns, dafür zu sorgen. Und damit meine ich nicht ein bisschen Terz, sondern einen richtigen Aufstand. Das sollte doch wohl eine unserer leichtesten Übungen sein.«

Horst machte ein abwägendes Gesicht und schien nachzudenken.

»Und ich sage dir eins«, fuhr Josh fort. »Die Gefängnisleitung wird so lange wie nur möglich warten, bevor sie uns evakuieren. Aus zwei einfachen Gründen. Erstens haben sie Schiss vor einer Evakuierung, weil dabei viel schiefgehen kann. Außerdem sind die anderen JVAs genauso überlastet

42

wie unser beschissener Scheißknast, es wird also kein Vergnügen werden, uns alle woanders unterzubringen.«

»Und zweitens?«, fragte Chalik.

»Zweitens hoffen die natürlich bis zuletzt, dass die Flut doch nicht so schlimm wird. Deshalb wollte ich von unserem verehrten Biolehrer ja auch gerne wissen, wie er die Lage so einschätzt, aber der feine Herr gibt sich ja mal wieder wortkarg.«

Der gefährliche Unterton in Joshs Stimme war nicht mehr zu überhören. Wenn Paul nicht aufpasste, würde er Ärger bekommen, ganz egal, weshalb. Irgendeinen Grund fand Josh immer. Verdammt noch mal, ich war Biolehrer in der achten Klasse! Wir haben uns mit Darwin beschäftigt und nicht mit irgendeiner Sturmflut, von der damals keiner wusste, dass sie jetzt kommen würde. Außerdem war er kein verfluchter Meteorologe, sondern Biolehrer. Und Sport. Und Vertrauenslehrer. Und die Fußball-AG hatte er auch geleitet. Damals. In seinem anderen Leben. Er spürte, wie seine Augen feucht wurden, und presste die Lippen aufeinander. Schwäche zu zeigen war das Letzte, was er sich erlauben konnte.

Paul räusperte sich. »Alle Prognosen sprechen dafür, dass es richtig schlimm wird«, sagte er mit belegter Stimme. »Und die Gefahr scheint wirklich groß, dass der Deich bricht. Die versuchen, ihn zu stabilisieren, aber ich glaube nicht, dass das klappt. Es regnet seit Wochen, die Deiche sind in einer beschissenen Verfassung.« In erster Linie zitierte Paul die Nachrichten, woher sollte er sein Wissen auch sonst haben.

Aber es war genau das, was Josh hören wollte. Begeistert schlug er ihm auf die Schulter, erneut auf dieselbe Stelle, auf die er eben schon geschlagen hatte. »Na bitte! Sehr gut!« Dann fuhr er im Flüsterton fort: »Wir müssen konkrete Pläne machen, Leute. Morgen um diese Uhrzeit sind wir hier vielleicht schon raus.«

»Wir brauchen Waffen«, sagte Horst. »Das wird nicht einfach. Die Schließer haben nur Pfefferspray bei sich, alle Waffen sind eingeschlossen.«

»Die werden sie schon rausholen, wenn die Flut kommt und wir ein bisschen auf die Kacke hauen«, meinte Chalik. »Wir müssen die ihnen dann nur abnehmen.«

Die anderen Häftlinge stimmten murmelnd zu.

»Außerdem hat jeder von uns was Brauchbares in seiner Zelle«, sagte Josh. »Das sucht ihr am besten gleich raus.«

Paul musste schlucken. Er gehörte zu den wenigen, die keine selbstgebaute Waffe in der Zelle versteckt hatten. Er wusste von vielen, dass sie spitze Gegenstände besaßen, die sich als Messer eigneten, oder Schlingen, mit denen man gut würgen konnte. Fast jeder besaß irgendein potenzielles Tötungswerkzeug. Nur er nicht.

»Ich bin zu alt, um mich mit einem Schließer zu prügeln«, sagte Horst.

Josh lachte schallend auf. »Red keinen Scheiß! Dein Alter ist doch dein größter Trumpf. Die Schließer halten dich für harmlos und nett. Aber wir wissen ja wohl alle, dass das Gegenteil der Fall ist.«

Die anderen murmelten etwas Zustimmendes, und Horst grinste gefährlich.

»Und wenn wir nicht evakuiert werden?«, fragte Paul und blickte besorgt aus dem Fenster. Durch den starken Regen konnte er den nahen Deich kaum erkennen.

»Dann saufen wir in unseren Zellen ab wie die Ratten«, antwortete Josh grinsend.

Leise diskutierte er dann mit den anderen weiter, wie sie im Falle einer Evakuierung am besten vorgehen sollten.

Pauls Herz pochte. Er erinnerte sich noch genau, als es an seinem alten Gymnasium einen Feueralarm gegeben hatte. Trotz der zahlreichen Übungen, die im Vorfeld durchgeführt worden waren, war das totale Chaos ausgebrochen, sowohl bei den Schülerinnen und Schülern als auch bei den Lehrkräften. Obwohl der Brand schnell gelöscht werden konnte, hatten zwölf Schüler eine Rauchvergiftung erlitten.

Er fragte sich, ob sie die Sturmflut alle unbeschadet überstehen würden. Es wäre nicht um jeden schade, um Josh ganz bestimmt nicht. Aber wenn zweihundert Schwerkriminelle abzusaufen drohten, brauchte man nicht viel Fantasie, um sich vorzustellen, was dann hier los sein würde. Chaos würde Paul so einen Zustand jedenfalls nicht mehr nennen, Apokalypse war vielleicht passender, dachte er, und das ungute Gefühl, dass er damit nicht ganz falschlag, wurde immer stärker.

4

Max half der älteren Frau die Treppe hinunter. Sie wohnte im dritten Stock des Mehrparteienhauses, dessen Dach von einer Windböe schwer beschädigt worden war. Dutzende Dachziegel hatten sich gelöst und lagen nun zerbrochen auf der Straße, Isolierfolie wehte aus dem offenen Dachstuhl, fing wie ein Segel den Wind ein und vergrößerte den Schaden dadurch von Minute zu Minute. Der massive Starkregen floss seit einer guten Stunde ungebremst in das Gebäude, ergoss sich in die oberen Stockwerke und verwandelte das Treppenhaus in einen Wasserfall.

Max hatte einen Arm um die schmale Taille der Frau gelegt, die sich mit einer Hand auf seinen anderen Arm stützte. »Gleich haben wir es geschafft.«

»Ich bin so froh, dass Sie da sind«, sagte sie mit zittriger Stimme.

Max schätzte sie auf bestimmt achtzig, sie war klein und zerbrechlich, trug einen Pyjama, darüber einen Mantel und an den Füßen Hausschuhe. Ihre Wohnung lag direkt unter dem zerstörten Dachgiebel und war innerhalb kürzester Zeit unbewohnbar geworden.

»Dafür ist das THW doch da«, sagte Max mit ruhiger Stimme. »Wir haben alles im Griff, machen Sie sich keine Sorgen.«

Im selben Moment donnerte es draußen, als wollte ihm der Sturm widersprechen. Erschrocken zuckte die Dame zusammen. »Das ist wohl leichter gesagt als getan, junger Mann. Ich habe schon die Sturmflut von 1962 miterlebt, ich weiß, wie viel Unheil Wasser anrichten kann.«

»Das weiß ich auch«, entgegnete Max.

»Aber zweiundsechzig waren Sie doch noch gar nicht auf der Welt, oder?« Die alte Dame blickte ihn irritiert von der Seite an.

»Ich bin Jahrgang neunundachtzig. Aber ich bin seit über zehn Jahren beim Freiwilligendienst des THWs, da habe ich schon so einiges erlebt«, antwortete er. »Auch was die Gefahren des Wassers angeht. Aber soll ich Ihnen was verraten?«

»Sie können nicht schwimmen?«

Max lachte auf, und auch die Frau lächelte. »Doch, das klappt zum Glück ganz gut. Nein, aber ich habe bisher jeden auf meinen Einsätzen gerettet. Ich hab noch nie jemanden verloren«, sagte er nicht ohne Stolz.

»Ich nehme an, das soll mich beruhigen.«

»Allerdings. Mit mir an der Seite kann Ihnen nichts passieren.«

Sie hatten die letzte Treppe erreicht und blieben für einen Moment auf dem Absatz stehen. Bis zum Hausflur waren es nur noch wenige Stufen, das Wasser stand dort kniehoch.

Die Frau hielt sich am Geländer fest und atmete tief durch. Mit sorgenvoller Miene blickte sie auf das Wasser, das durch die geöffnete Haustür in den Flur lief, während es gleichzeitig in großen Mengen die Treppen hinunterrauschte. »Könnte dieses Mal noch schlimmer werden als damals.«

Max lächelte sie aufmunternd an. »Sie haben das damals geschafft, dann werden Sie das heute auch schaffen. Schauen Sie doch mal, wie Sie den Weg durchs Treppenhaus gemeistert haben! Offensichtlich haben Sie von der schlimmen Flut damals keine Paranoia entwickelt, das zeigt doch, wie tapfer Sie sind.«

Die alte Dame nickte stolz. »Ja, ich habe mich immer zusammengerissen. Da haben Sie recht.«

»Das kann nicht jeder«, meinte Max anerkennend.

»Aber damals war ich auch nicht so alt wie heute.« Der zittrige Unterton in ihrer Stimme war wieder deutlich zu hören. »Und im Gegensatz zu damals weiß ich heute, zu was Menschen in solchen Ausnahmesituationen fähig sind«, fügte sie besorgt hinzu. »Nicht alle sind so hilfsbereit wie Sie.«

Max sah sie ernst an. »Ich weiß. Damals kam es auch zu Plünderungen. Das erleben wir bei Naturkatastrophen leider immer wieder.«

»Nicht nur Plünderungen. Es passierten auch ... andere Dinge.« Die alte Dame presste die Lippen zusammen.

Max legte ihr beruhigend eine Hand auf die Schulter. Er wusste, dass es in solchen Situationen immer wieder zu Verbrechen jeglicher Art kam. Katastrophen konnten in Men-

schen das Beste wecken, sie zu Helden und selbstlosen Helfern werden lassen, und genauso konnten sie das Schlechteste hervorrufen, andere zu Plünderern und Gewalttätern machen. Manchmal wusste man vorher nicht, welche Richtung jemand einschlagen würde, und manchmal war es einfach vorhersehbar.

»Ich passe auf Sie auf«, sagte Max. »Und jetzt hole ich Sie hier erst mal einigermaßen trocken raus. Darf ich?« Er streckte die Arme aus.

Die alte Dame lachte. »Es liegt bald sechzig Jahre zurück, dass mich ein Mann das letzte Mal über die Schwelle getragen hat.«

»Dann wird es aber allerhöchste Zeit!«

Schwungvoll, aber auch darauf bedacht, der Dame nicht wehzutun, nahm er sie hoch und trug sie durch den überschwemmten Flur. Die Frau war leicht wie ein Kind, keine fünfzig Kilo, wie er schätzte. Max hatte schon deutlich schwerere Personen tragen müssen, und es bereitete ihm nicht die geringste Mühe, sie nach draußen zu bringen.

Obwohl das Haus nicht mehr sicher und vom Einsturz bedroht war, war die Situation draußen kaum besser und ebenfalls sehr gefährlich. Nach wie vor flogen Dachziegel herab, auch von den umliegenden Gebäuden stürzte immer wieder etwas herunter. Max war froh, dass er einen Helm trug. Bäume lagen umgeknickt in den Gärten, Fenster waren vom Sturm eingedrückt, überall versuchten Menschen, sich in Sicherheit zu bringen. Mehrere Fahrzeuge vom THW standen bereit, um sie aufzunehmen, zahlreiche THW-Mitarbeiter zersägten Baumstämme und schafften sie von der

Straße, versorgten Platzwunden und verteilten Isolierdecken.

Max hatte schon einige Katastrophenszenarien erlebt. Vor ein paar Jahren den Großbrand im benachbarten Industriegebiet. Fast ein Dutzend Lagerhäuser waren davon betroffen gewesen, und ein Gebiet von der Größe mehrerer Fußballfelder hatte immer wieder Feuer gefangen. Auch wenn der THW nicht löschen durfte, unterstützte er die Feuerwehr bei zahlreichen Einsätzen und half auch hier, so gut er konnte. Genauso wie bei der Blitzeis-Katastrophe vor über zehn Jahren. So viele Unfälle, so viele Menschen und Tiere in Gefahr und in schier ausweglosen Situationen hatte er noch nie gesehen. Bis heute.

Was sich hier im kleinen Lutzendorf abspielte, nicht weit von seiner alten Heimat Bad Seeberg entfernt, kam der totalen Zerstörung nahe. Max glaubte nicht, dass es irgendein Gebäude in diesem kleinen Ort gab, das unversehrt bleiben würde, und er war sich ziemlich sicher, dass sich unter den Sturm eine Windhose gemischt hatte, die für die massiven Schäden mitverantwortlich war. Der pausenlose Starkregen tat ein Übriges.

Wenigstens lag Lutzendorf deutlich weiter vom Deich entfernt als Bad Seeberg, wenngleich auch nicht so weit, dass der Ort von der Sturmflut verschont blieb. Aber ein brechender Deich würde hier nicht die Verwüstung anrichten wie in Bad Seeberg. Er wollte sich gar nicht vorstellen, was dort im Moment los war.

»Ich danke Ihnen sehr, junger Mann«, sagte die alte Dame mit glasigen Augen, als Max sie in einem der THW-

Fahrzeuge absetzte. Sofort legte ihr eine Mitarbeiterin eine Isolierdecke über die Schultern und stellte ihr ein paar einfache Fragen, um einen Schock auszuschließen, der häufig mit Bewusstseinsstörungen einherging. Außerdem suchte sie die Frau nach sichtbaren Verletzungen ab.

»Max!« Es war die Stimme von Chris, seinem Teamleiter, die gegen den Sturm anbrüllte. Er stand auf der anderen Straßenseite und winkte ihn zu sich, während er sich schützend eine Hand vor die Augen hielt, wie man es sonst tat, um nicht von der Sonne geblendet zu werden. Aber der Regen schränkte die Sicht nicht weniger ein. Im Laufschritt eilte Max zu ihm. »Ein Baum blockiert die Zufahrtsstraße. Wir müssen dahin!«

»Gibt es Verletzte?«

»Nein, aber wir müssen für genau diesen Fall die Straße frei halten. Da kommt kein Rettungswagen mehr durch. Und wir mit unseren Fahrzeugen auch nicht.«

»Es ist nicht der einzige Baum, der eine Straße versperrt. Wir sollten uns lieber zuerst um die Menschen kümmern.«

»Das tun wir, indem wir die Hauptzufahrtsstraße befahrbar halten. Komm jetzt!«

Chris marschierte los, aber Max hielt ihn zurück. »Warte.« Er wies auf das gegenüberliegende Haus mit den eingedrückten Fenstern.

Im Inneren ein Mann, der eine Frau aggressiv anschrie, daneben ein kleines Mädchen, einen bellenden Dackel auf dem Arm und bitterlich weinend. Der Mann holte immer wieder aus, als wollte er die Frau schlagen, nahm sich aber im letzten Moment doch noch zurück. Trotzdem war die

Aggressivität deutlich zu spüren. Die Situation war kurz davor zu eskalieren.

»Ich komme nach, das hier geht vor.«

Chris nickte ernst. »In Ordnung. Kriegst du das allein hin?«

»Krieg ich.«

»Okay. Funk mich an, wenn du hier fertig bist. Und pass auf.«

»Mach ich immer.« Max eilte auf das Haus zu. Er konnte nicht verstehen, worüber das Paar stritt, aber auch die Frau weinte inzwischen und schrie den Mann ebenfalls an.

Es wären nicht die Ersten, die in so einer Situation die Nerven verlieren, dachte Max. Gerade Männer konnten dann zu Gewaltausbrüchen neigen, rechtfertigten sich später damit, sie hätten die geschlagene Person nur zur Vernunft bringen wollen. Besonders die kleine Tochter konnte jetzt die Leidtragende werden.

Die Eingangstür war vom Wasser bereits so unterspült, dass Max sie ohne Probleme aufdrücken konnte.

»Wir geben das Haus nicht auf!«, hörte er den Mann im Nebenraum brüllen. »Es ist mein Elternhaus, verdammt noch mal!«

»Deine scheiß Eltern sind tot! Es geht hier um ...«

»Wag es nicht noch einmal, so über meine Eltern ...«

»Papa, nicht! Tu Mama nichts!«

Max trat die Tür auf und war mit einem Satz in dem Raum. Der Mann hatte die Frau an den Schultern gepackt, beide Gesichter tränenverschmiert und rot. Vor Schreck hörte das kleine Mädchen auf zu weinen, nur der Hund auf

ihrem Arm wollte sich nicht beruhigen und bellte ohne Unterlass. Erschrocken blickten die drei ihn an.

»Wer zur Hölle …«

»Ich bin vom THW, Max Lewes. Ich bringe Sie jetzt alle hier raus«, sagte Max mit ruhiger, aber bestimmter Stimme. »Lassen Sie die Frau los!«

Sofort ließ der Mann von seiner Frau ab. »Wir verlassen das Haus nicht«, sagte er fast trotzig. »Es ist alles, was wir haben.«

»Der ganze Ort wird evakuiert. Sie müssen hier weg. Es ist viel zu gefährlich.«

»Es wurden schon oft Stürme und Hochwasser angekündigt, die dann doch nicht so schlimm waren«, entgegnete der Mann. »Das ist ja wie eine Einladung an alle Diebesbanden. Ich lass nicht unser ganzes Hab und Gut zurück!«

Max nickte verständnisvoll. Er konnte den Mann verstehen. Viele Menschen hier in der Region hatten alles in ihre kleinen Eigenheime gesteckt. Zahlten Kredite ab, renovierten an den Wochenenden in Eigenarbeit, zogen Gemüse in den Gärten. Das alles aufzugeben fiel schwer. Aber jetzt gab es keine Alternative.

»Glauben Sie mir, wir wären nicht hier, wenn es nicht absolut notwendig wäre«, sagte er ernst. »Sie müssen jetzt mitkommen.«

»Dann nehmen Sie meine Frau und meine Tochter mit, aber ich bleibe!«, rief der Mann aufgebracht.

»Sie wollen doch nicht Ihr Leben riskieren für ein Haus, das Sie mit Ihren eigenen Kräften sowieso nicht retten können.« Max versuchte nach wie vor, so ruhig wie nur möglich

mit dem Mann zu sprechen, was ihm nicht leichtfiel. Das Wasser tropfte von der Decke, das Dach war also auch stark beschädigt. Durch die eingedrückten Fenster regnete es außerdem pausenlos herein, das Wasser kam praktisch von allen Seiten, und so wie er die Substanz des alten Hauses einschätzte, war er sich nicht sicher, ob es diesen Belastungen standhielt. »Ihre Familie braucht Sie und nicht das Haus«, fügte er noch mit Nachdruck hinzu.

»Papa, komm mit!«, schluchzte das kleine Mädchen. »Bitte!«

»Hören Sie auf Ihre Tochter! Sie bringen sich nur unnötig in Gefahr.«

In dem Moment sprang der Hund dem Mädchen aus dem Arm, kämpfte sich in Windeseile durch das Wasser zur offenen Tür und rannte nach draußen.

»Sammy!«, kreischte die Kleine. Ihre Stimme überschlug sich fast. »Er kann nicht gut schwimmen. Dackel sind keine guten Schwimmer! Ich muss ihn holen!« Sie wollte aus dem Haus stürmen, aber ihr Vater hielt sie zurück.

»Das ist viel zu gefährlich für dich!«

Max nahm den Arm des Vaters behutsam zur Seite und ging in die Hocke. Jetzt war er mit dem Mädchen auf Augenhöhe. »Wie heißt du?«

»Mina.«

»Okay, Mina. Hör mir gut zu: Ich hole Sammy jetzt zurück. Du gehst in der Zeit mit deinen Eltern auf die andere Straßenseite. Da steht ein Wagen vom THW, in den setzt ihr euch rein und wartet auf mich und Sammy, verstanden?«

Mina nickte schluchzend.

Mahnend blickte Max zu den Eltern. »Sie verlassen jetzt mit Ihrer Tochter augenblicklich das Haus. Sonst sorge ich dafür, dass Sie eine Anzeige wegen Gefährdung des Kindeswohls bekommen.«

Dem Mann klappte kurz der Mund auf. Dann schloss er ihn wieder und nickte. »In Ordnung.«

Er nahm seine Tochter auf den Arm, während die Frau ihr immer wieder beruhigend über den Rücken strich. »Der findet Sammy schon. Mach dir keine Sorgen. Der Mann wird ihn finden.«

Max rannte nach draußen. Aus dem Augenwinkel sah er, dass die Familie endlich das Haus verließ. Suchend blickte er sich nach dem Hund um. Doch durch Starkregen und Sturm konnte er kaum noch die Hand vor Augen sehen, geschweige denn einen kleinen schwarzen Dackel.

Dackel sind schlechte Schwimmer, dachte er an Minas Worte. Das wusste nicht nur das kleine Mädchen, das wusste der Hund doch auch selbst. Instinktiv würde er sich dahin retten, wo er von den Wassermassen am ehesten verschont blieb. Auf einen Hügel, eine Anhöhe, so was.

Max sah in Richtung Dorfkirche, die etwas erhöht lag und über einige Treppenstufen zu erreichen war.

Wenn ich Dackel wäre, würde ich dahin laufen.

Er rannte los, kämpfte sich die gut dreihundert Meter durch den Sturm zur Kirche. Neben ihm schlug krachend ein Baum auf einen Briefkasten und begrub ihn unter sich. Mit einem Satz konnte Max den Ästen ausweichen, eilte weiter, den Blick konzentriert auf seine Schritte gerichtet,

um nicht über irgendetwas zu stolpern und zu stürzen. Schließlich hatte er die Treppenstufen erreicht und rannte nach oben.

»Sammy!«

Auf der obersten Stufe stand der zitternde, völlig durchnässte Dackel und fiepte ganz erbärmlich.

»Na, komm her, Kleiner.« Max nahm das verängstigte Tier auf den Arm und hielt schützend eine Hand über ihn. »Ich bring dich zu deinen Menschen.« Er zog den Reißverschluss seiner Regenjacke auf und packte den kleinen Hund hinein. Das zuvor noch panische Tier beruhigte sich überraschend schnell, als es die menschliche Wärme spürte und nicht mehr vom Regen durchnässt wurde. Fiepend schmiegte er den Kopf an Max' Brust.

Zum Glück war die Familie tatsächlich zum THW-Wagen gegangen, saß dort in Decken eingehüllt und hielt nach ihm Ausschau. Jedenfalls Mina. Sie erkannte Max schon von Weitem, warf die Decke von ihren Schultern und sprang strahlend auf.

»Sammy!«

Max reichte ihr den kleinen Hund, den sie sofort überglücklich in die Arme schloss. Sammys Fiepen war nun zu einem freudigen Laut geworden. Schwanzwedelnd schleckte er dem Mädchen übers Gesicht.

»Er ist ein bisschen nass geworden, aber sonst geht es ihm gut.«

Mina legte einen Arm um Max' Hüften und drückte ihn. »Danke, THW-Mann.«

»Ich bin Max.«

»Danke, Max.«

»Gern geschehen.« Er strich dem Mädchen über den Kopf und nickte den Eltern zu, die ihren Streit offenbar begraben hatten und ebenfalls sehr erleichtert wirkten.

Chris war hinter ihn getreten. »Gut gemacht.« Er legte die Motorsäge neben Max ab. Gemeinsam gingen sie ein Stück von dem Wagen weg und stellten sich unter einen Vorsprung. Chris zog eine Packung Zigaretten hervor und bot Max eine an, aber der schüttelte den Kopf.

»Der Kerl war kurz davor durchzudrehen«, sagte Max. »Der hätte seiner Frau fast eine gelangt.«

»In solchen Extremsituationen liegen bei vielen die Nerven blank.« Chris steckte sich eine Zigarette an.

»Das macht die Sache nicht besser.«

»Nein, natürlich nicht. Wichtig ist, dass wir Ruhe bewahren, egal, was passiert. Das überträgt sich dann auch auf die anderen. Hoffentlich.«

»Wir sind erst am Anfang. Lutzendorf ist doch ein Sturm- und Starkregenopfer. Mit der Sturmflut hat das hier nichts zu tun.«

»Die Lage in der Senke«, murmelte Chris und nahm einen tiefen Zug.

»Ganz genau. Die verdammte Senke hat das Dorf unter Wasser gesetzt. Aber die richtige Sturmflut kommt ja erst noch«, sagte Max.

»Ich weiß. Dann müssen wir die Augen auch nach Plünderern offen halten. Solange es so stürmt, plündert keiner, aber wenn hier alles unter Wasser steht, müssen wir unbedingt mit Booten Patrouille fahren.«

»Das Eigentum der Leute macht mir nicht so viele Sorgen wie die Leute selbst«, entgegnete Max. »Woher wollen wir wissen, ob wir alle rauskriegen? Wenn irgendwo im Erdgeschoss eine pflegebedürftige Person im Bett liegt und wir nichts davon mitkriegen, säuft die doch elendig ab.« Oder wenn jemand so viel Angst hat, dass er sich im Haus versteckt, fügte er in Gedanken noch hinzu.

Wie mochte es Elisa jetzt wohl gehen? Wie sah es im Moment in Bad Seeberg aus? Der Ort lag gut eine halbe Stunde von Lutzendorf entfernt, jedenfalls wenn die Straßenverhältnisse normal waren, was zurzeit definitiv nicht der Fall war.

Während Chris ihm das weitere Vorgehen erläuterte und einen genauen Plan aufstellte, wie sie jedes einzelne Haus kontrollieren konnten, ohne jemanden zu übersehen, dachte Max nur noch an Elisa.

Wie viel Angst mochte sie jetzt haben? Hatte sie Bad Seeberg schon verlassen und sich in Sicherheit gebracht? War sie allein überhaupt in der Lage, die Situation zu meistern? Er musste nach ihr sehen, so schnell wie möglich.

»Ist Bad Seeberg der nächste Halt auf unserer Evakuierungsroute?«, fragte Max.

Chris nahm noch einen Zug und schnippte die Zigarette dann weg. »Für Bad Seeberg ist unsere Gruppe nicht zuständig. Wir gehen als Nächstes nach Bersenkamp. Aber noch sind wir hier nicht fertig. Komm, es wartet noch ganz schön viel Arbeit auf uns. Es hat noch ein paar mehr Bäume umgerissen.«

»Ich komme sofort.«

Chris nickte und ging zurück zum THW-Wagen, schnappte sich wieder die Kettensäge und verschwand hinter dem nächsten Haus.

Bersenkamp lag in der entgegengesetzten Richtung von Bad Seeberg. Wenn er erst mal dort war, würde er nicht mehr nach Elisa sehen können, dann war sie auf sich allein gestellt. Max zog sein Handy aus der Tasche und suchte Elisas Kontakt. Mit ihrer Nummer tauchte auch ihr Foto auf dem Display auf. Eine Aufnahme aus alten Zeiten, als sie alle noch glücklich waren. Er konnte sich noch genau erinnern, wie er das Foto von ihr geschossen hatte. Damals waren sie für ein verlängertes Wochenende in Barcelona gewesen und in einer Tapas-Bar versackt, hatten viel zu viel Sangria getrunken und hinterher sogar noch mit ein paar Spaniern getanzt. Selten hatten sie so viel Spaß zusammen gehabt.

Max spürte den Kloß im Hals, während er das Foto betrachtete. Die Erinnerungen an damals schmerzten immer noch. Alles hätte so schön werden können, wenn sie es nicht kaputt gemacht hätte.

Er zögerte einen Moment. Sollte er sie wirklich anrufen? Nach allem, was passiert war?

Als er sich gerade dazu entschlossen hatte, auf ihren Kontakt zu drücken, kam eine junge Frau aufgelöst zu ihm gelaufen. Sie war klatschnass, die langen dunklen Haare klebten ihr am Kopf. Sie trug einen Regelmantel über einem Nachthemd und Gummistiefel an den nackten Beinen und zitterte am ganzen Leib.

»Bitte helfen Sie mir! Mein Großvater!«

Schnell steckte Max das Handy wieder ein. »Was ist passiert?«

Die Frau schluchzte mitgenommen auf. »Er ist weg! Er meinte, er müsste wegen der drohenden Sturmflut von hier verschwinden.«

»Damit hat er doch recht ...«

»Er ist Richtung Meer gelaufen«, unterbrach die Frau ihn aufgelöst. »Er hat Alzheimer und ist völlig dement. Bitte, Sie müssen ihn zurückholen!«

Max unterdrückte ein Seufzen. Wenn der Deich brechen sollte, dann wäre der Mann verloren. »In Ordnung. Gehen Sie zu den Sammelstellen. Ich werde versuchen, ihn zu finden.«

5

Müde drehte sich Elisa auf die Seite. Sie war wie gerädert, hatte in der Nacht kaum geschlafen. Jetzt war es sechs Uhr, und obwohl sie sich seit Stunden halb wach hin und her gewälzt hatte, fand sie keine Kraft aufzustehen. Sturm und Regen hatten sich in der Nacht nicht beruhigt, im Gegenteil. Ein paarmal hatte sie geglaubt, dass sie eine Panikattacke übermannen würde. Sie wusste nicht mehr genau, wie oft sie nach ihren Tabletten gegriffen hatte, aber irgendwann war die Blisterpackung leer gewesen. Immer mal wieder war sie in einen kurzen unruhigen Schlaf gefallen, aber schnell vom Getöse des Sturms wieder wach geworden.

Elisa fürchtete sich davor aufzustehen. Sie musste endlich das Haus verlassen und aus Bad Seeberg verschwinden. Vielleicht wäre es doch besser gewesen, wenn sie mit den Peters gestern Abend mitgefahren wäre, dann hätte sie diese Strapazen schon hinter sich und würde jetzt irgendwo in einem gemütlichen Hotel sitzen.

Hätte, hätte, hätte.

Liegen bleiben ist keine Option, ermahnte sie sich, schlug die Bettdecke zur Seite und setzte sich auf. Schlagar-

tig bekam sie Kopfschmerzen, wie so oft. Sie kniff die Augen zusammen und suchte mit einer Hand den Nachttisch ab, bekam aber nur leere Blisterpackungen zu fassen. Ibuprofen und Aspirin waren auch aufgebraucht. Verdammt! Im Bad müsste sie aber noch Schmerztabletten haben.

Mühsam quälte sie sich aus dem Bett, musste sich kurz am Türpfosten festhalten, weil ihr schwindelig wurde. Als sie sich nach einem Moment gefangen hatte, griff sie nach ihrem Handy, das auf der Kommode lag, und ging ins Bad. Obwohl es ihr wegen der Kopfschmerzen schwerfiel, auf das Display zu blicken und gleichzeitig durch den Flur zu gehen, scrollte sie sich durch den Live-Ticker, den die regionale Zeitung zur Sturmflut eingerichtet hatte. Er überschlug sich fast.

+++Hochwasserlage über Nacht dramatisch zugespitzt+++

+++Starkregen verschlimmert angespannte Situation zusätzlich+++

+++Windhose richtet große Schäden in Lutzendorf und Umgebung an+++

+++Evakuierungsmaßnahmen in Lutzendorf fast abgeschlossen+++

+++Drei Schwerverletzte durch umgestürzte Bäume+++

+++Deich an einigen Stellen aufgeweicht+++

Elisa schaltete das Handy aus. Sie hatte nicht damit gerechnet, dass sich die Wetterlage über Nacht so verschlechtern konnte. Eine Steigerung zu gestern Abend hatte sie sich schlichtweg nicht vorstellen können. Wenn sie den Nachrichten glauben konnte, dann befanden sie sich in Bad Seeberg im Zentrum des Katastrophengebiets. Lutzendorf war nur zwanzig Kilometer von hier entfernt und so sehr von Sturm und Starkregen zerstört worden, dass es praktisch unbewohnbar geworden war. Drohte ihnen in Bad Seeberg ein ähnliches Szenario?

Elisa dachte an das, was sie gestern Abend in den Nachrichten gehört hatte. Schon da war berichtet worden, dass sich die Deiche an der gesamten Küstenlinie in einem kritischen Zustand befanden, aufgeweicht vom Dauerregen konnten sie der Sturmflut nicht mehr viel entgegensetzen. Jetzt hatte außerdem noch eine Windhose dem Damm zugesetzt. Obwohl THW, Feuerwehr und zig freiwillige Helfer auch in dieser Nacht einen Sandsack nach dem anderen zu den Deichen gebracht hatten, stieg die Gefahr eines Bruchs von Stunde zu Stunde, und Elisa fragte sich, ob einer der Deiche womöglich schon irgendwo gebrochen war. War es überhaupt noch möglich, das lückenlos zu kontrollieren? Wer sollte das bei dieser Wetterlage übernehmen? Keiner konnte am Deich mehr Patrouille gehen, eine Überwachung per Drohne schied ebenfalls aus.

Würde der Deichbruch sie also ohne Vorwarnung treffen?

Seufzend legte sie das Handy aufs Waschbecken und suchte im Badezimmerschrank nach einem Kopfschmerzmittel. Eine noch neue Großpackung Ibuprofen stand hinter ihren Haarpflegeprodukten. Obwohl sie schon so lange allein in diesem Haus lebte, versteckte sie ihre Medikamente hinter anderen Kosmetika, als wollte sie verhindern, dass Max oder Lizzy sie finden könnten.

So ist das halt, wenn man durchdreht.

Unschlüssig stand sie am Waschbecken und versuchte, einen klaren Gedanken zu fassen. Erst mal duschen und anziehen, ja, so fing man jeden Tag an, auch diesen, Sturmflut hin oder her. Routine gab Sicherheit, und die brauchte sie im Moment dringender denn je.

Doch als sie unter der heißen Dusche stand, überkam sie das ungute Gefühl, dass sie sinnlos Zeit verschwendete. Sollte sie nicht besser packen? Wertvolle Dinge aus dem Erdgeschoss nach oben bringen? Das Haus verschließen, so gut es ging, und endlich von hier verschwinden?

Elisas Herz begann schneller zu schlagen, und sie wäre fast auf den Fliesen ausgerutscht, als sie hektisch aus der Dusche trat. In Windeseile trocknete sie sich ab, um wenige Minuten später ratlos vor ihrem Kleiderschrank zu stehen und darüber nachzudenken, was sie anziehen sollte. Für Mitte Februar war es eigentlich nicht sonderlich kalt, außerdem würde sie mit dem Wagen zum nächsten Ort fahren und dort in ein Hotel gehen, kein Grund, sich übertrieben warm einzupacken.

Und wenn eine Straße versperrt war? Und sie zu Fuß weitermusste?

»Jetzt reiß dich zusammen!«, rief sie laut und atmete dann tief durch. Sie hasste es, selbst bei so kleinen Alltagsentscheidungen inzwischen Probleme zu bekommen. Selbst in dieser Ausnahmesituation war sie nicht in der Lage, sich auf das Wesentliche zu fokussieren.

Kurzerhand zog sie Jeans und Sweatshirt an, nahm eine Reisetasche aus dem obersten Regal und stopfte alle Klamotten hinein, die ihr in die Hände kamen. Dann nahm sie eine weitere Tasche und stopfte ihren gesamten Tablettenvorrat hinein – Ibuprofen, Diazepam, Tavor, Adumbram, Rohypnol. Die Menge könnte einen Elefanten einschläfern. Würde sie sich an die verordnete Dosis halten, dann würde sie mit diesem Vorrat vermutlich ein Jahr hinkommen, eher anderthalb. Aber bei ihrem momentanen Konsum brauchte sie spätestens in einem Monat Nachschub, befürchtete sie. Immerhin konnte sie die Flut jetzt als Ausrede nehmen und einfach behaupten, dass alle Medikamente im Wasser verschwunden waren. Diesmal müsste sie problemlos an neue Rezepte kommen und den Ärzten nicht irgendwelche Lügengeschichten auftischen. Wenigstens etwas.

Der Gedanke, dass sie an ihrem Tablettenkonsum etwas ändern musste, keimte kurz in ihr auf. Wie schon so oft. Und wie sonst auch, verdrängte sie ihn sofort wieder. Jetzt war nicht die Zeit, sich darüber den Kopf zu zerbrechen, jetzt musste sie funktionieren.

Sie suchte noch eine weitere Reisetasche heraus und ging nach unten. Ratlos stand sie mit der leeren Tasche im

Wohnzimmer, öffnete noch mal den Schrank, aus dem sie gestern schon die Fotoalben herausgenommen hatte. Ohne zu wissen, wonach sie suchte, durchwühlte sie die Dokumente, die in einem einzigen Durcheinander in den Regalfächern lagen.

Ihr Hochzeitsfoto in einem schicken Silberrahmen fiel ihr entgegen. Letztes Jahr hatte sie es in die hinterste Ecke des Schrankes verbannt, unfähig, es endgültig wegzuwerfen. Zögernd nahm sie es in die Hand. Drei Jahre lag es erst zurück, dass sie und Max sich das Jawort gegeben hatten. Papa war damals noch nicht lange tot gewesen, ein furchtbarer Autounfall hatte ihn aus dem Leben gerissen. Für Lizzy und sie war es ein Schock gewesen. Mamas Beerdigung lag schließlich gerade erst ein halbes Jahr zurück, der verdammte Krebs hatte sie so schnell dahingerafft, dass Elisa es gar nicht richtig hatte realisieren können.

Papa und Lizzy hatten sich damals viel um Elisa gekümmert, die mit dem Verlust nicht zurechtgekommen war, vielleicht auch, weil sie die Jüngste war. Und als Papa auch noch gestorben war, gab es nur noch Lizzy und Elisa, zusammen mit Paul und Max. Es waren harte Zeiten gewesen, aber sie hatten sie gemeinsam durchgestanden, hatten das zusammen gemeistert.

Bis Elisa alles kaputt gemacht hatte.

Sie hatte es verdient, ganz allein zu sein. Es erschien ihr wie eine gerechte Strafe. Tränen stiegen ihr in die Augen, und eine Welle des Selbstmitleids drohte sie zu überrollen. Krampfhaft versuchte Elisa, sie zu unterdrücken. Sie

hasste Selbstmitleid, es gab kaum etwas, das sie unerträglicher fand. Also reiß dich zusammen!

Sie wischte sich die Tränen weg und griff fast reflexhaft in die Hosentasche, in der sich noch ein Streifen aus einer Blisterpackung befand. Wie Smarties warf sie sich drei der Tabletten in den Mund und schluckte sie ohne Wasser hinunter.

Nein, das Hochzeitsfoto konnte hierbleiben. Es löste nichts als Schmerz in ihr aus. Sie legte es zurück in die hinterste Ecke und packte dafür vorsichtig, wie ein zerbrechliches Glas, das gerahmte Foto von Lizzy ein. Genauso machte sie es mit einem Porzellanschälchen ihrer Mutter und weiteren Fotoalben ihrer Kindheit. Alles wertvolle Erinnerungsstücke.

Die gepackten Taschen stellte sie neben die Haustür, blickte durch das Fenster die Straße hinunter. Menschen waren kaum noch zu sehen. Zwei Frauen liefen mit mehreren Koffern zu ihrem Wagen, etwas weiter raste ein Auto mit Vollgas über die geflutete Straße. Ein Laternenpfahl musste in der Nacht abgeknickt sein und baumelte über dem Gehsteig, ein Bobbycar dümpelte herrenlos in einem überfluteten Vorgarten. Jetzt fuhren auch die beiden Frauen mit ihrem Wagen davon, und niemand war mehr auf der Straße zu sehen.

Du bist die Einzige, die noch hier ist, schoss es Elisa durch den Kopf. Niemand wird dir helfen können, wenn du allein nicht klarkommst, alle sind weg. Sie spürte, wie sich ihre Atmung wieder beschleunigte, das Herz schneller schlug, kalter Schweiß ausbrach. Warum wirkten die Ta-

bletten denn nicht? Einer ihrer Ärzte, der schon vor einer Weile misstrauisch geworden war, hatte sie gewarnt. Bei diesen Medikamenten könne eine Gewöhnung einsetzen, sie müsse vorsichtig mit dem Zeug sein, nicht einfach mehr nehmen, wenn die verordnete Dosis nicht mehr half, eine Überdosierung könne gefährlich werden, zu Bewusstseinsstörungen führen, Halluzinationen, Abhängigkeit. Im Moment gab es kaum etwas, das ihr gleichgültiger war als die Warnungen des Arztes. Sie hatte beileibe andere Probleme.

Kurz dachte sie an die Bewältigungsstrategie, die man mit ihr geübt hatte und die sie anwenden sollte, sobald eine Panikattacke drohte. Sie versuchte, sich auf ihre Füße zu konzentrieren, auf ihren festen Stand am Boden. Aber es funktionierte nicht. Sie wankte, und ihr wurde schwindelig. Einen Augenblick später hatte sie die Blisterpackung erneut in der Hand. Schnell nahm sie noch zwei weitere Tabletten.

»Vier. Sieben. Acht«, sagte sie laut und atmete in der gelernten Weise. Langsam wurde sie ruhiger.

Elisa versuchte, ihre Gedanken zu sortieren. Hast du jetzt alles? Fotoalben, Ausweis, Bank- und Versicherungsunterlagen. Außerdem ein paar wichtige Erinnerungsstücke. Gut. Nichts wie weg.

Als Elisa die Haustür öffnete, wurde sie von ihr gegen die Wand des Flurs gedrückt. Regen, Müll und altes Laub flogen ins Innere. Mit ganzer Kraft musste sie sich gegen den Wind stemmen, sonst hätte sie das Haus nicht verlassen können. Das war kein Sturm, das war ein ausgemachter Orkan, und sie musste aufpassen, dass er sie nicht zu Boden riss.

In gebückter Haltung, den Kragen des Mantels hochgeschlagen und die Reisetasche an die Brust gedrückt, kämpfte sie sich Schritt für Schritt weiter zum Auto. Auch der Kofferraum ließ sich nur schwer öffnen. Die automatische Öffnungsfunktion kam gegen den Wind nicht an. Elisa musste den Kofferraumdeckel mit einer Hand festhalten, während sie mit der anderen die Sachen hineinwarf, sonst wäre er vom Sturm wieder zugeschlagen worden.

Endlich saß sie hinterm Steuer, umklammerte das Lenkrad und versuchte, sich zu konzentrieren. Kurz flammte in ihr der Gedanke auf, dass sie eigentlich auf keinen Fall Auto fahren durfte, dafür hatte sie zu viele Tabletten geschluckt. Auf dem Beipackzettel stand es fett gedruckt, und ihre Ärzte wiesen sie jedes Mal darauf hin, dass sie unter der Wirkung der Medikamente nicht verkehrstüchtig war. Aber hatte sie eine Wahl? Nein. Sie musste weg, würde schon irgendwie fahren können, und mit einer Verkehrskontrolle musste sie wohl kaum rechnen.

Elisa ließ den Motor an und stellte den Scheibenwischer auf die höchste Stufe. Besorgt blickte sie Richtung Deich, versuchte zu erkennen, in welchem Zustand er war. Sie war sich nicht sicher, ob an einer Stelle schon Wasser durchkam oder ob es doch nur der Regen war, der wasserfallartig den Deich hinunterrauschte. Sie dachte an die Worte ihres Arztes und an die Halluzinationen, die sie gestern beim Anblick der Terrasse bekommen hatte.

»Derealisation und Depersonalisation können Symptome einer Panikattacke sein«, hatte er zu ihr gesagt, und damit nichts anderes gemeint, als dass die vertraute Umwelt

und sogar die eigene Person als fremd empfunden werden können. Oder eben gänzlich verfälscht, so wie gestern. Vielleicht rauschte gar kein Wasser den Deich hinunter, dachte Elisa, vielleicht spielte sich das nur in ihrem Kopf ab.

Sie atmete tief durch, legte einen Gang ein und fuhr langsam aus der Einfahrt. Im nächsten Moment trat sie urplötzlich auf die Bremse. Der Wagen kam ruckartig zum Stehen, und der Motor ging sofort stotternd aus.

Hatte sie das richtig gesehen? Elisa versuchte, ihren Blick zu fokussieren. Das war doch …? Sie konnte es nicht eindeutig erkennen, der Regen, der Sturm, die Tabletten, all das sorgte nicht gerade für eine klare Sicht.

Das war doch Katinka! Ganz bestimmt!

Die Katze von Vera und Joachim Peters saß im ersten Stock des verwaisten Hauses am Fenster, die kleine Schnauze immer wieder zum bitterlichen Miauen aufgerissen.

»Was machst du denn noch da?«, murmelte Elisa. Sie hatte die dicke Perserkatze schon öfter gefüttert, wenn die Peters übers Wochenende verreist oder in den Urlaub gefahren waren, und das plüschige Tier längst ins Herz geschlossen. Sie müssen sie vergessen haben, dachte Elisa. Oder sie war ihnen entwischt, und sie mussten ohne die Katze aufbrechen. Es brach ihr das Herz, das arme Tier so verzweifelt zu sehen. Unmöglich konnte sie es einfach ihrem Schicksal überlassen. Lizzy war wegen ihr ertrunken, kein Lebewesen sollte jemals wieder so etwas erleiden müssen, nicht, wenn sie es verhindern konnte.

Entschlossen stieg Elisa aus. Sie hatte immer noch den

Schlüssel der Peters an ihrem Bund, erst vor zwei Wochen hatte sie das letzte Mal Katinka gefüttert. Da die Peters eigentlich nächstes Wochenende schon wieder verreisen wollten, hatte sie den Schlüssel gleich behalten.

Du holst Katinka, etwas Futter und das Katzenklo, sagte sie sich, das kostet dich keine fünf Minuten. Das schaffst du!

Eine Mülltonne schepperte über die Straße, und Elisa konnte in letzter Sekunde einen Satz zur Seite machen. Äste und Zweige flogen durch die Luft, die Bäume bogen sich beängstigend tief zur Seite, die Dachpappe auf der Nachbarsgarage hatte sich gelöst und flatterte wie eine überdimensionale Fahne in der Luft. Es war eine Frage der Zeit, bis sie abreißen würde. Der Sturm hatte längst die Stufe zum Orkan erreicht.

Elisa stemmte sich gegen den Wind bis zur Haustür der Peters. Sie hatte Mühe, den Schlüssel ins Schloss zu bekommen, so nass und glitschig waren ihre Hände. Schließlich öffnete sie die Tür.

Im nächsten Moment schrie sie zu Tode erschrocken auf.

Mittwoch, 24. Mai

Es ist ungewöhnlich warm heute, schon richtig sommerlich. Die Luft flimmert, und es ist ziemlich schwül. Bald wird bestimmt die Dreißig-Grad-Marke geknackt, jetzt schon, im Mai. Wie soll das erst im Juli und August werden? Vielleicht gibt es einen neuen Hitzerekord. Mal wieder. Inzwischen gibt es den fast jedes Jahr.

Früher hat mir die Hitze nichts ausgemacht, aber jetzt fühle ich mich nicht gut. Vielleicht, weil es zusätzlich so schwül ist. Vielleicht liegt es aber auch einfach an meinem Alter? Möglicherweise brüte ich auch was aus. Wäre ja nicht das erste Mal, dass ich mir eine Sommergrippe einfange. Ich verstehe gar nicht, was mit meinem Immunsystem los ist. Wenn jemand in meiner Nähe niest, kann ich mir sicher sein, dass ich am nächsten Tag mit Fieber das Bett hüten muss. Ich war schon als Kind anfällig für jede Art von Viren. Egal, was gerade rumging, ich konnte darauf wetten, dass es irgendwann bei mir ankam. Meistens war ich dann doppelt so krank wie alle anderen und lag mindestens für eine Woche flach.

Kann gut sein, dass ich mich wieder irgendwo angesteckt habe. Jedenfalls bin ich ganz schön schlapp, und mir ist dauernd flau im Magen, ich schaffe nicht viel. Lizzy hilft mir, wo sie nur kann. Das ist wirklich so lieb. Wenn sie bei mir ist, scheint sie in meinen Kopf gucken zu können, weiß sofort, ob ich einen Tee oder lieber ein Wasser trinken möchte.

Eigentlich mag ich das Wort »Seelenverwandte« nicht

so gerne, aber bei Lizzy trifft es einfach zu. Ich fühle mich niemandem so nah wie ihr, und wir können über alles reden. Jedenfalls theoretisch. Denn natürlich reden wir nicht über alles. Aber das liegt an mir.

Ich habe nie gelernt, über meine Gefühle zu sprechen. Es hat sich auch nie jemand für meine Gefühle interessiert. So war das halt früher. Ich weiß noch, wie ich als Siebzehnjährige zum ersten Mal Liebeskummer hatte. Es war so schlimm für mich. Drei Monate habe ich jeden Abend im Bett geweint. Meine Mutter hat nicht einmal gefragt, was mit mir los ist. Später habe ich oft darüber nachgedacht, woran das lag, ob es ihr einfach egal war, wie es mir ging, oder ob sie Liebeskummer bei jungen Leuten nicht überbewerten wollte. Ich weiß es nicht. Ich weiß nur, dass meine Tränen nie sonderlich ernst genommen wurden, auch nicht, als ich noch kleiner war. Kindern wurde früher einfach nicht so viel Beachtung geschenkt wie heute. Oder war es nur bei mir so?

Meine Eltern hatten jedenfalls nie viel Zeit. Vater war immer in der Firma, und Mutter musste sich um repräsentative Aufgaben kümmern. Ich kannte es nicht anders.

Obwohl ich immer viel allein gewesen bin, legten meine Eltern großen Wert darauf, dass nach außen alles perfekt wirkte. Hübsch sein und immer lächeln zählte daher zu meinen Hauptaufgaben. Das habe ich leider nie besonders gut hingekriegt, dabei schien das doch die entscheidende Voraussetzung zu sein, um einen anständigen Mann abzukriegen, der die Firma irgendwann mal leitet. Auf die Idee, dass ich sie vielleicht selbst übernehmen

könnte, wären meine Eltern niemals gekommen. Ich mache ihnen deshalb keinen Vorwurf, sie waren einfach eine andere Generation. Außerdem habe ich auch nie richtig gesagt, dass ich das gerne möchte. Gefragt hat mich allerdings auch keiner.

Von solchen alten Geschichten erzähle ich Lizzy nichts. Sicherlich könnte ich mit ihr darüber sprechen, aber ich möchte nicht so wehleidig wirken. Außerdem liegt das alles so lange zurück.

Die Probleme mit Felix sind dagegen sehr aktuell. Lizzy hat schon oft mitbekommen, wie Felix manchmal zu mir ist. Nach außen wirkt er wie der perfekte Ehemann, der Traumschwiegersohn, den Vater sich immer für mich gewünscht hatte. Groß, gut aussehend, eloquent. Ein cleverer Geschäftsmann, der die Finanzen der Firma perfekt im Griff hat, immer die richtigen Investments tätigt, zu den Mitarbeitern hart, aber gerecht ist. Er macht das wirklich gut.

Wenn Felix allerdings schlechte Laune hat, kann er ein Ekel sein. Er hat sich dann nicht im Griff, kann seine Emotionen nicht unter Kontrolle halten, lässt seinen Ärger grundsätzlich an anderen aus. Oder vielmehr an mir.

In letzter Zeit hat er dauernd schlechte Laune. Eigentlich sagt er nur noch Gemeinheiten zu mir. Wenn Lizzy bei mir ist und davon etwas mitbekommt, versuche ich immer, mir nichts anmerken zu lassen. Ich dachte, das klappt ganz gut, schließlich habe ich doch schon als kleines Mädchen gelernt, auch dann zu lächeln, wenn mir eigentlich zum Heulen zumute war. Trotzdem ahnt Lizzy, dass die Gemeinheiten nicht spurlos an mir vorbeigehen. Sie hat schon ein

paarmal gesagt, dass ich mir von Felix nicht alles gefallen lassen soll, und wenn ich das Thema dann rasch beendet habe, hat sie gemeint, wir sollten mal in Ruhe darüber reden. Aber das will ich nicht. Ich will mit ihr nicht über Felix sprechen, das finde ich unpassend. Zumal ich ihr sonst auch das Geheimnis anvertrauen müsste, das ich nun seit über zwanzig Jahren mit mir herumschleppe, und das möchte ich auf keinen Fall.

Vielleicht steigere ich mich aber auch wieder in etwas hinein. Ich habe mir schon immer zu viele Gedanken gemacht. Wenn mich auf dem Schulhof jemand geschubst hat, fühlte ich mich von der ganzen Klasse gehasst, wenn ein Junge mit mir Schluss gemacht hat, dachte ich an Selbstmord, überzeugt davon, nicht liebenswert zu sein und für immer allein zu bleiben. Ich, das dicke, unattraktive Mädchen, das immer gehänselt wurde und nie richtige Freundinnen hatte. Die im Sportunterricht immer als Letzte in die Teams gewählt wurde, die Einzige, die nicht zum Abschlussball aufgefordert und die in der Abizeitung vergessen und mit keiner Silbe erwähnt wurde.

Meine Eltern meinten damals, das wäre ein Versehen gewesen, und ich soll nicht so ein Theater machen. Vielleicht hatten sie recht. Vielleicht auch nicht. Mein Selbstwert sank mit jedem Jahr, und je geringer er wurde, desto mehr Gedanken und Sorgen habe ich mir gemacht. Ein Teufelskreis.

Erst mit Felix konnte ich ihn durchbrechen. Erst seine Liebe schaffte es, dass ich mich selbst auch ein bisschen lieben konnte. Nicht viel, aber ein Anfang war gemacht. Er

fand alles an mir toll, was ich an mir gehasst habe, meine Rundungen sexy und nicht fett, meine Unsicherheit süß und nicht langweilig, meine Ängste herausfordernd und nicht nervtötend. Ich war unfassbar dankbar, diesen Mann getroffen zu haben. Ohne ihn war ich nichts, mit ihm alles. So war es jedenfalls am Anfang unserer Ehe. Nach kurzer Zeit musste er sich dann vollkommen auf die Firma konzentrieren und hatte nicht mehr viel Zeit für mich. Das finde ich normal, war bei Vater ja genauso.

Ich habe Felix dann nur noch selten gesehen, aber wenn, dann war er eigentlich immer noch derselbe. Vielleicht habe ich mir das aber auch nur eingeredet. Seit einer ganzen Weile ist er jedenfalls nicht mehr so nett zu mir. Vielleicht bin ich aber auch einfach etwas empfindlich, und er äußert nur konstruktive Kritik, die ich in den falschen Hals bekomme. Ich weiß ja, dass ich schwierig bin.

Letzte Nacht war Felix nicht da. Jedenfalls nicht die ganze Zeit. Ich habe gehört, wie er um kurz nach zwölf aufgestanden und aus dem Schlafzimmer gegangen ist. Ich dachte, er muss mal, und bin ziemlich schnell wieder eingeschlafen. Als ich gegen vier Uhr noch mal wach geworden bin, lag er immer noch nicht neben mir. Seine Decke war kalt, er war also schon länger weg. Zuerst habe ich mir fast Sorgen gemacht, warum er wohl so lange im Bad blieb, ob ihm vielleicht etwas passiert war. Ich wollte aufstehen und nachsehen, aber aus irgendwelchen Gründen konnte ich mich nicht bewegen. Keine Ahnung, warum, aber ich war wie gelähmt und zu nichts anderem in der Lage, als in die Stille zu lauschen. Obwohl ich kein Auge mehr zuma-

chen konnte, blieb ich im Bett liegen und horchte die ganze Nacht in die Dunkelheit. Gegen sechs Uhr kam er dann auf Zehenspitzen zurück ins Schlafzimmer und legte sich lautlos neben mich, seufzte zufrieden und schlief sofort ein. Ich wollte mich aufsetzen und ihn fragen, wo er denn die ganze Zeit gewesen war. Habe ich aber nicht.

Als er zwei Stunden später aufstand, war er gut gelaunt, als hätte er die ganze Nacht blendend geschlafen. Ich dagegen konnte vor Müdigkeit und Kopfschmerzen kaum die Augen offen halten. Auf die Nacht angesprochen habe ich ihn da aber immer noch nicht. Ich denke, wenn er mir etwas sagen will, dann wird er es schon tun. Vielleicht hat er einfach nur ein bisschen gearbeitet oder ist an seinem Schreibtisch eingeschlafen, ich weiß es nicht. Ich weiß nur, dass Felix es hasst, wenn ich ihm zu viele Fragen stelle. Dann hat er das Gefühl, ich würde ihm nicht richtig vertrauen, und das kann er nicht leiden.

Er hat damit ja auch recht. Vertrauen ist in jeder Beziehung besonders wichtig, aber bei uns ist es vielleicht noch ein bisschen wichtiger als bei anderen. Wenn ich es nicht geschafft hätte, Felix zu vertrauen, dann wäre ich an meinen Selbstzweifeln zugrunde gegangen, davon bin ich überzeugt. Außerdem muss es ja nichts zu bedeuten haben, wenn er einmal für ein paar Stunden das Schlafzimmer verlässt, ich bin mir sicher, das kommt in zig Ehen vor. Vielleicht habe ich auch wieder mit den Zähnen geknirscht, und er ist deshalb gegangen. Wahrscheinlich lag es an mir, das scheint mir am plausibelsten zu sein. Jedenfalls sollte ich mir nicht so viele Gedanken darüber machen. Es war ja

schließlich das erste Mal, dass er nachts für ein paar Stunden fort war. Oder?

6

Vera hielt sich eine Hand vor die Brust. »Frau Marbach! Um Himmels willen! Haben Sie mich erschreckt!«

Sie hatte gerade den letzten Sandsack aus dem Keller geholt und zur Haustür geschleppt, als diese plötzlich aufgegangen war und ihre Nachbarin laut schreiend vor ihr stand. Vom Regen durchnässt, leichenblass im Gesicht, mit verwirrtem Blick.

Aus dem Hintergrund kam Joachim durch den holzvertäfelten Flur herbeigeeilt. Er hatte die andere Hälfte der Sandsäcke, die sie seit Bekanntwerden der drohenden Sturmflut im Keller gelagert hatten, zur Terrasse gebracht. Die Terrassentür war der größte Schwachpunkt im ganzen Haus, hier würde das Wasser als Erstes eindringen können.

»Was ist denn das für ein Geschrei?«, rief Joachim, als er zu ihnen kam.

Elisa Marbach zitterte am ganzen Körper. Sie atmete tief durch und rang sichtbar um Fassung. »Sorry, ich muss mich erst mal ... Moment ...« Sie holte mehrmals tief Luft, wie eine Läuferin, die sich von einem Sprint erholen musste. »Vier. Sieben. Acht«, flüsterte sie atemlos.

»Was haben Sie gesagt?«, fragte Joachim irritiert.

»Schon gut.« Elisa Marbach atmete immer noch tief durch.

»Alles in Ordnung?«, fragte Vera besorgt. Letzte Nacht hatte sie selbst nicht nur einmal auf diese Weise Luft holen müssen, was allerdings auf die körperliche Anstrengung zurückzuführen war, die sie auf sich nehmen musste, nachdem sie wieder ins Haus zurückgekommen waren. Joachim hatte darauf bestanden, dass sie die Zeit nicht ungenutzt verstreichen ließen, sondern weitere Sicherheitsmaßnahmen einleiteten. Ihren Garten hatten sie damals mit aufwendigen Hochbeeten angelegt, die sich durch Starkregen und Flut in kleine Schlammlawinen verwandeln konnten. Mit unzähligen Pflastersteinen und Dachziegeln, die sie noch in der Garage aufbewahrt hatten, hatten sie stundenlang versucht, die Beete zu sichern. Eine körperlich extrem anstrengende Arbeit, erst recht bei Sturm und Regen.

Elisa Marbach richtete sich wieder auf. »Tut mir leid, ich habe nicht damit gerechnet, dass Sie noch hier sind. Ich habe Katinka oben am Fenster gesehen und dachte, Sie hätten sie vergessen. Deshalb wollte ich kurz rein und die Katze ... Es tut mir leid. Ich dachte, Sie sind schon weg, sonst hätte ich natürlich geklingelt.«

Joachim war erstaunlich ruhig und gefasst. »Eigentlich wären wir das auch, aber mein verfluchtes Auto hat mal wieder den Geist aufgegeben. Der Vergaser macht schon länger Probleme ... Jedenfalls nett von Ihnen, dass Sie nach Katinka gucken wollten.«

»Ja, das ist wirklich nett. Sie konnten von Anfang an so gut mit ihr.«

Elisa Marbach schien sich gefangen zu haben, jedenfalls konnte sie wieder lächeln. »Sie haben aber auch wirklich die liebste Katze der Welt, Frau Peters.«

»Sagen Sie doch Vera zu mir.« Joachims missbilligender Seitenblick entging Vera nicht.

»Gerne. Ich bin Elisa.«

Sie ist so sympathisch, dachte Vera. Aber sie wäre besser nicht hergekommen.

»Ich wusste gar nicht, dass Sie einen Schlüssel vom Haus haben.« Wieder warf Joachim Vera diesen Seitenblick zu. »Ich dachte immer, sie hat Katinka in der Garage gefüttert.«

»Ich hatte ihr das letzte Mal einen Hausschlüssel gegeben«, antwortete Vera. »Weil Katinka doch dieses Magenmittel bekommen hat, was man im Kühlschrank aufbewahren musste. Hatte ich ganz vergessen, dir zu sagen.«

Sie hatte grundsätzlich Verständnis für Joachims Vorsichtsmaßnahmen, aber er konnte manchmal wirklich übertreiben. Vera sah jedenfalls kein Problem darin, dass ihre Nachbarin ein paarmal allein im Haus gewesen war, um Katinka zu versorgen. Ein bisschen Normalität musste doch möglich sein!

Elisa zog den Schlüssel von ihrem Bund ab und reichte ihn Joachim. Ihre Hände zitterten immer noch leicht, vielleicht aber auch vor Kälte. »Sorry, den hätte ich längst zurückgeben sollen.«

Er steckte ihn ein und nickte freundlich. »Ist doch kein

Problem, Elisa. Schön. Dann wollen wir Sie nicht länger aufhalten. Sie wollen ja sicher los.«

»Nur wenn Sie mitkommen. Ich lasse Sie hier nicht allein zurück«, entgegnete Elisa. Sie blickte aus dem Fenster, und auf ihrer Stirn waren tiefe Sorgenfalten zu sehen. Der Himmel hatte sich noch mehr verdunkelt und wurde nur von vereinzelten Blitzen erhellt, gefolgt von lautem Donner.

»Das ist sehr nett, wirklich.« Joachim hatte sein Allzwecklächeln aufgesetzt, das Vera nur zu gut kannte. Es wirkte freundlich und verbindlich und war von ihm jederzeit abrufbar. Er konnte es einfach anknipsen, ohne damit eine Emotion zu verbinden, und Vera wusste, dass es nichts zu bedeuten hatte. Es war nur Fassade. »Aber wir werden gleich von Freunden abgeholt. Sie müssten jeden Moment hier sein.«

»Sind Sie sicher? Nachher ist eine Straße blockiert, und Ihre Freunde kommen nicht durch«, gab Elisa zu bedenken. »Und dann sitzen Sie hier fest. Ich kann Sie mitnehmen, und Sie rufen Ihre Freunde von unterwegs an.«

»Wir wissen Ihr Angebot zu schätzen, aber unsere Freunde haben sich vor ein paar Minuten noch gemeldet«, sagte Joachim.

»Sie sind gleich hier«, fügte Vera schnell hinzu. »Wir legen nur noch die Sandsäcke an Ort und Stelle, dann sind wir auch hier weg.«

»Dabei kann ich Ihnen doch helfen!«, bot Elisa sich an. »Gerade für Sie ist das doch viel zu schwer.« Sie wies auf Veras Gehstock.

»Ach was, das schaffen wir schon«, sagte Vera. »Aber es ist wirklich lieb, dass Sie uns helfen wollen.«

»Ja, sehr aufmerksam.« Joachim ging lächelnd zur Haustür und hielt sie Elisa auf. Sofort blies der Wind hinein, dass ihnen die Haare um die Ohren flogen. Joachim hatte Mühe, die Tür festzuhalten. »Noch mal vielen Dank. Wir sehen uns dann, wenn wir alle wieder zurückkehren können.«

»Okay. Wenn Sie wirklich meinen ...« Elisa wandte sich zum Gehen.

Mit einem Mal war ein ohrenbetäubender Knall zu hören, so laut, dass Vera ihn in ihren Knochen spüren konnte. Erschrocken zuckten sie alle zusammen und verharrten für einige wenige Sekunden in einer fast gebückten Position. Ein gewaltiges Donnern war zu hören, so laut, wie Vera es noch nie zuvor gehört hatte. Elisa hielt sich reflexhaft die Hände über die Ohren und zitterte wieder deutlich stärker als zuvor. Die Haustür fiel laut scheppernd ins Schloss, das Licht im Haus flackerte, fiel kurz aus und sprang dann wieder an. Dann hörten sie lautes Poltern, gefolgt von einem Geräusch, das von zersplitterndem Glas verursacht wurde. Und nun war wieder nichts als das Rauschen des Sturms und der prasselnde Regen zu hören.

Vera brauchte einen Augenblick, um sich zu fassen. »Was ist passiert?« Mit einem Schritt war sie am Fenster neben der Tür.

»Irgendwo in der Nähe muss der Blitz eingeschlagen sein!« Joachim trat hinter sie, während Elisa wie angewurzelt im Flur stehen blieb.

»Die Eiche! Elisa! Ihr Haus!« Fassungslos starrte Vera auf

die andere Straßenseite. Die dicke, bestimmt hundert Jahre alte Eiche, die neben Elisas Haus gestanden hatte, war ungefähr in der Mitte abgebrochen und umgestürzt. Aus dem zersplitterten Reststamm stieg Qualm auf, der weit größere Teil des Baumes hatte Elisas Auto unter sich begraben. Kofferraum und Rückbank waren tief eingedrückt, der Wagen ganz offensichtlich ein Totalschaden. Die schweren Äste hatten außerdem das Dach des Hauses eingerissen. Der vordere Teil schien völlig zerstört. Nackte Dachbalken, eine Wand im ersten Stock so stark beschädigt, dass man in ein Zimmer blicken konnte, überall zerborstene Fenster. Der Regen drang ungehindert ins Innere.

Vera schluckte den Kloß in ihrem Hals hinunter. Wie schnell das doch gehen kann, dachte sie. Innerhalb von Sekunden hatte sich das Heim ihrer Nachbarin in eine Ruine verwandelt. Sie streckte die Hand nach Elisa aus und zog sie langsam zu sich, legte ihr einen Arm um die Schultern. Die junge Frau zitterte jetzt am ganzen Leib.

»O Gott ...«, murmelte Elisa leise. Mit halb offenem Mund und aufgerissenen Augen starrte sie aus dem Fenster.

»Das zahlt die Versicherung«, meinte Joachim mit Kennermiene. »Machen Sie sich keine Sorgen. In ein paar Wochen sieht man nichts mehr davon.«

Vera drückte Elisa tröstend an sich. »Gut, dass Sie nicht mehr im Haus waren. Sie hätten tot sein können.«

Joachim nickte. »Wenn Sie fünf Minuten später gegangen wären ... nicht auszumalen. Sie haben wirklich Glück im Unglück.«

Elisa stand immer noch regungslos und steif da, starrte

auf das, was von ihrem Haus übrig geblieben war. »Mein Wagen ...«

»Der ist hinüber«, meinte Joachim. »Dagegen ist die Sache mit meinem Vergaser ein Witz.«

Vera warf ihm einen strengen Seitenblick zu. Jetzt war nicht der Zeitpunkt für sarkastische Sprüche. Tröstend strich sie Elisa über den Rücken. »So ein Auto ist doch das geringste Problem.«

»Der Kofferraum ... meine Sachen ...«

»Die können Sie vergessen. Die kann die Feuerwehr rausflexen, wenn sie hier aufräumt.« Joachim schüttelte den Kopf. »Die Karre ist was für die Schrottpresse.«

»Aber ... ich brauche doch mein Auto! Wie soll ich denn hier wegkommen?« Elisas Stimme war brüchig.

Damit hatte sie allerdings recht, dachte Vera. Ihre Nachbarin hatte jetzt keine Chance mehr, von hier zu verschwinden.

Hinter Elisas Rücken warf Vera Joachim einen bedeutungsvollen Blick zu. Der machte große Augen und schüttelte kaum merklich den Kopf. »Doch«, formulierte Vera tonlos mit den Lippen und nickte energisch.

»Sie werden erst mal hierbleiben müssen. Wir haben kein brauchbares Auto, und zu Fuß können Sie bei dem Wetter nicht raus«, sagte Vera bestimmt. »Sie sehen ja, wie gefährlich es jetzt draußen ist. Selbst im Auto wären Sie nicht sicher.«

Joachim presste die Lippen zusammen, sagte aber nichts.

»Kann ich gleich mitfahren, wenn Ihre Freunde Sie abholen?«

»Natürlich. Falls sie jetzt noch bis zu uns durchkommen«, meinte Vera mit besorgter Stimme.

Joachim nickte ernst. »Es wird nicht der einzige Baum sein, der umgefallen ist.«

»Aber ...« Die Stimme von Elisa bebte. »Was machen wir denn, wenn Ihre Freunde es nicht bis nach Bad Seeberg schaffen?«

Vera sah Joachim an, aber der wich ihrem Blick aus. »Dann stehen wir das hier eben gemeinsam durch«, sagte sie mit fester Stimme. »Wir drei werden das schon zusammen schaffen.«

»Danke.« Die Stimme von Elisa zitterte immer stärker. »Ich wüsste nicht, was ich ohne Sie tun sollte.«

Vera drückte ihre Nachbarin kurz an sich. »Das ist doch selbstverständlich. Die Eiche war der größte Baum in der Straße, um unser Haus stehen nur kleine. Hier sind Sie sicher.« Sie blickte erneut zu Joachim, der inzwischen aber stirnrunzelnd aus dem Fenster starrte. Sie sah, wie er seine Hände knetete, und ahnte, was in ihm vorging.

Vera konnte es ihm nicht verübeln. Sie versuchte, die eigene aufsteigende Nervosität zu unterdrücken. Es war nicht gut, dass Elisa bei ihnen bleiben musste, gar nicht gut, das wusste sie auch. Aber was sollten sie machen? Sie konnten die Frau unmöglich vor die Tür setzen, das wäre nicht nur ziemlich auffällig, es wäre auch unverantwortlich, geradezu unmenschlich. Damit würden sie Elisa praktisch in den sicheren Tod schicken.

Nein, es gab keine Alternative. Jetzt war es wichtig, dass Elisa ihnen keine Schwierigkeiten machte. Vera musste sie im Auge behalten, musste dafür sorgen, dass Elisa sich nicht unnötig umschaute, ihre Nase nicht in Dinge steckte, die sie nichts angingen. Angesichts der Katastrophensituation, in der sie sich befanden, war das Risiko von Schnüffelleien hoffentlich gering, aber es bestand natürlich die Gefahr, dass Elisa zufällig etwas bemerken könnte. Und Vera wusste nicht, wie Joachim dann reagieren würde. Sie befürchtete das Schlimmste.

»Ich mach uns erst mal einen Kaffee«, sagte Vera mit aufgesetzt heiterer Stimme, räusperte sich und ging auf ihren Stock gestützt in die Küche.

»Ich helfe dir. Und Sie setzen sich jetzt ins Wohnzimmer und atmen mal tief durch«, sagte Joachim. »Das wird schon alles werden.«

Vera sah noch aus dem Augenwinkel, wie Elisa nickte und dann langsam ins Wohnzimmer ging. Im nächsten Moment war sie mit Joachim allein in der Küche.

»Das hast du nun davon!«, zischte er ihr wütend zu.

»Wovon? Als wenn ich schuld an diesem Sturm wäre!« Vera war es ja gewohnt, dass Joachim ihr grundsätzlich für alles die Schuld gab, aber in diesem Fall war es mehr als lächerlich.

»Hättest du ihr nicht den Schlüssel gegeben, hätten wir sie jetzt nicht am Hals!«, regte Joachim sich auf.

Vera unterdrückte ein Seufzen. Diese Diskussion war so sinnlos. »Möchtest du auch einen Kaffee?« Sie bemühte sich, mit besonders fester Stimme zu sprechen, nahm einen

Filter aus der Packung und setzte ihn in die Maschine, befüllte ihn mit Kaffeepulver und kippte Wasser in den Zulauf.

»Ja. Es kann nicht schaden, wenn wir einen wachen und klaren Kopf behalten. Wir müssen jetzt wirklich aufpassen«, sagte er leise.

Vera drehte sich zu ihm und sah ihm ernst in die Augen. »Das ist eine völlig verängstigte Frau. Von ihr geht keine Gefahr aus.«

»Woher willst du das wissen? Außerdem geht es nicht darum, ob sie gefährlich ist«, sagte Joachim. »Aber wir sind in Gefahr, wenn sie etwas sieht. Kapierst du das nicht?«

Bevor Vera antworten konnte, flackerten die Lichter in der Küche und auch im Flur, dann war es dunkel.

»Was ist denn jetzt?«, hörte Vera ihre Nachbarin mit zittriger Stimme im Nebenraum sagen.

»Der Strom ist ausgefallen«, rief Joachim. »Leider wird es dann mit dem Kaffee erst mal nichts. Ich überprüfe die Sicherungen.«

»Ich hole uns ein paar Kerzen.« Vera nahm ihr Handy von der Arbeitsfläche und schaltete es ein. »Kein Netz«, murmelte sie mit Blick auf das Display. Dann ging sie zur Vorratskammer.

»Ich habe noch ein batteriebetriebenes Radio im Keller«, sagte Joachim. »Ich guck mal, ob ich es finde.«

Joachim nahm sein Handy und ging nach unten, während Vera mit zwei dicken Blockkerzen in der Hand ins Wohnzimmer kam. Sie stellte sie auf den Tisch und zündete sie an.

»Ist doch fast wie Weihnachten«, meinte Vera betont munter. »Vielleicht kommt der Strom ja gleich wieder.«

Elisa saß wie ein Häufchen Elend auf dem Sofa. Sie wirkte ganz klein, hatte die Beine angezogen und die Arme darum geschlungen. Langsam wippte sie hin und her, die Lippen aufeinandergepresst, die Stirn von tiefen Sorgenfalten zerfurcht.

Vera holte noch eine Flasche Mineralwasser und drei Gläser. Dann setzte sie sich zu Elisa, zog ihr Handy aus der Tasche und überprüfte erneut das Netz. »Nein, nichts. Kein Empfang.«

Langsam blickte Elisa auf, blass und mit aufgerissenen Augen. »Aber dann können wir ja noch nicht mal Hilfe rufen ...«

»Doch, doch. Keine Panik.« Vera lächelte und legte Elisa eine Decke um die Schultern. »Joachim ist Hobbyfunker. Er hat noch ein altes Funkgerät in seinem Arbeitszimmer. Zur Not können wir damit jemanden anfunken.«

Elisa seufzte und umklammerte ihre Beine immer fester. »Danke. Das gibt etwas Hoffnung.«

»Wir sollten gleich als Erstes versuchen, jemanden anzufunken, und nicht erst nach Hilfe rufen, wenn wir wirklich in Not sind. Aber vorher hole ich Ihnen was Trockenes zum Anziehen. Sie zittern ja vor Kälte.«

Joachim kam mit dem Radio in der Hand zurück ins Wohnzimmer. »An den Sicherungen liegt es nicht. Muss ein größerer Stromausfall sein.«

»Es gibt ja auch keinen Empfang«, sagte Vera. »Wahr-

scheinlich hat der Sturm irgendwelche Strom- und Sendemasten umgeworfen.«

»Das ist gut möglich. Wenigstens können wir jetzt die Nachrichten verfolgen«, sagte Joachim und stellte das Radio an. »Dann wissen wir auch, ob das mit dem Stromausfall eine längere Sache ist.«

»Und ob die im Moment überhaupt irgendetwas reparieren können.«

»Wahrscheinlich nicht.« Joachim drehte an dem Regler. Das Radio fiepte, knirschte und gab ein Rauschen von sich. »Warte, ich hab's gleich ...« Dann hatte er den lokalen Radiosender eingestellt.

»Die gesamte Küstenfront ist von dem Stromausfall betroffen. Insgesamt sind rund hunderttausend Haushalte vom Stromnetz abgeschnitten«, war die Stimme der Nachrichtensprecherin zu hören. »Wann die Reparaturarbeiten durchgeführt werden können, ist noch unklar. Wir halten Sie selbstverständlich auf dem Laufenden. Jetzt zur aktuellen Lage am Deich. Wie von Experten befürchtet, ist der Deich an einigen Stellen bereits gebrochen. THW und Feuerwehr versuchen, die Löcher mit Sandsäcken zu stabilisieren, aber nach Auskunft des Sprechers der örtlichen Feuerwehr müssen diese Maßnahmen in den nächsten Stunden abgebrochen werden, da die Gefahr für die Helfer zu groß wird.«

Gebannt verfolgten sie jedes Wort der Nachrichtensprecherin, und Vera hatte das Gefühl, als würden sie alle den Atem anhalten.

90

»Aber wenn die Löcher im Deich nicht repariert werden ...«, flüsterte Elisa.

»Dann werden sie immer weiter aufreißen. Bis der ganze Deich bricht«, stellte Joachim nüchtern fest, aber Vera wusste, dass er nicht so abgeklärt war, wie er vorgab zu sein. Natürlich hatte er Angst, und nicht nur davor, dass Elisa etwas erfahren könnte, sondern auch vor den Wassermassen. Nicht nur für einen fünfundsechzigjährigen, übergewichtigen und untrainierten Mann wie ihn war die angekündigte Sturmflut eine enorme Gefahr. Sie alle befanden sich in Lebensgefahr. Aber die mangelnde körperliche Fitness machte es für Joachim nicht gerade leichter.

»Psst«, machte Vera, und sie lauschten weiter der Nachrichtenstimme.

»Die Dörfer, die in unmittelbarer Nähe zum Deich liegen, wurden und werden noch evakuiert. Lutzendorf ist aufgrund der Überflutung durch den Starkregen bereits letzte Nacht evakuiert worden, in Bersenkamp werden gerade erste Evakuierungsmaßnahmen eingeleitet, und die Bewohner von Bad Seeberg haben sich ebenfalls schon in Sicherheit gebracht. Auch die JVA Seeberg soll evakuiert werden.«

»Wie soll das gehen?«, rief Elisa erschrocken dazwischen. »Wie sollen die bei einem Stromausfall evakuiert werden?«

»Lutzendorf ist doch auch schon evakuiert worden«, sagte Joachim. »Die kriegen das schon hin.«

»Aber in der JVA sind doch nur Schwerverbrecher!«

»Das wird schon gut gehen«, meinte Vera, obwohl sie selbst nicht wirklich davon überzeugt war.

»Und wenn nicht?« Elisas Stimme überschlug sich fast. »Dann laufen da rund zweihundert Mörder und Totschläger frei herum!«

»Na, na, na«, machte Joachim väterlich. »Jetzt übertreiben Sie aber.«

»Nein!« Elisa fuhr sich nervös durch die dunklen Locken. »Da sitzen wirklich schlimme Leute ... o Gott ...«

»Machen Sie sich nicht so viele Sorgen«, sagte Joachim. »Die werden geordnet evakuiert und in eine andere JVA gebracht. Da passiert nichts. Und selbst wenn einer von denen fliehen kann, wird der sich bestimmt nicht auf den Weg Richtung Deich machen. Das sind vielleicht Schwerverbrecher, aber die sind noch lange nicht lebensmüde. Nach Bad Seeberg kommt keiner von denen.«

Elisa presste sich eine Hand vor den Mund, Tränen stiegen ihr in die Augen, und Vera sah ihr an, dass es sie ihre ganze Kraft kostete, sich zusammenzureißen und nicht laut loszuschluchzen.

»Da hat mein Mann recht«, pflichtete Vera ihm bei und hoffte, Elisa etwas beruhigen zu können. »Wenn jemand entkommt, dann flieht der doch in die andere Richtung und läuft nicht zu uns zum Meer. Hierher kommt keiner.«

Elisa ließ die Hand sinken und blickte mit leeren Augen ins Nichts. »Doch«, flüsterte sie kaum hörbar, »einer wird kommen.«

7

Schreie und Rufe erfüllten die Gänge und hallten durch das Gebäude, in dem sonst immer eine fast beängstigende Stille herrschte. Niemals würde Paul den Tag vergessen, an dem er das erste Mal durch die langen Flure der JVA gehen musste. Grelles Neonlicht, rechts und links nur Beton, keine Fenster, aber dafür in regelmäßigen Abständen Stahltüren, hinter denen sich die Zellen verbargen. Und überall diese ungewöhnliche Stille. Durch die dicken Wände drang nur wenig in die Gänge, egal ob ein Lachen oder ein Hilferuf, alles wurde vom Beton verschluckt.

Jetzt war die Situation eine gänzlich andere. Die Zellentüren standen offen, das Neonlicht flackerte, Häftlinge liefen durch das inzwischen knöchelhohe Wasser, einige JVA-Beamte brüllten und versuchten, mit Schlagstöcken und Pfefferspray die Männer im Zaum zu halten, andere eilten zu den eingeschlossenen Waffen, weil sie ahnten, dass das hier erst der Anfang war.

Das von Josh herbeigesehnte Chaos war heftiger, als Paul es sich jemals hätte vorstellen können. Keiner von den Häftlingen hielt sich an Anweisungen oder Befehle der JVA-

Beamten. Ohne Rücksicht stürmte jeder nur Richtung Ausgang in der Hoffnung, dass die Tore bereits geöffnet waren, oder davon überzeugt, dass man sie jetzt öffnen würde. Die Insassen schubsten sich gegenseitig aus dem Weg, rannten sich förmlich über den Haufen, brüllten die Schließer an und schlugen sofort zu, sobald sie auf Widerstand stießen. Falls es jemals so etwas wie Menschlichkeit im Miteinander des Gefängnisalltags gegeben hatte, war davon jetzt nichts mehr zu spüren. Jeder dachte nur an sich.

Paul stand in der Ecke des Korridors, den Rücken gegen die Wand gepresst, und blickte auf die tobende Menge, die durch den Gang hetzte. Keiner schien genau zu wissen, wie er am schnellsten zum Ausgang kommen konnte, welche Gangtüren geöffnet und welche noch verschlossen waren. Es herrschte ein heilloses Durcheinander.

Er versuchte, sich zu orientieren und einen klaren Gedanken zu fassen, einen Plan, wie er jetzt am besten vorgehen könnte, wie er hier rauskam, ohne sich in Gefahr zu begeben. Das ständige Flackern des Neonlichtes erinnerte ihn daran, dass er sich nicht mehr zu viel Zeit lassen durfte. Nachdem das Wasser in das Gebäude eingedrungen und der Strom ausgefallen war, hatte es einen Zellenaufschluss gegeben. Offenbar rechnete man mit weitaus größeren Wassermengen und hatte sich zu einer kurzfristigen Evakuierung entschlossen. Der Notstromgenerator war angesprungen, lieferte aber nicht kontinuierlich Strom und fiel immer wieder aus. Es würde nicht mehr lange dauern, bis auch er in den Fluten versank und den Geist aufgab.

Wenn das Licht in den Gängen endgültig erlöschen

würde, wäre es hier stockdunkel, dachte Paul. Es gab keine Fenster in den Fluren, und die Vorstellung, dass über zweihundert Schwerverbrecher in der Dunkelheit und bei steigendem Wasserstand in Panik gerieten, war beängstigend. Dann würde die allgegenwärtige Gewalt völlig eskalieren, davon war Paul überzeugt.

Bisher schien das Wasser in erster Linie aus der Kanalisation nach oben geschwemmt worden zu sein, aus der Toilette in seiner Zelle war es jedenfalls wie aus einem Springbrunnen herausgesprudelt. Der Gestank in den Gängen war unerträglich, überall schwammen Fäkalien. Ratten sprangen durch das Wasser, nicht weniger in Panik als die Menschen um sie herum. Die Ratten wissen, wie sie hier rauskommen, ging es Paul durch den Kopf. Sie werden instinktiv den schnellsten Weg finden, um sich zu retten. Er überlegte kurz, den Nagetieren zu folgen, aber es war schier unmöglich. Wegen des steigenden Pegels wählten sie Fluchtwege, die für Menschen nicht geeignet waren, verschwanden in aufgeplatzten Rohren und rannten durch verschlossene Gittertüren.

»Geh zur Seite!« Ein Häftling, den Paul nicht kannte, brüllte einen Beamten an, der ihm mit einem Schlagstock in der Hand den Weg versperrte.

»Hast du die Anweisungen nicht gehört?«, schrie der JVA-Beamte. »Im Innenhof wird sich gesammelt! Das ist die andere Richtung, also los!«

Es dauerte nur eine Sekunde, dann brach der Beamte schreiend zusammen, und Paul sah, dass eine Zahnbürste in seinem Bauch steckte. Spitz gefeilte Zahnbürsten hatten

viele Häftlinge in ihren Zellen versteckt. Der Häftling trat dem Schließer zusätzlich noch in den Bauch und rannte weiter. Ein anderer Beamter eilte zu seinem verletzten Kollegen, half ihm hoch und brachte ihn weg.

Keine Frage, einige Häftlinge schienen den Anweisungen von Josh zu folgen. Jedenfalls hatte Paul den Eindruck, als versuchten sie, das Chaos weiter anzuheizen, nicht nur, indem sie andere niederschlugen oder verletzten, sondern auch durch das Vortäuschen, Hilfe zu benötigen, um so Beamte in die Zellen zu locken und sie dort einzusperren.

»Alle Inhaftierten zum Innenhof!«, brüllte einer der Schließer, der nur wenige Meter neben Paul stand, zum wiederholten Male. Der Kopf hochrot, die Stimme bebend. »Geordnet, ohne Hektik …«

Ein Faustschlag brachte auch ihn zum Schweigen, und der Mann fiel zu Boden, lag auf der Seite, das Gesicht im Wasser. Er rührte sich nicht mehr. Erst jetzt registrierte Paul Josh, der sich grinsend den Handrücken massierte.

»Endlich hält der sein Maul. Los, komm! Was stehst du da wie angewurzelt rum? Raus hier!« Er packte Pauls Arm und zog ihn von der Wand.

Reflexhaft schlug Paul seine Hand weg. »Wenn wir ihn so liegen lassen, ersäuft er!«, rief Paul.

»Und wen juckt das?«

»Mich.« Paul eilte zum Schließer und drehte ihn kurzerhand auf den Rücken.

Im nächsten Augenblick riss Josh ihn hoch. »Hör auf, den barmherzigen Samariter zu spielen. Raus hier, bevor die noch Verstärkung bekommen!«

Josh zog ihn weiter. Paul drehte sich noch mal um und sah, dass der Schließer atmete. Dann rannte er mit Josh den Gang entlang, bekam einen Stoß in den Rücken und stürzte zu Boden, rappelte sich wieder auf und wurde von einem weiteren Insassen umgerannt.

Das Gerangel wurde immer schlimmer, der Umgang untereinander von Mal zu Mal bedrohlicher. Paul hatte das Gefühl, dass eine Massenpanik kurz bevorstand. Dann würde sich das eh schon rücksichtslose Verhalten der Häftlinge noch mal verschlimmern, dann würde es Tote geben, wenn es die nicht eh schon gegeben hatte.

Der Pegel stieg unaufhörlich, und Paul fragte sich, ob das Wasser immer noch nur aus der Kanalisation kam. Hatte es schon einen anderen Weg ins Innere gefunden? Irgendwann war auch die beste Mauer unterspült, und die Mauern der JVA gehörten garantiert nicht zu den besten, dafür war die Anstalt viel zu alt. Paul wollte sich nicht ausmalen, was passierte, wenn der Deich endgültig brach und die Sturmflut mit ganzer Kraft auf das marode Gefängnis zuströmte. Wer dann noch hier in den Gängen war, würde gnadenlos absaufen.

Du musst hier raus. Sonst gehst du drauf.

Chalik kam im Laufschritt auf sie zu. Er wirkte ruhig, so wie immer, seinem Gesicht war keine Anspannung anzusehen.

»In Gang zwei sind bewaffnete Schließer. Wir müssen in die andere Richtung.« Er wollte weiter, rechnete offensichtlich damit, dass Paul und Josh ihm folgten. »Was ist? Kommt ihr?«

Aber Josh rührte sich nicht vom Fleck. Die Stirn in Falten gelegt, blinzelte er Chalik an. Dann schüttelte er den Kopf. »Bewaffnete Schließer sind jetzt genau das Richtige.«

Chalik verzog keine Miene, tippte sich aber mit dem Finger gegen die Stirn. »Noch alles frisch da oben? Willst du dich gerne erschießen lassen, oder was?«

»Denk nach, Alter. Wir brauchen dringend Waffen, sonst kommen wir nicht weit. Die meisten Schließer dürften längst welche haben.«

»Wir müssen sie ihnen nur abnehmen«, sagte Chalik. »Verstehe, was du meinst.«

»Ganz genau. Wir müssen uns selbst bewaffnen. Dann können wir uns den Weg freischießen«, sagte Josh. »Wenn wir eine anständige Knarre in der Hand haben, machen die Penner uns auch das Tor auf. Warum sollten sie es sonst tun? Denen ist es doch scheißegal, ob wir hier absaufen oder nicht. Wir brauchen Waffen!«

Für einen kurzen Moment zeigte sich ein Grinsen auf Chaliks Lippen. Dann nickte er. »Du hast recht, Boss.«

»Logisch.« Josh zog Paul weiter, und Chalik folgte ihnen.

Die Gedanken rasten durch Pauls Kopf. Wenn Typen wie Josh und Chalik Waffen in die Hände bekamen, dann würde die eh schon angespannte Situation vollends eskalieren. Dann würde Josh keinen Schließer mehr niederschlagen, sondern sofort erschießen.

Paul hatte keine Lust, in irgendeine Sache mit hineingezogen zu werden. Seitdem er in diesem verdammten Knast war, hatte er sich von jedem Ärger ferngehalten. Auf keinen Fall wollte er das jetzt ändern. Außerdem war die Gefahr

nicht gering, dass Josh seine Waffe auch gegen ihn richten könnte. Er musste ihn unbedingt loswerden.

Paul schüttelte Joshs Hand ab und blieb stehen. »Besser wir teilen uns auf. Du nimmst den kürzesten Weg zum Ausgang, ich halte dir hier den Rücken frei.«

»Ehrenhaft, aber schwachsinnig«, entgegnete Josh, packte Paul wieder am Arm und zog ihn weiter. »Zusammen sind wir viel stärker als getrennt. Los, komm jetzt!«

Paul stolperte neben ihm durch den Gang. Das Wasser reichte ihnen inzwischen bis zu den Knien. Hatte Josh recht? Einerseits ja. Allein war er nicht so stark, konnte von einem bewaffneten Schließer jederzeit aufgehalten werden. Aber bedeutete das andererseits auch, dass er es ohne Josh auf keinen Fall schaffen konnte? Nein, mit Sicherheit nicht. Im Gegenteil. Joshs Nähe war auch eine Gefahr für Paul. Zum einen war er dann seiner Unberechenbarkeit ausgeliefert. Josh würde ihn sofort opfern, wenn es ihm einen Vorteil verschaffen würde, davon war Paul überzeugt. Zum anderen würden die JVA-Beamten Paul automatisch in denselben Topf werfen, in den sie Josh gesteckt hatten. Auf Joshs Leben würde kein Schließer Rücksicht nehmen, und wenn Paul an seiner Seite war, dann würde es ihm genauso ergehen. Er musste eine Gelegenheit finden, den Kerl abzuschütteln. So schnell wie möglich.

Josh hielt Paul so fest am Arm, dass es schmerzte. Aggressiv zog er ihn um die nächste Ecke und blieb schlagartig stehen. Paul geriet ins Straucheln, beinahe wäre er gestürzt.

»Stehen bleiben!« Ein Beamter stand mit ausgestreckten Armen vor ihnen, eine Waffe in beiden Händen, mit der er

direkt auf sie zielte. Paul erkannte ihn. Er wusste, dass er relativ neu war, erst vor ein paar Wochen hatte er in der JVA angefangen. Die Angst stand dem jungen Mann ins Gesicht geschrieben, die Lippen aufeinandergepresst, tippelte er nervös von einem Fuß auf den anderen. Trotz der Kälte glänzte seine Stirn vor Schweiß.

»Alle Häftlinge sammeln sich auf dem Innenhof. Habt ihr die Anweisung nicht gehört?« Der Mann bemühte sich hörbar um eine feste Stimme.

»Und wenn uns das nicht interessiert?«, entgegnete Josh. Seine Augen hatten sich zu Schlitzen verengt.

»Das ist mir egal. Alle auf den Innenhof!« Der Schließer brüllte nun und fuchtelte mit seiner Waffe in der Luft herum.

»Entspann dich, okay?« Josh hob die Hände zu einer abwehrenden Bewegung und machte einen Schritt auf den Mann zu, wodurch der noch nervöser wurde. Seine Nasenflügel bebten, und seine Augen waren weit aufgerissen.

»Stehen bleiben, hab ich gesagt!«

»Und ich habe gesagt, dass mich das nicht interessiert!«, brüllte Josh ihm ins Gesicht. Tropfen von Spucke flogen ihm aus dem Mund.

Einen Augenblick später ging der Schließer zu Boden. Paul hatte nicht genau sehen können, wie Josh das gemacht hatte, aber er hatte jetzt die Waffe des Mannes in der Hand und trat dem am Boden liegenden Beamten mit voller Wucht gegen den Kopf, immer wieder und wieder.

»Verdammter Scheißbulle!«, schrie er dabei.

»Hör auf!« Paul stürzte sich auf Josh und riss ihn von dem Mann weg.

»Was fällt dir ein, du Wichser!« Josh war außer sich vor Wut. Er packte Paul am Kragen und zog ihn ganz nah an sich heran.

»Der hat genug!«

»Das geht dich einen Dreck an!«

Josh holte aus und wollte Paul einen Faustschlag verpassen, aber der konnte sich in letzter Sekunde wegducken. Mit einem wütenden, fast tierischen Laut stürzte sich Josh daraufhin auf Paul und rang ihn zu Boden. Im kniehohen Wasser musste Paul aufpassen, dass Josh ihn nicht zu weit nach unten drückte. Der Pegel machte den Flur zwangsläufig zu einer tödlichen Gefahr.

»Regt euch ab! Der Pisser ist hin.« Chalik hockte neben dem Schließer und hielt ihm zwei Finger an den Hals. Dann nahm er dem Toten eine weitere Waffe ab. »Lasst uns verschwinden. Ihr könnt euch draußen weiterprügeln, aber jetzt erst mal raus hier!«

Aber Josh war so in Rage, dass er weiter auf Paul einschlug. Nachdem ihn der nächste Schlag ins Gesicht getroffen hatte, schmeckte Paul Blut. Der Schmerz zog über die Nase in den Schädel hinein, und für ein paar Sekunden sah er lauter helle Blitze vor den Augen. Ihm wurde schwindelig und gleichzeitig bewusst, dass er nach einem weiteren Schlag von dem Kaliber das Bewusstsein verlieren würde. Im nächsten Augenblick riss Chalik Josh von ihm runter.

»Boss«, sagte er eindringlich. »Wir verlieren mit so einem Scheiß wertvolle Zeit!«

»Halt dich da raus!«

Chalik zuckte mit den Schultern. Dann lief er los, eilte den Gang hinunter und war hinter der nächsten Ecke verschwunden.

Josh sprang auf und zielte mit der Waffe auf Pauls Kopf. »Wenn du es noch mal wagst, dich mir in den Weg zu stellen, dann bist du tot!«

Paul hielt beschwichtigend die Hände hoch. »Okay, okay.« Mit dem Handrücken wischte er sich das Blut von der Nase. »Ich hab's verstanden. Jetzt steck die Waffe ein. Wenn du mich abknallst, kann ich dir nicht mehr helfen.« Er setzte seine Vertrauenslehrerstimme auf, mit der er früher mit aufsässigen Problemschülern gesprochen hatte.

»Ich weiß nicht, wobei du mir helfen könntest.« Joshs Blick hatte etwas Bedrohliches. Seine Augen waren kalt und leer, hatten nichts Menschliches.

Paul spürte, dass seine Hände zu zittern begannen. Er wollte nicht, dass Josh bemerkte, wie viel Angst er vor ihm hatte. Langsam ließ er deshalb die Arme sinken. »Ich bin Biolehrer. Ich weiß, wie man ein paar Tage in den Wäldern überlebt.«

Josh beugte sich zu ihm und drückte ihm den kalten Stahl der Pistole gegen die Stirn. »Schöner fände ich es aber, wenn du tot wärst«, zischte er.

»Dann hast du aber niemanden, der dir sagt, was du im Wald essen kannst und was giftig ist. Niemanden, der dir hilft, eine Verletzung ordentlich zu versorgen. Und niemanden mit Kontakten ins bürgerliche Leben, die wir brauchen

werden, sobald wir wieder unter Menschen sind. Das alles habe ich aber.«

Wie zwei einander duellierende Cowboys starrten sie sich an, hielten dem Blick des anderen stand, ohne zu blinzeln oder wegzugucken. Nachdenkliche Falten bildeten sich auf Joshs Stirn, Paul konnte förmlich sehen, wie er nachdachte. Die lauten Schüsse, die immer näher kamen, ließen Paul zusammenzucken, während Josh nach wie vor keine Miene verzog.

Wo wurde geschossen? Im Gang, in den Chalik verschwunden war? Ja, Paul war sich sicher. Es war nicht weit von hier. Ob es Chalik erwischt hatte?

»Die Schließer kommen in unsere Richtung!«

»Ist mir auch klar!« Joshs Stimme war unverändert aggressiv. Er blickte sich um, als suchte er nach einem Ausweg. Die Waffe hielt er trotzdem auf Pauls Kopf gerichtet. »Die Schüsse kommen vom Ausgang. Verdammt! Der Weg ist also versperrt.«

»Es gibt vielleicht noch eine andere Möglichkeit ...« Paul dachte fieberhaft nach. Was sollte er tun, wenn Josh sich nicht auf seinen Vorschlag einließ? »Du könntest dich bis zum Personalausgang durchschlagen«, schlug er ihm vor. »Entweder ist der wegen des Stromausfalls eh geöffnet, oder du sorgst dafür, dass sie ihn aufmachen. Wenn du dich beeilst, schaffst du es, bevor die Schließer hier sind.« Er versuchte, Joshs aggressivem Blick weiter standzuhalten. »Ich kann sie so lange aufhalten.« Paul wollte keine Minute länger mit diesem Typen verbringen, von dem im Moment mehr Gefahr ausging als von der Flut.

103

»Personalausgang ... das ist keine schlechte Idee.«

»Sag ich ja!«

»Du kommst mit«, fügte Josh tonlos hinzu und zog ihn brutal weiter, während er die Waffe weiterhin auf ihn gerichtet hielt.

8

Elisa saß auf dem Sofa und strich mit der rechten Hand unentwegt über den hellen Stoff. Wenn sie nervös war, konnte sie die Hände nur schwer ruhig halten. Obwohl die Tabletten noch wirkten, fühlte sie die Anspannung von Minute zu Minute stärker. Dass es nur eine Frage der Zeit war, bis die Wirkung nachließ, ignorierte sie trotz der immer drängenderen Unruhe in ihr. Sie wusste, was das bedeutete. Aber sie verbot sich, über eine drohende Panikattacke nachzudenken, und konzentrierte sich stattdessen auf die Stimme der Nachrichtensprecherin, die aus dem Radio drang.

»Bei der Evakuierung der JVA Seeberg scheint es zu Problemen gekommen zu sein«, erklärte die Sprecherin erstaunlich ruhig, wie Elisa fand. »Genaue Informationen liegen uns noch nicht vor, im Moment ist die Nachrichtenlage unübersichtlich. Uns erreichen Augenzeugenberichte, die von zahlreichen Verletzten, eventuell auch Toten sprechen. Auch kann nicht ausgeschlossen werden, dass einige Häftlinge die Naturkatstrophe und die damit einhergehende Evakuierung zur Flucht nutzen konnten. Die Polizei rät deshalb, das Gebiet rund um die JVA weitläufig zu meiden, zu-

mal die Gefahrenlage dort durch Orkan und Sturmflut nach wie vor hoch ist. Sollten Sie das gefährdete Gebiet noch nicht verlassen haben, dann bleiben Sie jetzt in Ihren Häusern und warten auf die Evakuierungsmaßnahmen von Feuerwehr und THW. Suchen Sie die oberen Stockwerke auf, vermeiden Sie Kellerräume! Die Feuerwehr weist erneut darauf hin, dass Kellerräume innerhalb von Minuten zu einer tödlichen Falle werden können. Sobald wir neue Nachrichten aus der JVA haben, melden wir uns sofort wieder. Die Situation am Deich ist unverändert ...«

Lautes Donnern ließ Elisa zusammenzucken. Ihre Hände waren schweißnass. Obwohl Vera ihr einen Jogginganzug gegeben und sie ihre nassen Sachen ausgezogen hatte, war ihr immer noch kalt, während sie gleichzeitig schwitzte. Ihr Herz raste, und ihr Magen verkrampfte sich schmerzhaft. Das Gewitter war immer noch direkt über ihnen.

Die Nachrichtensprecherin hatte keine Namen genannt. Sie hatte noch nicht mal genau gewusst, ob wirklich Häftlinge entkommen konnten, bisher war es nicht mehr als eine Vermutung. Aber Elisa ahnte, dass es viel mehr als das war. Und das Gefühl, dass Paul unter den Geflohenen war, ließ sie nicht mehr los. Ihr Blick fiel auf ihre verschwitzten Hände, die sich in den Sofastoff gekrallt hatten, sodass ihre Knöchel weiß hervortraten.

Du brauchst deine Tabletten.

Hektisch und mit zittrigen Fingern griff sie nach ihrer durchnässten Jeans, die neben ihr über einer Stuhllehne lag. Sie durchwühlte die Hosentaschen. Nichts. Elisa sprang auf

und schnappte sich ihre Sweat-Jacke, die neben der Hose hing. Nervös durchsuchte sie alle Taschen. Ihr stiegen die Tränen in die Augen, als sie einen kleinen Streifen mit einer letzten Tablette fand.

»Gott sei Dank«, murmelte sie und presste die Tablette erleichtert gegen die Brust. Schnell wollte sie das Medikament aus der Packung drücken und in ihrem Mund verschwinden lassen, aber dann hielt sie inne.

Es ist deine letzte Tablette.

Die Vorstellung, dass sie dann definitiv keine mehr hatte, versetzte sie noch mehr in Angst. Sollte sie diese eine Tablette jetzt schon nehmen? Oder lieber für eine schlimmere Notsituation aufbewahren? Eine Weile starrte sie den kleinen Medikamentenstreifen an. Eine letzte Tablette, die darüber entscheiden konnte, ob sie wimmernd und bewegungsunfähig in Todesangst auf dem Boden lag oder ob sie in dieser Katastrophensituation einigermaßen funktionieren konnte.

Elisa ballte die Faust um die Tablette und presste sie erneut gegen die Brust. Nein, sie durfte sie jetzt noch nicht nehmen. Sie musste sie aufbewahren für den Fall, dass es ganz schlimm werden sollte.

Mit zittrigen Händen steckte sie die Tablette in ihre Hosentasche. Langsam sackte sie in die Kissen zurück, niedergeschlagen und voller Sorge vor dem, was noch kommen würde. Erst da bemerkte sie Vera, die, auf ihren Stock gestützt, in der Tür stand und ihr stirnrunzelnd einen besorgten Blick zuwarf.

»Alles in Ordnung?«

Elisa zuckte mit den Schultern. Sie versuchte zu lächeln, was ihr aber nicht gelingen wollte. »In den Nachrichten vermuten sie einen Gefängnisausbruch. Ich befürchte, dann ist nicht alles in Ordnung.«

Vera kam zu ihr und setzte sich neben sie aufs Sofa. »So ein Ausbruch ist grundsätzlich natürlich schlimm. Aber ich glaube nicht, dass er uns betrifft.«

»Die JVA ist ganz in der Nähe.«

»Das stimmt. Unter anderen Umständen müssten wir uns sicherlich Sorgen machen, aber jetzt im Moment kann ich mir nicht vorstellen, dass ein Gefangener in unsere Richtung kommen wird.« Vera schenkte ihr noch ein Glas Wasser ein. »Kein Krimineller ist so verrückt, dass er sich bei der Unwetterlage Richtung Deich aufmacht. Die fliehen doch alle in die entgegengesetzte Richtung, weg vom Meer.«

Mit zusammengepressten Lippen schüttelte Elisa den Kopf. »Ich befürchte, dass das nicht für alle Häftlinge gilt.«

Joachim hatte sich auf den Sessel gegenüber dem Sofa gesetzt. Eine tiefe Falte hatte sich zwischen seinen Augenbrauen gebildet. »Sie kennen jemanden von den Gefangenen.«

Elisa wich seinem Blick aus. Sie starrte auf ihre Hände, mit denen sie immer wieder über das Polster strich.

»Stimmt das?«, fragte Vera mit belegter Stimme. »Sind Sie deshalb so besorgt, weil Sie jemanden von den Häftlingen kennen?«

Elisa atmete tief durch. Sie wusste nicht, ob sie sich den beiden anvertrauen konnte. Wie gut kannte sie ihre Nachbarn schon? Eigentlich so gut wie gar nicht. Die Katze Ka-

tinka kannte sie besser als das Ehepaar. Würden sie Elisa verurteilen, wenn sie die Wahrheit erfahren würden? Damit musste sie rechnen. Vera und Joachim würden sie dann auf jeden Fall mit anderen Augen sehen. Natürlich konnten sie nicht gutheißen, was Elisa getan hatte. Niemand konnte das. Aber hatte sie eine Alternative? Konnte sie es verantworten, ihnen die Wahrheit zu verschweigen? Sie war mit den beiden in diesem Haus gefangen, mindestens für die nächsten vierundzwanzig Stunden, möglicherweise noch länger. Wenn zusätzlich zur Sturmflut noch eine weitere Gefahr drohte, die für sie alle möglicherweise noch gefährlicher werden könnte, dann war es ihre verdammte Pflicht, die anderen zu warnen. Ganz egal, was für ein Bild sie dann von ihr bekommen sollten.

Elisa atmete noch einmal tief durch. »In der JVA Seeberg sitzt der Mörder meiner Schwester.«

Vera gab einen erschrockenen Laut von sich und hielt sich eine Hand vor den Mund. »Ihre Schwester ist ermordet worden? O mein Gott! Das ist ja grauenvoll.«

Elisa nickte. »Und er hat nicht nur meine Schwester ermordet, er hat auch geschworen, mich und meinen Ex-Mann umzubringen.«

Für einen Moment schwiegen sie, und der Raum war erfüllt vom Lärm des Gewitters. Vera fuhr sich immer wieder durch die grauen Haare, während sich Joachim mehrfach räusperte.

»Glauben Sie, die Drohung war ernst gemeint?«, fragte Vera schließlich.

»Ja«, antwortete Elisa. »Ohne Zweifel. Als Paul verurteilt

wurde, hat er laut durch den Gerichtssaal gebrüllt, dass wir es noch bereuen würden, ihn so fallen zu lassen. Dann hat er Rache geschworen.« Sie unterdrückte ein Schluchzen und bemühte sich mit aller Kraft, nicht in Tränen auszubrechen.

»Jetzt mal ganz in Ruhe«, sagte Joachim in einem Ton, der Elisa an die liebevolle Strenge ihres Vaters erinnerte. »Tränen und Panik bringen uns hier überhaupt nicht weiter. Ein klarer Kopf ist jetzt wichtig. Ich verstehe nicht, warum dieser Paul sich an Ihnen rächen sollte.«

»Das ist doch egal«, rief Vera. »Als würden Mörder immer rational vorgehen. Wenn Elisa sagt, dass die Drohung ernst zu nehmen ist, dann sollten wir das auch tun.«

»Wir müssen sie definitiv ernst nehmen«, sagte Elisa leise. »Tut mir leid, dass ich Sie da mit reingezogen habe.«

»Noch haben Sie uns in gar nichts reingezogen«, entgegnete Joachim ruhig. »Wenn dieser Paul es wirklich wagen sollte, trotz der Sturmflut herzukommen, dann würde er ja zu Ihnen gehen, Elisa, oder? Kennt er Ihre Adresse?«

»Ja. Ich habe hier schon mit meinem Ex-Mann gewohnt. Und davor mit meiner Schwester.«

»Okay. Wir wissen aus den Nachrichten, dass die Zufahrtsstraßen nach Bad Seeberg nicht mehr befahrbar sind. Der Sturm hat überall ordentlich gewütet, es wird dauern, bis alle Straßen freigeräumt sind«, fasste Joachim die Situation zusammen. »Selbst wenn dieser Paul eine erfolgreiche Flucht aus der JVA schaffen sollte, was wir im Moment noch gar nicht wissen ...«

»Was wir aber in Betracht ziehen müssen«, warf Vera ein.

»Richtig, das tue ich ja auch gerade.« Joachim warf Vera einen missbilligenden Seitenblick zu. »Also selbst wenn dieser Fall eingetreten sein sollte, dann hätte er nur die Möglichkeit, zu Fuß nach Bad Seeberg zu kommen. Das sind gut zwanzig Kilometer. Schon bei gutem Wetter braucht er dafür mehrere Stunden. Bei dem Sturm mindestens einen Tag.«

»Oder er beschafft sich ein Auto und fährt so weit, wie es geht«, entgegnete Elisa mit zittriger Stimme. »Wir wissen doch nicht, wie es auf den Landstraßen aussieht.«

Joachim seufzte. »Warum sollte es da besser sein als hier? Aber gut, Sie haben natürlich recht. Wir wissen es nicht. Vielleicht kann er einen Teil der Strecke mit einem Auto zurücklegen. Aber selbst dann wird er eine Weile brauchen ... und«, Joachim sah sie lächelnd an, »er würde nicht zu uns kommen. Er wird Sie in Ihrem Haus vermuten und hat keine Ahnung, dass Sie hier sind.«

Vera atmete erleichtert aus. »Du hast recht!« Lächelnd wandte sie sich zu Elisa. »Hier sind Sie sicher.«

Elisa schüttelte nervös den Kopf. »Er wird doch sehen, was mit meinem Haus passiert ist, und dass ich dort nicht bin. Er wird mein Auto sehen. Und dann? Dann sucht er die umliegenden Häuser ab. Es ist doch nur eine Frage der Zeit, bis er hier vor der Tür steht.«

»Aber wir werden nicht unvorbereitet sein. Wir werden ihn als Erstes sehen«, entgegnete Joachim.

»Nicht unvorbereitet? Was meinen Sie damit?« Glaubte Joachim etwa, dass sie eine Chance gegen einen Gewaltverbrecher wie Paul hatten? Ein übergewichtiger, älterer Herr,

eine gehbehinderte Anfang Sechzigjährige und ein tablettenabhängiges Nervenbündel wie sie? Für einen durchtrainierten Kerl wie Paul waren sie beim besten Willen keine ernst zu nehmenden Gegner.

»Wenn Sie die Treppe hochgehen, ist auf der rechten Seite mein Arbeitszimmer«, sagte Joachim. »Von da aus hat man einen fabelhaften Blick über die ganze Straße. Egal, ob Feuerwehr, THW oder dieser verdammte Paul, von da sehen Sie als Erstes, wer die Straße entlangkommt.«

»Das ist eine gute Idee, Schatz!« Vera nickte. »Im Radio haben sie sowieso gesagt, man soll in die oberen Stockwerke gehen.«

Elisa schüttelte ratlos den Kopf. »Und was soll ich tun, wenn ich Paul sehe? Was sollen wir denn dann machen?«

»Oben steht auch mein Funkgerät, ich werde es Ihnen gleich zeigen. Zur Not können Sie im Fall der Fälle auch immer einen Funkspruch absetzen.«

»Was nützt mir das, wenn keiner zu uns durchkommt?«, rief Elisa. »Warum soll ich einen Notruf absetzen, wenn uns sowieso keiner helfen kann?«

»Feuerwehr und THW haben doch ganz andere Möglichkeiten«, meinte Vera. »Da wird so ein Baum schnell klein gesägt, und dann geht es weiter. Die haben auch Boote, falls die Straßen so stark überschwemmt werden, dass man mit einem Auto nicht mehr weiterkommt. Die schaffen das schon.«

»Und bis die da sind, verstecken wir uns auf dem Dachboden vor ihm«, fügte Joachim hinzu. »Wenn er wirklich

nach Ihnen suchen sollte, wird er nur kurz einen Blick ins Erdgeschoss werfen.«

»Und wenn er dort niemanden antrifft, wird er denken, das Haus ist genauso verlassen wie alle anderen.« Vera nickte. »Er wird gar nicht die Zeit haben, alles genau abzusuchen.«

»Das denke ich auch. Am besten gehen Sie sofort nach oben. Wie gesagt, Treppe hoch und dann rechts«, sagte Joachim. »Soll ich es Ihnen zeigen?«

»Wir sind alle oben sicherer«, meinte Elisa.

»Das stimmt. Wir kommen sofort nach. Aber erst sollten wir noch ein paar Sachen hier wegräumen.« Joachim sah Vera auffordernd an. »Wenn das Erdgeschoss wirklich vollläuft, sollte hier so wenig wie möglich stehen.«

»Dabei helfe ich Ihnen natürlich«, erklärte Elisa.

Joachim schüttelte energisch den Kopf. »Auf gar keinen Fall. Wir müssen uns aufteilen. Behalten Sie die Straße im Blick, das ist jetzt wichtiger.«

»Aber Sie haben doch selbst gesagt, dass er nicht so schnell hier sein kann«, sagte Elisa. »Und, Vera, mit Ihrem Bein ... Ich möchte wirklich gerne helfen.«

Vera lächelte dankbar. »Sie sind ein Engel, Elisa. Aber mein Mann hat recht, Sie sollten besser hochgehen und die Straße im Auge behalten, auch für den Fall, dass Rettungskräfte kommen. Wenn wir Hilfe brauchen, rufen wir Sie.«

»Aber ...«

»Kein Aber!« Joachim war überraschend laut geworden, und Elisa zuckte erschrocken zusammen. Schnell legte Vera ihm eine Hand auf den Arm und sah ihn eindringlich an.

»Es ist wirklich besser, wenn wir uns aufteilen«, sagte Vera dann.

»In Ordnung ... ich wollte nur helfen.« Irritiert stand Elisa auf und ging zur Treppe. »Dann gehe ich schon mal hoch.«

»Das ist gut, Elisa.« Veras Stimme wirkte aufgesetzt fröhlich, als wollte sie den lauten Tonfall ihres Mannes wiedergutmachen.

Auf der Treppenstufe drehte sich Elisa noch mal um und sah, wie die beiden im Wohnzimmer miteinander flüsterten. Vera strich ihrem Mann dabei immer wieder über die Schulter, als wollte sie ihn beruhigen. Schließlich stieß er sie verärgert weg, sodass Vera ins Straucheln geriet und sich an der Sofalehne festhalten musste.

Elisa unterdrückte den Impuls, wieder kehrtzumachen und den Streit zwischen den beiden zu schlichten, für den sie sich verantwortlich fühlte. Aber sie hatte keine Kraft, sich um die Angelegenheiten anderer Leute zu kümmern. Außerdem war es in dieser Situation vermutlich nur normal, dass die Nerven blank lagen. Es wäre ein Fehler, jedes Wort auf die Goldwaage zu legen.

Langsam ging sie die Treppe hoch. Sie sollte sich nicht so viele Gedanken darüber machen, warum Joachim sauer geworden war. Vielleicht war es ihr auch nur deshalb so aufgefallen, weil sie in letzter Zeit auf alles viel zu empfindlich reagierte. Sie bekam dauernd irgendetwas in den falschen Hals, das war ja inzwischen fast das neue Normal. Es gab Tage, an denen sie in Tränen ausgebrochen war, weil ihr jemand beim Bäcker die letzten Franzbrötchen vor der

Nase weggekauft hatte. Neulich hatte sie an der Tankstelle die Kassiererin angebrüllt, weil deren EC-Karten-Lesegerät defekt gewesen war und Elisa vermutet hatte, dass die Frau sich das nur ausgedacht hatte, obwohl es dafür nicht den geringsten Grund gegeben hatte. Es gab keine logische Begründung für solche Gedankengänge. Die einzige Erklärung, die sie dafür hatte, war ihre eigene unzuverlässige Wahrnehmung, der sie nicht mehr trauen konnte.

Elisa hatte einen staubtrockenen Mund. Auch das war inzwischen fast zum Normalzustand geworden und Folge ihrer dauerhaften Tabletteneinnahme. Die Zunge klebte ihr um Gaumen, und sie hatte einen widerlichen Geschmack im Mund. Auf halber Treppe drehte sie noch mal um und lief die Stufen wieder hinunter, um sich eine Flasche Mineralwasser zu holen.

Als sie im Flur stand, sah sie Vera und Joachim am Wohnzimmerfenster. Der Lärm von Regen und Sturm war so laut, dass die beiden sie nicht hören konnten. Vera nagte an ihrer Unterlippe, während Joachim regungslos in den Garten starrte, der sich inzwischen in eine einzige Schlammwüste verwandelt hatte. Von den Hochbeeten lief der Regen in kleinen Wasserfällen auf die tiefer liegende Rasenfläche, die inzwischen einem See gleichkam. Ob es immer noch nur Regenwasser war oder die Sturmflut das Wasser schon so weit getrieben hatte, dass es das Haus erreicht hatte, wusste Elisa nicht. Vielleicht war es auch egal. So oder so war es einfach zu viel Wasser.

Die sollten lieber ihre Wertsachen in Sicherheit bringen, als so lange in den Garten zu starren, dachte sie. Aber die

beiden rührten sich nicht. Selbst als Elisa das Wohnzimmer betrat und sich eine Flasche Wasser vom Tisch nahm, schienen sie nichts zu bemerken. Elisa wollte gerade etwas sagen, als Joachim sich an Vera wandte.

»Du hättest ihr niemals einen Schlüssel geben dürfen.«

»Es war nur dieses eine Mal.«

»Ich hatte dir mehrfach gesagt, dass niemand einen Schlüssel für das Haus bekommen darf.« Joachims Stimme klang verärgert. »Du hättest darauf achten müssen, dass sie dir den Schlüssel sofort wieder zurückgibt.«

»Ich weiß. Es war ein Fehler.«

»Dann kümmere dich jetzt gefälligst darum, dass sie wieder verschwindet.«

Zu Elisas Überraschung nickte Vera.

Montag, 05. Juni

Die Hitze wird immer schlimmer. Überall sprechen sie davon, dass es das heißeste Jahr seit Langem wird. Die Wiesen
und Felder sind gelb, die Flüsse ausgetrocknet, die Ernten
ruiniert. An der Ostsee sind so viele Urlauber wie noch nie
zuvor, weil kein Mensch mehr ans Mittelmeer fahren
möchte. Wie wird das nur in den Schulferien werden? Wo
sollen die ganzen Leute bloß unterkommen?

Durch die Hitze habe ich zusätzlich zu meinen ganzen
anderen Beschwerden auch noch Dauerkopfschmerzen bekommen. Das macht die Situation mit Felix nicht einfacher.
Letzte Woche hat er jemanden befördert. Ohne es vorher
mit mir zu besprechen. Dabei weiß er genau, dass ich diesen
jungen, unerfahrenen Kerl nicht ausstehen kann. Ständig
scharwenzelt der Typ um uns herum und versucht, sich auf
billige Art einzuschleimen. Und bei Felix scheint er damit
auch noch Erfolg zu haben!

Ich war über die Beförderung sehr verärgert und hab
ihn das auch spüren lassen. Natürlich hatten wir dann einen riesigen Streit. Felix hasst es, wenn ich ihn oder seine
Entscheidungen kritisiere. Zumal der Typ auch gleich einen
guten Deal für die Firma abgeschlossen hat. Felix' Entschei-
dung war also mal wieder richtig, und er hat keine Gelegenheit ausgelassen, mir das unter die Nase zu reiben.

Jetzt feiern sie gerade den Abschluss. Wahrscheinlich
mit der halben Belegschaft. Natürlich haben sie mich auch
gefragt, ob ich nicht mitkommen will. Aber mir ist nicht danach. Zum einen fühle ich mich immer noch nicht gut, zum

anderen will ich nicht sehen, wie dieser unsympathische Typ sich von Felix und den anderen feiern lässt. Und wie Felix sich selbst für seine Personalentscheidung feiert, will ich erst recht nicht sehen.

Lizzy hat mich gestern gefragt, ob es mir auch wirklich gut geht. Ganz zögerlich und vorsichtig, ich konnte ihr anmerken, dass sie ihre Worte mit Bedacht wählte. Und sie hat nicht nach meiner Sommergrippe gefragt, die mir tatsächlich immer noch zu schaffen macht. Sie meinte, ich würde in letzter Zeit immer so traurig wirken.

Jetzt sagt selbst sie so etwas. Normalerweise wirft Felix mir immer vor, dass ich wie ein Schluck Wasser in der Ecke hänge. Dabei weiß er genau, dass ich mein Leben lang mit psychischen Problemen zu kämpfen habe. Schwermütig hat meine Mutter mich früher genannt. Unselbstständig mein Vater. Labil meine Lehrer. Alles drei trifft es wahrscheinlich ganz gut.

Aber das wollte ich Lizzy so nicht sagen, ich habe stattdessen behauptet, dass ich mich einfach noch ein bisschen schlapp fühlen würde und dass alles in Ordnung ist. Ist es das? Irgendwie nicht. Vielleicht kann ich anderen etwas vormachen, aber es wäre dumm, wenn ich mich selbst belüge.

Es stört mich zum Beispiel sehr, dass ich in der Firma so abgeschrieben bin. Aber ich kann es auch nicht ändern, mir fehlt die Kraft, um mich aufzuraffen, in Felix' Büro zu stolzieren und ihm zu sagen, dass es eigentlich meins ist. Dauernd sitzt er da jetzt mit seinem neuen Lieblingsmitarbeiter herum, am Wochenende will er sogar mit ihm essen gehen.

»Geh doch mit!«, hat Lizzy zu mir gesagt.

Aber ich will nicht das fünfte Rad am Wagen sein, sollen sie sich doch ohne mich amüsieren, geht wahrscheinlich eh besser. An mir hat doch niemand mehr seine Freude. Verdammt, jetzt laufen mir schon wieder die Tränen übers Gesicht! Warum eigentlich? Weil Felix jemanden befördert hat, den ich nicht mag? Oder weil er nachts immer seltener in unserem Bett schläft?

Seitdem mir aufgefallen ist, dass es keine einmalige Sache war, nehme ich wieder regelmäßig was zum Schlafen ein. Jetzt bekomme ich nicht mehr mit, ob er nachts aufsteht oder nicht. Manchmal frage ich mich, ob ich das extra mache und vielleicht gar nicht wissen will, dass Felix weg ist. Möglich wäre es. Ich war schon immer ein Typ, der mit Problemen nicht gut umgehen konnte, der ihnen lieber ausweicht, als sie offen anzusprechen. So viel dazu, wie albern es ist, sich selbst etwas vorzumachen. Vielleicht ist es auch einfach nur Selbstschutz.

Jedenfalls hilft mir das Medikament, ich war immer eine schlechte Schläferin, und jetzt, wo ich eh so schlapp bin, brauche ich unbedingt meinen Schlaf. Ich werde gleich mal eine Tablette nehmen und dann ins Bett gehen.

Was sind das für Geräusche? Das sind doch Stimmen. Kommt Felix von der Feier etwa schon zurück?

• • •

Es ist jetzt mitten in der Nacht. Nachdem ich die Stimmen gehört habe, bin ich zum Fenster. Felix stand da mit seinem

Mitarbeiter. Beide hatten offensichtlich ganz schön getankt. Felix hat dem Typen irgendwas versprochen, hörte sich fast so an, als wenn er ihn noch mal befördern will. Genau konnte ich ihn nicht verstehen, aber ich glaube, er sagte so was wie: »dann kannst du den Laden übernehmen«.

Der will doch keinen externen Geschäftsführer einsetzen? Wenn Vater das wüsste! So weit darf es wirklich nicht kommen. Aber ist das Felix zuzutrauen? Besonders scharf war er eigentlich nie aufs Arbeiten. Das Geld, das die Firma abwirft, darauf war er allerdings immer ziemlich scharf. Vielleicht plant er, beruflich kürzerzutreten, um dann mehr Zeit zu haben … ja wofür eigentlich? Etwa für mich?

Felix ist dann tatsächlich noch zu mir ins Bett gekommen. Stank nach Schnaps und Bier und war völlig besoffen. Ich hasse es, wenn er so ist. Er ist dann unberechenbar. Natürlich habe ich mich schlafend gestellt. Hat ihn nicht gestört, er hat trotzdem versucht, mein Nachthemd hochzuschieben.

Ich habe so getan, als wenn mir schlecht wäre, und bin ins Bad gegangen. Das Einzige, was er dann noch gelallt hat, war »stell dich nicht so an, Ina«, bevor er laut schnarchend eingeschlafen ist. Ich habe noch eine ganze Weile im Bad gewartet, bevor ich mich wieder hinausgewagt habe.

Jetzt bin ich also diejenige, die das Schlafzimmer verlassen hat und versucht, im Gästezimmer zur Ruhe zu kommen. Aber es klappt nicht, obwohl ich bereits eine Schlaftablette genommen habe. Wahrscheinlich dauert es noch ein bisschen, bis sie wirkt.

Immer wieder stehe ich auf, schreibe etwas in mein Tagebuch, gehe zum Fenster, wieder zum Bett, lege mich hin und stehe wieder auf, getrieben von der Frage:

Wer ist Ina?

9

Paul spürte den kalten Stahl durch das T-Shirt auf seiner
Haut. Josh drückte ihm die ganze Zeit die Waffe in den Rücken und trieb ihn so vor sich her. Um sie herum wateten die
Häftlinge durch das kniehohe Wasser, einige bemühten sich
noch um eine coole Miene, aber den meisten war die Anspannung ins Gesicht geschrieben. Die Situation verschlimmerte sich von Minute zu Minute. Das Neonlicht flackerte
immer heftiger, fiel sekundenlang aus, bevor es wieder
brummend ansprang. Aber plötzlich blieb es stockdunkel.
Sofort machte sich Panik breit.

»Scheiße, was ist hier los?«

»Vielleicht ist der Deich gebrochen!«

»Die Flut! Sie ist da!«

»Raus hier, raus hier!«

Die Häftlinge schrien wild durcheinander. Paul hörte
die Männer rennen und fallen, hörte ihre panischen Rufe
und aggressiven Schreie, sah vereinzelte Lichtkegel von
denjenigen, die eine Taschenlampe oder ein Handy ergat-
tert hatten.

Josh hielt ihn an der Schulter fest und drückte die Waffe noch stärker in seinen Rücken. »Was machen wir jetzt?«

»Lass uns einen Moment warten«, antwortete Paul. »Der Strom spring bestimmt noch mal an.«

»Und wenn nicht?«

»Dann können wir immer noch versuchen weiterzukommen. Aber du hörst ja, wie die anderen durchdrehen. Hier ist doch die totale Panik ausgebrochen«, sagte Paul.

Im Hintergrund waren Schüsse zu hören, und er fragte sich, welcher Idiot in der Dunkelheit herumballerte. Die Gefahr, versehentlich von einer Kugel getroffen zu werden, war größer denn je, die Situation lebensgefährlich. Irgendwo schrie jemand vor Schmerzen. Von hinten hörte er die Schließer rufen.

»Der Generator ist abgesoffen!«

Verdammt! Wenn das stimmte, dann würde es keinen neuen Strom geben, dann mussten sie versuchen, durch die Dunkelheit weiter Richtung Ausgang zu kommen. Da sah er zwei Lichtkegel, die immer näher kamen, ruhig und vergleichsweise koordiniert. Das waren keine fliehenden Häftlinge.

»Schließer mit Taschenlampen«, raunte er Josh zu.

»Gut.« Josh klang zufrieden. »Holen wir uns.«

Paul hatte gehofft, dass Josh ihn jetzt loslassen würde, aber der dachte nicht daran und zog ihn durch die Dunkelheit weiter in Richtung der Lichtkegel. Paul trat im Wasser auf etwas Weiches, und auch, wenn er nicht sehen konnte, was es gewesen war, ahnte er, dass es sich um einen Menschen handeln musste. Wie viele Tote mochte es schon ge-

geben haben? Wenn der Strom endgültig ausgefallen war, würden es sicherlich noch mehr werden.

Jetzt waren sie so nah an die beiden Männer mit den Taschenlampen herangekommen, dass Paul erkennen konnte, dass es sich tatsächlich um zwei Schließer handelte.

Josh drückte ihn gegen die Wand, damit sie nicht in den Lichtkegel der Lampen gerieten. Während er Paul mit der linken Hand nach wie vor festhielt, zielte er mit der rechten in Richtung der beiden Beamten. Bevor Paul verstand, drückte Josh zweimal ab.

»Nein!«, schrie Paul noch, aber da war es schon zu spät.

Der eine Mann sackte sofort lautlos zusammen, während der andere schreiend zu Boden ging. Josh machte einen Satz nach vorn, schnappte sich Taschenlampe und Waffe des Toten, und trat dem Verletzten mit voller Wucht ins Gesicht. Er gab keinen Laut mehr von sich. Dann drückte er Paul eine Taschenlampe in die Hand und zielte wieder auf seinen Rücken. Es ging so schnell, dass Paul nicht genau sehen konnte, ob die Männer noch lebten oder nicht.

»Du hättest nicht gleich schießen ...«

»Halt's Maul«, unterbrach ihn Josh. »Weg hier! Schnell!«

Paul stolperte weiter. Im Lichtkegel der Taschenlampe sah er, dass sich das Wasser im Gang an vielen Stellen rötlich verfärbt hatte. Ratten waren dafür nirgendwo mehr zu sehen, sie hatten ihren Weg in die Freiheit offenbar schon gefunden.

Der Gang gabelte sich, und Paul blieb abrupt stehen. »Links? Rechts? Verdammt, ich weiß es nicht!«

»Der Personaleingang ist rechts, links ist der Innenhof!«

»Sicher?«

»Nein. Aber wir werden es ja gleich sehen. Oder vielmehr du.« Josh grinste gefährlich.

»Was soll das heißen?«

»Es war deine Idee, du gehst vor.« Josh hob demonstrativ die Waffe und zielte auf Pauls Kopf. »Oder hast du was dagegen?«

»Nein, okay. Ich geh ja.«

Das Adrenalin rauschte durch seinen Körper, er war angespannt bis in die Haarspitzen. Paul presste seinen Oberkörper gegen die Wand und leuchtete einmal kurz um die Ecke. Die Zwischentür, die den Zugang zum Personaleingang normalerweise abriegelte, stand offen. Die Schleuse, an der rechten Seite durch eine Glasscheibe abgetrennt, hinter der normalerweise in einer erhöhten Position die JVA-Beamten saßen, war menschenleer. Wahrscheinlich hatten sich die Mitarbeiter längst in Sicherheit gebracht. Auf der linken Seite war ein kleiner, offener Raum mit Schließfächern, in denen die Beamten bei Dienstantritt Handys und andere Wertsachen einschlossen.

»Okay. Alles frei«, sagte er leise zu Josh. Der grinste zufrieden und wies mit seiner Waffe in Richtung Ausgang.

»Weiter!«

Sie eilten in die Schleuse und standen wenig später vor der Tür, hinter der die Freiheit auf sie wartete. Sie war verschlossen.

Mit aller Kraft rüttelte Josh daran, schlug genervt mit der Faust dagegen. Nichts. »Scheiße! Und jetzt?«

»Die Tür öffnet sich nur, wenn einer der Schließer den Drücker betätigt«, sagte Paul. »Der ist irgendwo hinter der Scheibe.«

»Der Strom ist ausgefallen, du Penner. Da hilft ein elektrischer Türöffner doch nicht mehr.«

»Für solche Fälle müssen die doch einen Schlüssel haben.« Paul tastete mit seinen Händen die Scheibe ab. War es schusssicheres Glas? Wie konnten sie in den Kontrollraum gelangen?

Plötzlich hielt er inne, und auch Josh schien etwas gehört zu haben. Er gab Paul ein Zeichen, und zeitgleich eilten beide zu den Schließfächern, versteckten sich dort hinter einem Wandvorsprung. Jetzt konnte Paul deutlich jemanden hören, der in schnellem Tempo angelaufen kam. Es waren mindestens zwei Personen, schätzte er, vielleicht auch drei. Im nächsten Moment hörte er sie gegen die Tür zur Schleuse schlagen.

»Mach die verdammte Tür auf! Los!«, rief eine männliche Stimme.

Paul wagte einen Blick um die Ecke. Zwei Personen hantierten an der Tür herum, beide in JVA-Uniformen. Was nicht unbedingt heißen musste, dass es sich tatsächlich um Beamte handelte. In diesem Chaos war es genauso möglich, dass sich zwei Häftlinge die Uniformen gewaltsam angeeignet hatten, was nicht zwangsläufig besser war. Seit das Chaos ausgebrochen war, hatte Paul unter den Insassen eine Rücksichtslosigkeit beobachtet, die er niemals für möglich gehalten hätte. Die meisten Gefangenen waren bereit, über Leichen zu gehen, nur um hier rauszukommen. Egal, der

eine Mann hatte in jedem Fall einen Schlüssel in der Hand, das konnte Paul aus seinem Versteck erkennen. Er warf Josh einen Blick zu. Der runzelte die Stirn und nickte.

»Los, mach schon!«, rief der Mann, der hinter dem mit dem Schlüssel stand.

Endlich hatte der andere die Tür aufgeschlossen. Paul nickte Josh auffordernd zu, und zeitgleich stürmten sie beide los. Mit voller Kraft stießen sie die beiden Männer durch die Tür nach draußen. Die schrien vor Schreck auf und stürzten im nächsten Moment zu Boden. Auch hier draußen stand ihnen das Wasser bis zu den Knien. Die Männer versuchten, sich wieder aufzurappeln, aber Josh trat erst dem einen mit voller Wucht in den Bauch, dann dem anderen nicht weniger heftig gegen die Schläfe.

Paul blieb einige Sekunden regungslos stehen. Es war das erste Mal seit zwölf Monaten, dass er wieder vor den Mauern des Gefängnisses stand, und er war für einen winzigen Augenblick von seinen Gefühlen überwältigt. Doch schon einen Wimpernschlag später riss Josh ihn mit sich.

»Weiter!«

Paul rannte los. Er war besser in Form als Josh, der im Gefängnis zwar regelmäßig gepumpt, bei allem Muskelaufbau aber nie etwas für die Ausdauer getan hatte. Paul dagegen hatte nicht nur als Sportlehrer jahrelang Leichtathletik betrieben, auch in seiner Freizeit war er ein passionierter Läufer gewesen. Im Knast war er zwar von den anderen belächelt worden, wenn er als Einziger auf das Laufband ging, aber dafür hatte er nach wie vor die Kondition eines zwanzigjährigen Langstreckenläufers. Das zahlte sich jetzt aus.

Es dauerte nicht lange, und Josh fiel immer mehr zurück. »Warte! Verdammter Wichser! Warte gefälligst auf mich!«

Er schnaufte und keuchte, aber Paul ignorierte seine Rufe und lief unbeirrt weiter, so schnell er konnte.

Es war kein leichtes Laufen. Die asphaltierten Wege waren überflutet, und Paul konnte nicht mehr erkennen, wohin er trat. Jenseits der Wege waren nur noch Wasser und Morast. Mehrmals stürzte er, weil er in ein unsichtbares Schlagloch getreten oder über einen Stein gestolpert war. Zum Glück verletzte er sich nicht.

Nach gut zehn Minuten hatte er den naheliegenden Wald auf einer kleinen Anhöhe erreicht. Er blieb kurz stehen und zögerte. Bei diesem Sturm war es im Wald lebensgefährlich. Dafür dürften die Überschwemmungen hier noch geringer sein. Aber was nützte ihm das, wenn er von einem Baum erschlagen wurde?

Du hast keine andere Wahl.

Paul drehte sich um. Josh hatte aufgeholt, würde bald bei ihm sein. Entschlossen rannte er in den Wald, hörte Äste brechen und lautstark zu Boden fallen. Einige Fichten bogen sich so sehr zur Seite, dass sie jederzeit umstürzen konnten. Entwurzelte Bäume lagen im matschigen Grund, immer wieder musste er über einzelne Stämme springen. Es war der Wahnsinn, hier durchzulaufen, jederzeit konnte er von einem Ast erschlagen werden.

Kein Polizist wird sich hier hineinwagen, ging es ihm durch den Kopf, während er weiterhastete. Hinter sich hörte er immer noch Schüsse und Schreie. Außerdem

glaubte er, das Bellen von Hunden wahrzunehmen. Oder war es das Heulen des Sturms? Ganz egal, was es ist, du musst weiter!

Paul spürte die Zweige nicht, die ihm immer wieder ins Gesicht peitschten, und floh tiefer in den Wald hinein. Nur mühsam konnte er ohne Taschenlampe etwas sehen, das Gewitter hatte in dem eh schon düsteren Wald alles noch mehr verdunkelt. Aber die Lampe hinderte ihn beim Laufen, er brauchte seine Arme, um sich möglichst schnell vorwärtsbewegen zu können.

Im Laufen sah er sich um und spürte sofort einen Stich in der Magengegend. Verdammt! Er hatte gehofft, Josh längst abgehängt zu haben. Auch wenn der Abstand zwischen ihnen inzwischen bestimmt dreihundert Meter maß, war er immer noch hinter ihm. Fieberhaft dachte Paul nach. Wie konnte er Josh bloß loswerden? Er musste ihn irgendwie abhängen.

Während er weiterlief, suchte er die Umgebung ab. Er wusste nicht, wonach er Ausschau hielt, hoffte einfach, irgendetwas zu finden, das ihm weiterhelfen könnte. Sein Blick fiel auf einen breitstämmigen Baum. Massiv stand er da, gänzlich unbeeindruckt von dem Sturm, der an seinen Ästen zerrte. Mit einem Satz war Paul hinter dem Stamm. Hier würde Josh ihn nicht sehen können. Er atmete ein paarmal tief durch und sah sich dabei suchend auf dem Boden um. Dann schnappte er sich einen knüppeldicken Ast, hielt ihn in der Hand wie einen Baseballschläger, bereit, Josh damit im nächsten Augenblick den Schädel einzuschlagen.

Das Herz schlug ihm bis zum Hals, als er vorsichtig aus seinem Versteck auf den Weg blickte. Verdammt! Wo war Josh? Er konnte ihn nicht sehen. Aber er war doch die ganze Zeit hinter ihm gewesen? Vielleicht war er gestolpert? Hatte sich etwas gebrochen und lag irgendwo hilflos im Schlamm? Wo ist der Scheißkerl nur hin? Paul zog den Kopf zurück und lehnte sich an den Baumstamm. Der Kerl konnte sich doch nicht in Luft aufgelöst haben, er musste doch irgendwo sein! Vorsichtig wagte er einen erneuten Blick aus seinem Versteck. Und wie aus dem Nichts stand Josh plötzlich vor ihm und schlug ihm den Ast aus der Hand.

»Was zur Hölle willst du mit dem verdammten Knüppel?« Josh stieß die Worte atemlos aus. Der Kopf hochrot, das Gesicht klatschnass von Regen und Schweiß. Es wäre nicht schwer, ihn niederzuschlagen, so verausgabt, wie er jetzt vor ihm stand. Aber er hatte immer noch die Waffe in der Hand und zielte damit auf Pauls Gesicht. »Wolltest du mir damit eine verpassen?«

»Natürlich nicht!«

»Was hattest du dann damit vor?«

»Hast du die Hunde nicht gehört?« Paul schrie die Worte gegen den Sturm. »Wenn sich so ein Köter auf mich stürzt, brauche ich doch irgendetwas, um mich verteidigen zu können!«

»Du hörst irgendwo einen Hund kläffen und versteckst dich mit einem Stock in der Hand hinterm Baum?«, fragte Josh spöttisch. »Willst du mich verarschen?«

»Nein, wirklich nicht. Außerdem hab ich auf dich gewartet.«

»Um mir den scheiß Ast über den Schädel zu ziehen?«

»Josh! Natürlich nicht! Wenn ich dich loswerden wollte, hätte ich das doch schon längst erledigen können.«

Josh schien einen Moment nachzudenken. Mit aufgerissenen Augen starrte er ihn keuchend an. »Wenn du auf dumme Gedanken kommst, knall ich dich ab«, brüllte er dann atemlos.

Paul nickte. »Wir sollten weiter«, sagte er schnell. »Ans andere Ende des Waldes grenzt Bachemdorf. Vielleicht finden wir da Kleidung und was zu essen. Ohne Regenjacke holen wir uns noch den Tod.«

»Ist das Kaff schon evakuiert?« Josh wischte sich über die Stirn.

»Keine Ahnung. Sehen wir dann.« Erschrocken zuckte er zusammen, als nur wenige Meter neben ihnen ein Baum krachend zu Boden stürzte. »Jedenfalls müssen wir hier raus«, fügte Paul hinzu. »Es wird zu gefährlich.«

»Du bleibst neben mir!« Josh hielt drohend seine Waffe hoch. »Wenn du wieder einen Sprint einlegen willst, knall ich dich ab.«

Im Laufschritt eilte Paul weiter, langsamer als vorher, damit Josh mithalten konnte. Der blieb die ganze Zeit einen halben Meter hinter ihm, die Waffe in der Hand. Sie sprachen kein Wort miteinander, konzentrierten sich auf den Weg, sprangen über Hindernisse und wichen Ästen und Bäumen aus. Nach einer guten halben Stunde konnte Paul

die Umrisse der ersten Häuser ausmachen. Er blieb stehen, und Josh stolperte fast in ihn hinein.

»Was ist los?«

Paul zeigte auf die Siedlung. »Alles dunkel. Wahrscheinlich schon evakuiert.«

Josh blickte stirnrunzelnd in Richtung der Häuser. »Glaubst du, hier ist kein Stromausfall? Vielleicht sind trotzdem noch Leute da.«

»Stimmt. Wir sollten vorsichtig sein.«

Sie erreichten den Feldweg, der aus dem Wald zur Ortschaft führte, und achteten trotz der Dunkelheit darauf, die letzten Meter so unauffällig wie nur möglich zurückzulegen. Sie versteckten sich zwischen Autos, hielten sich geduckt hinter Büschen und Gestrüpp und ließen ihre Umgebung dabei nicht eine Sekunde aus den Augen.

Der Ort, der tiefer lag als der Wald, war ähnlich überflutet wie die JVA. Das Wasser auf den Straßen ging ihnen fast bis zu den Oberschenkeln, die Kälte kroch in ihre Knochen und ließ Pauls Unterlippe zittern. Sie kamen nur langsam vorwärts, und Paul war davon überzeugt, dass sich die Bewohner von Bachemdorf längst in Sicherheit gebracht hatten. Gott sei Dank, dachte er. Auf eine Auseinandersetzung zwischen Josh und einem Dorfbewohner war er nun wirklich nicht scharf.

Die meisten Bewohner schienen sich auf die Naturkatastrophe vorbereitet zu haben und hatten die Türen mit Sperrholzplatten verrammelt, bevor sie die Häuser aufgegeben hatten. Sandsäcke lagen vor den Eingängen, Rollläden waren runtergelassen. Menschen konnte Paul nirgendwo

sehen. Das ungute Gefühl, beobachtet zu werden, hatte er trotzdem.

»Hier ist niemand mehr«, stellte Josh fest. »Los, wir sehen uns um.«

Zielstrebig ging er auf das erstbeste Haus zu, dessen Eingangstür etwas erhöht lag und über ein paar Stufen zu erreichen war. Mit voller Wucht trat er gegen die verrammelte Tür. Zwei-, dreimal, bis sie krachend aufsprang. Kurz darauf standen sie im Erdgeschoss des Hauses. Da es im Hochparterre lag, stand ihnen das Wasser hier nur bis zu den Knöcheln.

»Du suchst nach wetterfester Kleidung, Regenjacken, Gummistiefel, so 'n Scheiß. Ich gucke, was wir sonst noch gebrauchen können.«

Paul nickte und wollte ins Nebenzimmer gehen, als Josh ihn an der Schulter festhielt.

»Ich schieße nach wie vor, wenn du Scheiße baust.«

Paul nickte nur, öffnete einen Schrank, in dem sich jede Menge Jacken und Mäntel befanden. Aus dem Augenwinkel sah er, wie Josh die Schublade eines Sideboards aufriss, eine goldene Uhr einsteckte, silberne Löffel und andere Dinge, die Paul nicht erkennen konnte. Hemmungslos bediente er sich an den Wertsachen der geflohenen Bewohner und stopfte alles in die Taschen seiner Sweatshirt-Jacke.

Paul nahm zwei Regenmäntel aus dem Schrank und ging weiter ins Wohnzimmer. Fieberhaft suchte er die Regale und Kommoden ab, in der Hoffnung, eine Waffe zu finden. Oder wenigstens etwas, das er als Waffe benutzen konnte. Vielleicht ein Brieföffner? Ältere Leute hatten so et-

was doch noch. Oder ein Taschenmesser? Aber er konnte nichts finden.

Josh war in der Küche, wahrscheinlich ahnte er, dass Paul sich an den Messern bedienen würde, sobald er hier allein wäre. Gab es irgendwo etwas Ähnliches? Eine Schere? Irgendetwas, das ihm weiterhelfen konnte? Doch das Einzige, was er fand, war eine stumpfe Bastelschere und ein paar Stricknadeln. Damit würde er Joshs Waffe nichts entgegensetzen können.

Mit den Regenmänteln ging er zurück in den Eingangsbereich, von dem er in die Küche blicken konnte. Josh drehte ihm den Rücken zu, während er sich ein Brot in den Mund stopfte. Die Waffe hatte er neben sich gelegt, um in Ruhe essen zu können.

Ich brauche die verdammte Waffe, dachte Paul. Nicht nur wegen Josh. Er brauchte sie auch, falls er Max bei Elisa antreffen sollte. Denn bei der ganzen Flucht hatte er immer nur ein Ziel gehabt: Er wollte so schnell wie möglich nach Bad Seeberg. Er wollte zu Elisa. Sobald er Josh losgeworden war, würde er sich auf den Weg zu ihr machen.

Paul sah, wie der sich ein weiteres Brot mit Butter schmierte. Josh schien noch nicht bemerkt zu haben, dass er hinter ihm stand. Wenn er das Überraschungsmoment nutzen konnte, sich von hinten auf Josh stürzen und ihn niederringen konnte, dann würde er endlich allein weiterziehen können. Zu Elisa. Paul ballte die Hände zu Fäusten und presste die Lippen aufeinander. Er ignorierte die Kälte in seinem Körper und fokussierte sich ganz auf Josh.

Dann stürzte er sich auf ihn.

10

Max lief bis zum Ende der Straße und blickte sich dort atemlos um. Hatte er nicht eben noch den alten Mann gesehen? Herrn Moor, den dementen Großvater, der von seiner Enkeltochter vermisst wurde? Doch, bestimmt, er war sich sicher, dass er einen Mann erspäht hatte, der auf die Deichstraße abgebogen war. Gebückte Haltung, trippelnder Gang, das musste er gewesen sein. Wer lief im Moment sonst schon freiwillig direkt auf den Deich zu. Außerdem war es der einzige Mensch, den er seit einer Stunde entdeckt hatte.

Max formte mit den Händen eine Sprechtüte. »Hallo? Herr Moor! Hallo!«, brüllte er, so laut er konnte.

Doch jetzt war nirgendwo mehr ein Mensch zu sehen. Nachdem Max es noch zwei weitere Male aus Leibeskräften versucht hatte, gab er auf. Es war ein hoffnungsloses Unterfangen. Die Natur war im Moment viel zu laut, Sturm und Regen das Einzige, was man hören konnte.

War da vielleicht doch niemand gewesen? Hatte er sich getäuscht? Oder war der Mann in eine der Straßen abgebogen? Max wollte nicht aufgeben, das hatte er schließlich

noch nie getan. Er eilte die Straße hinunter. Mit seiner Taschenlampe, die mit über sechshundert Lumen stärker als jede normale war, leuchtete er die Hauseingänge links und rechts von sich ab. Es war den ganzen Tag nicht richtig hell geworden, der Himmel von dunklen Gewitterwolken verhangen. Der Stromausfall und die dadurch fehlende Beleuchtung taten ein Übriges.

»Herr Moor!«, brüllte er in einen Hauseingang, obwohl er ahnte, dass er keine Antwort bekommen würde. Der Eingang war genauso leer wie die anderen. Hier suchte niemand Schutz.

Ob sich der alte Mann Zugang zum Inneren eines der Häuser verschafft hatte? Max leuchtete durch die Fensterscheiben. In den Gebäuden stand das Wasser, Stühle und Tische dümpelten vor sich hin. Eine Tür ließe sich nur noch mit viel Kraft öffnen, dachte Max, und er bezweifelte, dass der alte Mann diese noch besaß.

Die Suche nach Herrn Moor dauerte nun schon einige Stunden. Zweimal hatte er sie unterbrochen, als die Feuerwehr aus einem Nachbarort meldete, dass er dort bei freundlichen Bewohnern untergekommen sei. Aufgrund des Alters und des verwirrten Geisteszustandes der Männer war Max davon ausgegangen, dass es sich um Herrn Moor handelte. Aber der eine war ein alkoholkranker Obdachloser gewesen, der orientierungslos durch das Katastrophengebiet irrte, und der andere weigerte sich, seinen Namen preiszugeben. Der vermisste Großvater war er aber ebenfalls nicht.

»Er legt immer viele Pausen ein«, hatte die Enkeltochter

Max erklärt. »Ich hab ihn schon schlafend auf einer Parkbank gefunden, neben einem Geldautomaten, an der Bushaltestelle. Wenn er müde ist, legt er sich hin und macht ein Nickerchen. Was bei diesem Wetter natürlich schrecklich wäre! Ich mache mir solche Sorgen, dass er dabei ertrinken könnte!«

»Ich werde alles tun, um ihn zu finden«, hatte Max ihr versprochen und sich sofort wieder auf die Suche gemacht. Aber er merkte, dass auch seine Kräfte nachließen. Erschöpft lehnte er sich an eine Hauswand und atmete tief durch. Er war jetzt seit über vierundzwanzig Stunden fast pausenlos auf den Beinen. Auch wenn er anstrengende Einsätze gewohnt war, so extrem wie dieses Mal war es noch nie gewesen. Trotz seiner wasserdichten Schutzkleidung spürte er die Kälte inzwischen deutlich, auch die Müdigkeit setzte ihm immer mehr zu. Zum Glück hatte er noch einen Energieriegel in der Tasche. Die Mischung aus Traubenzucker und Proteinen gab ihm sofort wieder etwas Kraft.

Max nahm sein Handy und drückte auf Chris' Kontakt. »Immer noch kein Netz«, murmelte er und nahm das Funkgerät. Kurz darauf hörte er Chris' Stimme.

»Es wäre nicht schlecht, wenn ich Verstärkung bekommen könnte«, rief Max in das Funkgerät, nachdem er seinen Standort durchgegeben hatte. »Das ist wie die Suche nach der Stecknadel im Heuhaufen.«

»Ich hab hier keinen Mann übrig«, antwortete Chris. »Wenn ihn einer findet, dann du. Du hast bisher jeden wieder aufgespürt.«

»Aber die Situation kannst du nicht mit früheren Einsät-

zen vergleichen«, erwiderte Max. »Wir müssten eigentlich aus der Luft nach ihm suchen.«

»Max ...«

»Ich weiß, dass das nicht geht. Aber ich allein kann hier kaum noch was ausrichten.«

Sein Teamleiter schien nachzudenken, jedenfalls war für einen Augenblick nichts zu hören. »Überprüf den Deich ...«

Die Verbindung brach ab. Max seufzte. Bei dem Wetter versagte selbst die bewährteste Technik. Er drehte an dem Regler, hörte aber außer Rauschen und Knacken nichts. Plötzlich hielt er inne. Da hinten! Der trippelnde Gang, die gebückte Haltung! Das war er doch!

»Herr Moor!« Max brüllte, so laut er nur konnte, und watete eilig durch die überflutete Straße. Er sah, dass der alte Mann am unteren Ende des Deiches stand, der an einigen Stellen bereits sichtbar aufgeweicht war. Wasser trat aus und sammelte sich auf den Wiesen davor in großen, teichähnlichen Pfützen. Die schienen Herrn Moor aber nicht zu stören, der selbst bis zu den Knien im Wasser stand. Unbeirrt stapfte er den schlammigen Deich hinauf, fiel dabei immer wieder hin, rappelte sich hoch und kämpfte sich weiter nach oben.

»Hey!«, brüllte Max in den Sturm hinein.

Obwohl der alte Mann höchstens fünfhundert Meter von ihm entfernt war, konnte er ihn nicht hören. Max hielt seine Taschenlampe hoch und schaltete sie an und aus, ruderte mit den Armen und hoffte, so die Aufmerksamkeit des Mannes auf sich zu lenken. Vergeblich.

Max versuchte, sein Tempo zu erhöhen. Das Adrenalin rauschte durch seine Adern und gab ihm wieder neue Energie. Trotz der widrigen Umstände würde er die Strecke in kürzester Zeit zurücklegen können, davon war er überzeugt. Es war nicht leicht, gegen die Wassermassen und den starken Wind zu laufen, jeder Schritt kostete ihn zehnmal so viel Kraft wie sonst. Aber er war felsenfest entschlossen, diesen Mann zu retten. So nah wie jetzt war er ihm noch nicht gekommen.

Nach wenigen Metern wurde er angefunkt und zog sein Funkgerät im Lauf aus der Halterung. »Ja?«, rief er atemlos, fest davon überzeugt, dass es Chris war, der sich nach dem abgebrochenen Funkkontakt noch mal meldete.

»Max?«

Schlagartig blieb er stehen, als er ihre Stimme hörte. »Elisa?«

»Ja. Kannst du mich hören?«

»Ich höre dich gut. Wieso hast du eine Funke? Bist du bei Chris?«

»Nein. Ich bin bei meinen Nachbarn, die haben ein Funkgerät. Max ...« Elisas Stimme brach ab.

Weinte sie? »Geht es dir gut?« Das hatte er sie schon lange nicht mehr gefragt. Das letzte Mal, als sie miteinander gesprochen hatten, lag Monate zurück. Damals hatte Elisa am Telefon die ganze Zeit geweint, von der ersten bis zur letzten Sekunde. Natürlich hatte er sie da nicht gefragt, ob es ihr gut gehe, dafür ging es ihr zu offensichtlich schlecht. »Elisa? Wie ist die Situation bei euch? Warum bist du noch in Bad Seeberg?«

Während er sprach, ließ er Herrn Moor nicht aus den Augen. Unbeirrt stapfte er weiter den Deich hoch, rutschte immer wieder ab und kämpfte sich weiter.

»Ich ... ein Baum ist umgestürzt. Mein Auto ist hinüber ...«

»Um Himmels willen!« Max spürte einen Stich in der Magengegend. Er hatte schon oft erlebt, dass ein Auto während eines starken Sturms zur Todesfalle werden konnte. »Ist dir was passiert?«

»Nein, nein, mir geht es gut, deshalb habe ich dich nicht angefunkt, ich bin okay. Aber, Max!« Er hörte, wie sie mehrmals tief durchatmete. Das tat sie immer, wenn sie versuchte, sich zu beruhigen. »Die JVA ... Hast du es in den Nachrichten gehört?«

»Ich kann die Nachrichten im Moment nicht verfolgen«, antwortete er. »Dafür ist hier zu viel los. Wir evakuieren einen Ort nach dem anderen, suchen nach vermissten Personen. Du solltest Bad Seeberg auch schnellstens verlassen. Ich dachte, der Ort ist längst evakuiert? Warum bist du immer noch ...«

»Verdammt, Max! Hör mir doch zu!« Das Funkgerät machte ein knackendes Geräusch, gefolgt von einem lauten Rauschen. Für eine Weile war Elisas Stimme weg. Dann konnte er sie wieder hören. »Und wahrscheinlich ist Paul dabei!«

»Was? Ich hab dich nicht verstanden. Was ist mit Paul?«

»Es gab in der JVA einen Ausbruch. Als sie das Gebäude evakuieren wollten, kam es zu einer Art Aufstand – und jetzt sind jede Menge Typen aus dem Knast auf der Flucht.« Ihre

Stimme überschlug sich fast vor Aufregung. »Was, wenn Paul darunter ist? Max! Hörst du mich?!« Elisa klang völlig aufgelöst.

Paul. Verdammt! An den Mistkerl hatte er gar nicht mehr gedacht. »Ja, ich höre dich. Wann ist der Ausbruch passiert?«

»Ich weiß es nicht…« Sie schluchzte auf. »Max, du musst aufpassen. Wenn er dich findet …«

»Du bist genauso in Gefahr wie ich«, entgegnete er. »Und er weiß, wo du wohnst. Kannst du dich irgendwo in Sicherheit bringen? Weg von Bad Seeburg?«

Wieder hörte er sie schluchzen. »Nein. Wir können das Haus im Moment nicht verlassen. Die Straßen sind bereits überflutet, mein Wagen ist ein Totalschaden, der von den Peters kaputt, das Wasser steigt und steigt … zu Fuß wäre es lebensgefährlich …«

»Im Ort zu bleiben ist genauso lebensgefährlich. Nicht nur wegen Paul.« Max überlegte kurz, ob er ihr die Wahrheit sagen sollte. Aber vermutlich redeten sie in den Nachrichten eh über nichts anderes. »Elisa, der Deich wird brechen. Das ist so sicher wie das Amen in der Kirche. Und dann sind nicht nur die Straßen und Keller überflutet, verstehst du? Dann müsst ihr rauf aufs Dach!«

»Und wenn das Haus … wenn es nicht standhält?« Jetzt konnte sie das Schluchzen nicht mehr unterdrücken. »Was soll ich denn nur machen, Max … und wenn Paul wirklich kommen sollte …«

»Als Erstes nimmst du jetzt deine Tabletten«, sagte Max

bestimmt, »damit du ruhig bleibst und nicht unüberlegt handelst.«

»Ich hab kaum noch welche ...«

»Okay.« Er wusste, wie viel Angst Elisa vor Wasser hatte. Ohne ihre Tabletten würde sie von einer Panikattacke in die nächste stürzen, gelähmt vor Angst und unfähig zu handeln. »Ich werde dir helfen. Ich komme so schnell wie möglich zu dir.«

Er hörte, wie Elisa erleichtert durchatmete. »Kannst du denn da überhaupt weg?«

»Ich bin hier, um Menschen zu retten«, antwortete Max mit fester Stimme. »Und deine Rettung gehört genauso dazu wie die von anderen.«

Elisa schluchzte auf. »Danke, Max. Pass bitte auf! Auch wegen Paul.«

»Du auch. Bis später.«

Max beendete den Funkverkehr mit Elisa und schaltete sich in den Polizeifunk. Er hörte, dass man bisher von zwölf geflohenen Gefangenen ausging. Unter ihnen ein Ortskundiger, der wegen Totschlags einsaß und sich in der Umgebung sehr gut auskennen dürfte. Paul, dachte Max. Das konnte nur Paul sein. Elisa hatte recht gehabt.

Für einen Moment sah er die Bilder von damals wieder vor sich. Wie die Richterin ihr Urteil fällte und Paul für neun Jahre ins Gefängnis schickte. Wie Elisa auf der Nebenklägerbank weinend zusammenbrach und Max sie auffing, wie Paul losbrüllte, dass sie tot wären, sobald er den Knast wieder verlassen würde. »Dafür wirst du büßen, Max!« Zwei Po-

lizisten mussten ihn aus dem Gerichtssaal bringen, weil er so tobte und brüllte.

Und jetzt war er wieder draußen.

Max drückte seinen Rücken durch. Er hatte keine Angst vor Paul, fühlte sich ihm nicht unterlegen, weder körperlich noch mental. Max war Stresssituationen gewohnt. Durch seine Tätigkeit beim THW hatte er schon häufig mit aggressiven Menschen zu tun gehabt, die während eines Rettungseinsatzes die Nerven verloren hatten. Er wusste, wie man mit Angriffen umging, er konnte es mit Paul locker aufnehmen.

Zwei Sachen beunruhigten ihn trotzdem. Zum einen Elisa. Sie würde Paul nichts entgegenzusetzen haben, wäre ihm hilflos ausgeliefert. Wenn sie in einer brenzligen Situation in Panik ausbrach, würde sie alles nur noch schlimmer machen. Zum anderen fragte er sich, ob Paul allein auf der Flucht war. Ein Dutzend Schwerkrimineller war entflohen, es war nicht auszuschließen, dass er sich mit anderen zusammengeschlossen hatte. Allein würde er für Max kein Problem darstellen, jedenfalls keines, was er nicht lösen konnte. Aber Paul zusammen mit anderen brutalen Verbrechern könnte dagegen durchaus zum Problem werden, besonders, wenn diese bewaffnet waren. Im Moment war es ein Leichtes, an etwas zu kommen, das sich als Waffe eignete. In den evakuierten Häusern dürften sich jede Menge Messer, Äxte oder andere gefährliche Gegenstände befinden, die nur herausgeholt werden mussten.

Er musste sich vorbereiten und mit allem rechnen. Und vor allen Dingen musste er schnellstens nach Bad Seeberg.

Max blickte Richtung Deich. Herr Moor hatte die marode Deichkante erreicht und spazierte wankend den Damm entlang. Selbst aus dieser Entfernung konnte Max sehen, dass der Mann Gleichgewichtsprobleme hatte, immer wieder abrutschte und stürzte, wieder aufstand und weiterlief. Nichts schien ihn aufhalten zu können.

Max konnte nicht erkennen, wie es auf der anderen Seite des Deichs aussah, aber er wusste es auch so. Das Meer hatte den Damm längst erreicht, die Wellen würden tosend gegen das aufgeweichte Erdreich schlagen. Der Himmel wurde immer wieder von Blitzen erhellt, und die Gefahr, dass Herr Moor von einem getroffen wurde, war ebenfalls groß. Aber er schien davon gänzlich unberührt zu sein und lief einfach weiter. Es war wie ein Spaziergang am Rand der Hölle.

11

Mit zittrigen Fingern drückte Elisa die letzte Tablette aus der Blisterpackung. Für einen Moment betrachtete sie die längliche weiße Pille, die sie am liebsten nicht schlucken wollte. Nicht, weil sie sie nicht brauchte, nein, Elisa spürte sehr genau, wie dringend sie die Tablette jetzt benötigte. Sie zögerte, weil es ihre letzte war. Die aufzubrauchen bedeutete, für den Notfall, für die nächste Panikattacke, nichts mehr in petto zu haben, und dieser Gedanke versetzte sie in Unruhe.

Sie saß auf Joachims Schreibtischstuhl. Das Arbeitszimmer wirkte recht neu, der helle Kiefernschreibtisch passte farblich zum Regal und einem Gästebett, das hinter Elisa an der Wand stand. Die Wände waren in einem zarten Blauton gestrichen, was den skandinavischen Look noch betonte. So könnte das Zimmer auch in einem IKEA-Katalog abgebildet sein. An den Wänden hingen gerahmte Fotos, fast alle hatten das Meer und die Strände rund um Bad Seeberg als Motiv. Vor ihr stand das Funkgerät, mit dem sie Kontakt zu Max aufgenommen hatte. Vielleicht hatte ihr der schwarze akkubetriebene Kasten, der ähnlich wie ein Radio aussah,

das Leben gerettet, und sie war dankbar, dass Joachim ihr erklärt hatte, wie er funktionierte.

Elisa drehte die Tablette nervös zwischen den Fingern. Sie warf einen Blick aus dem Fenster, auf ihr Auto, in dem sich ihr gesamter Tablettenvorrat befand. Genug, um sie mit klarem Kopf durch diese furchtbare Katastrophe zu bringen. So nah und trotzdem unerreichbar.

Der umgestürzte Baum hatte den Kofferraum voll erwischt, eingedrückt und zusammengequetscht. Vermutlich würde sie ihn auch mit Hilfe nicht mehr aufbekommen, selbst wenn sie zum Wagen gelangen könnte. Aber auch das schien inzwischen fast unmöglich. Das Wasser stand mindestens fünfzig Zentimeter hoch auf der Straße, vielmehr floss es in hohem Tempo. Mülltonnen, ja sogar Autos wurden mitgerissen, und vermutlich wäre ihr Wagen auch längst weg, wenn er sich nicht im Baum verkeilt hätte. Im Moment war es viel zu gefährlich, das Haus zu verlassen. Ihren Tablettenvorrat konnte sie vergessen.

Katinka sprang auf den Schreibtisch und strich schnurrend an ihrem Arm entlang. Neugierig schnupperte sie an der Tablette, die Elisa nach wie vor in der Hand hielt. Die Katze miaute laut und schmiegte sich dann wieder an Elisa. Sie war unfähig, das Tier zu streicheln, spürte, wie ihr Herz immer schneller schlug und ihre Hände schweißnass wurden. Es hatte keinen Zweck, länger zu warten. Seufzend warf sie sich die Tablette in den Mund und schluckte sie hinunter.

»Sind Sie krank?« Vera hatte, von ihr unbemerkt, den Raum betreten.

Ruckartig drehte sich Elisa zu ihr um, während Katinka vom Schreibtisch sprang und Vera durch die Beine strich.

»Oh nein, nein. Alles in Ordnung.« Sie zwang sich zu einem Lächeln, das ihr aber nicht richtig gelingen wollte.

»Und die Medikamente?«

Elisa stellte sich ahnungslos. »Was meinen Sie?«

Vera lächelte verständnisvoll. »Sie brauchen sie nicht vor mir zu verstecken. Ich habe eben im Wohnzimmer schon gesehen, dass Sie etwas nehmen wollten.«

»Nur eine Kopfschmerztablette.«

Vera sah sie ernst, aber auch skeptisch an. »Sicher? Dafür haben Sie die Tablette aber ganz schön lange angestarrt, bevor Sie in Ihren Mund gewandert ist. Kann ich etwas für Sie tun?«

»Nein, danke, es ist wirklich alles gut«, versuchte Elisa möglichst leicht zu antworten. Mit den Armen umschlang sie ihren Oberkörper und bemühte sich weiter um ein Lächeln, wodurch sich ihr Mund leicht verkrampfte. »Ganz schön frisch geworden.«

»Die Heizung ist ausgefallen.« Vera setzte sich auf das unbezogene Gästebett, legte ihren Stock auf den Boden. »Ich gebe Ihnen gleich noch ein paar warme Sachen von mir.«

»Danke, das ist sehr lieb.«

»Der Keller läuft voll. Wir hatten hundert Sandsäcke und alles so gut wie möglich verschlossen, aber inzwischen kommt es durch«, sagte Vera, eine tiefe Sorgenfalte auf der Stirn.

Elisas Herz begann sofort, schneller zu schlagen. »Jetzt geht es also los ...«

»Keine Sorge, noch reden wir nur vom Keller. Joachim hat Haus- und Terrassentür gut abgedichtet, da kommt bisher nichts durch. Vielleicht haben wir Glück, und es bleibt bei einem vollgelaufenen Keller.«

»Das kann ich mir nicht vorstellen. Der Deich wird brechen.«

»Das wissen wir noch nicht.« Vera seufzte. »Aber es steht natürlich zu befürchten, da haben Sie recht.«

Elisa drehte den Schreibtischstuhl wieder zum Fenster und blickte nach draußen. »Die Straße sieht von hier schon wie ein Fluss aus.«

»Wir müssen abwarten. Etwas anderes bleibt uns jetzt leider nicht mehr übrig. Abwarten und Ruhe bewahren.« Vera räusperte sich. Sie zögerte, bevor sie weitersprach. »Elisa, wir sollten ehrlich zueinander sein.«

Überrascht sah Elisa sie an. »Ich verstehe nicht, was Sie meinen.«

»Ich weiß, dass das keine Kopfschmerztablette war. Wollen Sie mir nicht sagen, was los ist? Wir sind jetzt doch aufeinander angewiesen. Wenn Sie krank sind und wichtige Medikamente brauchen, dann wäre es gut, wenn ich das wüsste. Ich will Ihnen doch nur helfen.«

Elisa wusste nicht, was sie sagen sollte. Sie drehte sich mit dem Schreibtischstuhl hin und her, fühlte sich wie ein kleines Mädchen, das beim Schummeln erwischt worden war. »Sie müssen sich keine Sorgen machen, Vera. Ich bin nicht krank.«

»Warum nehmen Sie dann Medikamente?«

Elisa seufzte. »Ich bin jedenfalls nicht richtig krank.«

»Wie ist man denn nicht richtig krank?« Vera ließ einfach nicht locker.

Elisa drehte sich wieder zu ihr und suchte nach den richtigen Worten, hatte Sorge, ihre nette Nachbarin mit der Wahrheit womöglich zu verschrecken. Andererseits hatte Vera recht. Es wäre besser, wenn sie Bescheid wüsste. Dann könnte sie ihr im Notfall vielleicht beistehen. Trotzdem hatte Elisa Angst, ihrer Nachbarin die ganze Geschichte zu erzählen.

»Ich habe einen Fehler gemacht«, begann sie zögerlich. »Und der hatte so fürchterliche Konsequenzen ... damit komme ich nicht klar. Deshalb brauche ich manchmal die Tabletten.«

»Sind Sie an einer Depression erkrankt?«

»Wahrscheinlich kann man es so nennen«, antwortete Elisa, die sich schwertat, das Wort *Angststörung* auszusprechen.

Schweigend saßen sie für eine Weile da, blickten beide aus dem Fenster und lauschten dem Regen, der immer noch gegen die Scheiben prasselte.

»Hat das alles etwas mit dem Mord an Ihrer Schwester zu tun?«

Elisa presste die Lippen zusammen. Dann nickte sie zögerlich.

»Ich kann mir gut vorstellen, dass einen so ein schwerer Schicksalsschlag depressiv machen kann«, sagte Vera.

»Es ist nicht nur die Trauer um meine Schwester und die

Angst vor ihrem Mörder.« Elisa knetete ihre Hände. »Es ist vor allen Dingen die Schuld, die ich auf mich geladen habe, die alles so schwer macht.«

»Aber Sie tragen doch keine Schuld daran, dass Ihre Schwester ermordet wurde.«

Elisa merkte, wie ihr die Tränen in die Augen schossen. »Und wenn doch?« Ihre Stimme zitterte.

Vera sah sie mit großen Augen an. »Möchten Sie mir erzählen, was passiert ist?«, fragte sie dann vorsichtig. »Ich kann Dinge für mich behalten, und vielleicht hilft es Ihnen, darüber zu sprechen.«

»Das hat mein Therapeut auch schon gesagt.« Elisa fuhr sich mit den Händen durch die dunklen Locken. Ihr fiel es immer noch außerordentlich schwer, über die Vergangenheit zu reden. »Aber ich weiß nicht ... Wir kennen uns doch kaum.«

»Damit haben Sie natürlich recht. Entschuldigung, ich wollte nicht neugierig klingen.« Vera suchte nach ihrem Stock und stützte sich darauf hoch. »Ich verstehe natürlich, wenn Sie nicht darüber sprechen möchten. Es geht mich ja auch gar nichts an. Tut mir leid.« Langsam ging Vera zur Tür.

»Nein, das ist es nicht.« Elisa sprang auf und hielt Vera am Arm fest. »Bitte ... bleiben Sie.«

Vera hob eine Augenbraue. »Sicher?«

Sie schluckte den Kloß in ihrem Hals herunter und nickte. Daraufhin sackte Vera zurück aufs Bett und ließ den Stock zu Boden gleiten.

Auch Elisa setzte sich wieder. Konnte sie Vera wirklich

alles anvertrauen? »Meistens geht es mir tatsächlich etwas besser, wenn ich darüber spreche«, begann sie zögerlich. »Aber ich weiß nie genau, wie ich anfangen soll.«

»Vielleicht einfach mit dem Anfang?« Vera lächelte.

Elisa erwiderte ihr Lächeln. »Ja.« Dann wurde sie wieder ernst. »Alles fing vor gut anderthalb Jahren an ...« Ihre Stimme wurde brüchig, und sie stockte.

Anstatt nachzuhaken, sah Vera sie einfach nur aufmerksam an und wartete, bis Elisa sich wieder gefangen hatte.

»Ich ... ich habe damals einen unverzeihlichen Fehler begangen«, erzählte Elisa leise weiter. »Und dadurch mein eigenes und das Leben anderer zerstört.«

Vera runzelte skeptisch die Stirn. »Das klingt aber sehr dramatisch.«

Elisa zuckte mit den Schultern. »Ich weiß. Aber so ist es nun mal.« Sie drehte sich wieder zum Fenster, damit sie Vera nicht ansehen musste, hatte Angst vor ihrer Reaktion, vor den Blicken, vor hochgezogenen Augenbrauen und fassungslosem Staunen. Erneut stiegen ihr die Tränen in die Augen und liefen ihr langsam über die Wangen.

»Ich werde Sie nicht verurteilen.« Vera schien ihre Gedanken lesen zu können. »Ich habe in meinem Leben auch schon Fehler begangen. Ich weiß, wie das ist.«

Nein, dachte Elisa bitter, wie das ist, weißt du garantiert nicht. Dann bemühte sie sich um ein vorsichtiges Lächeln, wischte sich die Tränen vom Gesicht und drehte sich wieder zu Vera. »Es gibt Fehler, die einfach passieren. Und es gibt die, die man hätte vermeiden können, nein, müssen. Irgendwann versteht man, dass es nur an einem selbst lag,

warum man in eine solch katastrophale Situation geraten ist. An der eigenen Persönlichkeit, dem schwachen Charakter.« Elisa grinste schief und zog traurig die Schultern hoch. »Eben daran, weil ich so bin, wie ich bin. Leider.« Vera schüttelte energisch den Kopf. »Das kann ich mir überhaupt nicht vorstellen. Sie sind so eine sympathische Person! Meinen Sie nicht, dass Sie ein bisschen streng mit sich sind?«

»Nein.« Elisa knetete ihre Hände. Sollte sie Vera alles erzählen? Keiner wusste, wie diese Sturmflut ausgehen würde, ob Paul nicht schon bald vor ihr stehen würde und seine Drohung wahr machte. Was hatte sie zu verlieren? Sie schloss die Augen und atmete mehrmals tief durch, sah die Bilder von damals deutlich vor sich, als wäre alles erst gestern passiert.

»Wir waren auf einer Party, mein Mann Max und ich, meine Schwester Lizzy und ihr Mann Paul. Die Stimmung war super, wir haben alle gefeiert, als gäbe es kein Morgen mehr. Alle bis auf Lizzy. Sie hatte Migräne und ist früh ins Bett gegangen. Tja. Und mein Mann hat an dem Abend so über die Stränge geschlagen, dass ein Kumpel ihn volltrunken nach Hause bringen musste. Paul und ich haben dann allein weitergefeiert. Und irgendwann ist es passiert ...«

Vera sah sie mit großen Augen an. »Paul? Der Häftling aus der JVA? Der Mörder Ihrer Schwester ist Ihr Schwager gewesen?«

»Ja.«

Auf Veras Stirn waren nachdenkliche Falten zu sehen.

»Hab ich das jetzt richtig verstanden … Sie hatten an dem Abend was mit ihm?«

Elisa nickte kaum merklich. »Ich weiß, es ist nicht wirklich zu erklären. Irgendwie kam eins zum anderen …« Ihre Stimme war ganz leise geworden. »Das hätte niemals passieren dürfen. Wäre ich nicht so betrunken gewesen, dann wäre es vielleicht auch nie passiert.«

Vera sah sie warm an. »Ein Ausrutscher. So etwas kommt vor.«

Wieder zuckte Elisa mit den Schultern und schüttelte dann leicht den Kopf. »Natürlich haben wir danach beide versucht, das Ganze als einen Ausrutscher zu sehen, ein One-Night-Stand, der nichts zu bedeuten hatte.«

Vera hielt sich erschrocken eine Hand vor den Mund. »Verstehe. Dabei ist es nicht geblieben.«

»Nein. Leider nicht. Wir … haben uns ineinander verliebt.« Elisa rang die Hände. »Bitte verurteilen Sie mich nicht dafür. Ich weiß, dass ich das niemals hätte zulassen dürfen. Meine Schwester, mein Mann … Ich kann heute überhaupt nicht mehr nachvollziehen, wie ich den beiden das antun konnte. Es war so egoistisch von mir …«

Der Anflug eines Lächelns zeigte sich auf Veras Gesicht. »Das Gehirn von Verliebten funktioniert so wie das von Betrunkenen, sagt man. Und wenn die Liebe richtig einschlägt, kann man solche Gefühle nicht einfach verdrängen.«

»Das sehe ich inzwischen anders. Auch wenn man die Gefühle nicht verdrängen kann, muss man sich deshalb noch lange nicht auf eine Affäre einlassen.«

»Sie meinen, ihn aus der Ferne still und heimlich zu lieben und nach außen so zu tun, als wäre alles beim Alten?«

»Zum Beispiel. Welches Recht hatte ich, meine Schwester so zu hintergehen? Meinen Mann zu betrügen?« Elisa schüttelte über sich selbst den Kopf. »Lizzy und ich ... wir waren immer sehr eng. Ich war ein klassisches Papakind, kam mit dem Tod meines Vaters überhaupt nicht klar. Lizzy war es, die sich um mich gekümmert hat, mich in der Trauer aufgefangen und da raus begleitet hat. Ohne sie hätte ich das nicht geschafft, wäre an dem plötzlichen Verlust zerbrochen. Aber Lizzy war für mich da. Immer. Und was mache ich?«

Ihre Nachbarin schwieg, und Elisa spürte, dass Vera sie nun doch verurteilte. Natürlich, jeder würde das tun.

»Ich habe mir solche Vorwürfe gemacht«, sagte Elisa deshalb schnell. »Natürlich auch wegen Max. Wir hatten eine gute Ehe, er ist ein guter Kerl. Wie konnte ich ihm das antun? Es ist für mich heute unbegreiflich.«

»So einfach kann man sich gegen manche Gefühle halt nicht wehren«, meinte Vera, aber sie klang nicht überzeugt.

»Aber man muss sie nicht alle ausleben, man kann sie auch wegsperren, wenn sie für andere zu verletzend sind«, entgegnete Elisa. »Ich bin verantwortlich für die Konsequenzen, die das alles hatte.«

»Zu einer Affäre gehören aber doch immer zwei.«

Elisa merkte, dass Vera etwas Tröstendes sagen wollte, ohne selbst davon überzeugt zu sein. Aber das war nicht schlimm. Es gab sowieso nichts, das sie hätte trösten können.

»Paul hat seine Frau betrogen. Ich habe meinen Mann und meine Schwester betrogen«, sagte Elisa bitter. »Ich trage die Verantwortung.«

Vera nickte verstehend. »Die Affäre kam raus?«

Elisa schüttelte den Kopf. »Am Tag vor Lizzys Geburtstag habe ich die Sache mit Paul schweren Herzens beendet. Aber Paul wollte das nicht akzeptieren, im Gegenteil, er wollte sich von Lizzy trennen.«

»Was Sie wiederum nicht wollten?«

»Auf keinen Fall. Ich hätte Lizzys Herz gebrochen. Paul musste mir versprechen, dass er weder Max noch Lizzy jemals etwas von der Affäre erzählt. Er war darüber richtig sauer, und wir sind im Streit auseinandergegangen.«

»Aber Lizzy und Max haben doch etwas davon erfahren?«

Wieder musste Elisa tief durchatmen, bevor sie weitersprechen konnte. »Nein, ich glaube nicht ... Lizzy hatte sich zum Geburtstag einen Segelausflug gewünscht, wir vier alle zusammen. Und dabei ist es dann zur Katastrophe gekommen. Wir hatten zu viel Champagner getrunken, und es kam zum Streit zwischen Max und Paul.«

»Er war also doch dahintergekommen?«

»Vor Gericht hat er gesagt, dass er von unserer Affäre nichts wusste. Ich weiß nicht, über was sie sich gestritten haben. Jedenfalls wurden sie irgendwann handgreiflich. Lizzy und ich wollten noch dazwischengehen, aber dann eskalierte alles, und Paul ... er stieß Lizzy über Bord. Und ich fiel mit.« Sie merkte, wie ihre Augen wieder feucht wurden. »Lizzy ist ertrunken, während Max mich in letzter Se-

kunde retten konnte. Dabei hätte ich doch eigentlich ertrinken müssen. Ich war an allem schuld, aber meine unschuldige Schwester musste sterben ...«

Vera war ganz blass geworden. »Paul hat Ihre Schwester von Bord gestoßen ...«

»Vermutlich wollte er Max loswerden, aber Lizzy war diejenige, die fiel«, sagte Elisa tonlos.

»Puh!« Vera fuhr sich mit beiden Händen durchs Gesicht. »Harte Geschichte.«

Elisa starrte ins Nichts, unfähig, Vera in die Augen zu sehen. Und auch ihre Nachbarin schien einen Moment zu brauchen, um diese Neuigkeiten zu verarbeiten.

»Wie ging es dann weiter?«, fragte sie.

»Es gab einen Prozess. Einige andere Segler, die in der Nähe waren, hatten beobachtet, wie Paul an Bord getobt hatte, wir Frauen ins Wasser fielen und Max versuchte, uns zu retten. Was ihm leider bei Lizzy nicht gelang.«

»Danach kam Paul in Haft.«

»Verurteilt zu neun Jahren wegen Totschlags.« Elisa sah Vera mit tränennassen Augen an. »Wegen mir ist meine Schwester tot, mein Schwager zum Mörder geworden und meine Ehe geschieden. Deshalb nehme ich Medikamente, verstehen Sie? Denn sonst würde ich durchdrehen und an meinen Schuldgefühlen ersticken.«

»Ja, das verstehe ich. Aber die Tabletten lösen Ihre Probleme nicht, sie betäuben doch höchstens den Schmerz.«

»Seit damals kriege ich regelmäßig Panikattacken, da ist es, ehrlich gesagt, ganz gut, wenn man seinen Schmerz ein wenig betäuben kann«, entgegnete Elisa. »Zumal ich

seitdem panische Angst vor Wasser habe. Diese verdammte Sturmflut ist eine ganz besondere Belastung für mich. Vielleicht ist es aber auch einfach die gerechte Strafe.«

»Das ist Quatsch.« Vera drückte sich eine Hand gegen den Unterleib und verzog kurz das Gesicht. »Sie glauben doch nicht ernsthaft, dass es irgendwo jemanden gibt, der unser Schicksal lenkt?«

»Ich glaube nicht an Gott«, antwortete Elisa. Diesen Glauben hatte sie nach Papas Tod verloren. »Aber warum sollte es nicht so etwas wie Karma geben? Wer sich so rücksichtslos verhält, wie ich es getan habe, der bekommt irgendwann seine Quittung.«

»Ich weiß nicht. Denken Sie doch mal an die ganzen Diktatoren, die die Welt schon gesehen hat. Haben die alle ihre Quittung bekommen? Da geht die Sache mit dem Karma doch irgendwie nicht auf.« Wieder drückte sie sich die Hand gegen den Bauch und biss sich auf die Unterlippe.

»Alles okay?«, fragte Elisa besorgt. »Haben Sie Magenschmerzen?«

»Nein, es ist nicht der Magen. Ich weiß nicht, ich …«

Elisas Blick fiel auf Veras Hose. Zuerst glaubte sie, ihre Wahrnehmung spielte ihr wieder einen Streich, aber dann war sie sich nicht mehr sicher. »Kann es sein, dass Sie … Ich glaube, Sie haben Blutungen.« Sie wies mit der Hand auf Veras Schoß. Die helle Hose hatte sich im Schrittbereich rot gefärbt.

Erschrocken sprang Vera auf. »O Gott! Bitte entschuldigen Sie. Ich habe ein Problem mit der Gebärmutter. Das passiert manchmal«, erklärte sie kurz angebunden. Mit ei-

157

nem Satz war sie aus dem Raum und warf die Tür hinter sich zu.

Von draußen konnte Elisa ihre Schritte hören, dann knallte wieder eine Tür. Wahrscheinlich war Vera ins Bad geeilt. Für einen Moment starrte Elisa auf die geschlossene Tür. Dann kniff sie die Augen zusammen und öffnete sie wieder. Ihr Blickfeld war leicht verschwommen, was ihr häufig passierte, wenn sie Tabletten genommen hatte. Katinka sprang auf ihren Schoß und rollte sich dort schnurrend ein, als wäre nichts passiert. Elisa versuchte, ihre Gedanken zu sortieren.

Hoffentlich ist Vera nicht ernsthaft krank, dachte sie. In ihrem Alter dürfte sie eigentlich keine Monatsblutung mehr haben. Vielleicht war sie noch in den Wechseljahren? Aber müssten die mit Anfang sechzig nicht längst vorbei sein? Elisa war sich nicht sicher, sie wusste kaum etwas über die Wechseljahre, ihre Mutter hatte nie darüber gesprochen. Irgendwann mit fünfzig ging das doch los – konnte es wirklich bis Anfang sechzig dauern? Für eine Blutung konnte es aber auch viele andere Gründe geben, dachte sie dann. Schlimme und weniger schlimme. Vera hatte erschrocken gewirkt, aber sie hatte ja selbst gesagt, dass sie so etwas schon mal hatte. Vielleicht war es einfach nur ein lästiges, aber harmloses Problem?

Elisas Blick fiel auf Veras Stock, der neben dem Sofa lag. Vera war ziemlich schnell aufgesprungen und ins Bad gelaufen. Ohne ihre Gehhilfe war sie einfach hinausgeeilt. Oder hatte sie gehinkt und sich an der Wand abgestützt? Elisa wusste es nicht mehr. Sie rieb sich über die Augen. So oft

hatte ihre Wahrnehmung ihr in letzter Zeit einen Streich gespielt, sie wusste nicht mehr, ob sie sich selbst trauen konnte.

Nachdenklich drehte sie sich wieder zum Fenster, versuchte, die Dinge draußen klar zu sehen. Auch das fiel ihr schwer, sie konnte kaum einschätzen, wie hoch das Wasser inzwischen stand. Wenigstens konnte sie sehen, dass Paul nicht vor ihrem Haus stand.

Noch nicht.

Donnerstag, 06. Juli

Ich bin völlig durcheinander, weiß nicht, was ich noch glauben kann und was nicht. Seit Tagen habe ich kaum geschlafen, auch, weil Lizzy meine Schlaftabletten versehentlich weggeworfen hat. Das hat sie jedenfalls gesagt, aber ich habe die Befürchtung, sie hat es absichtlich getan. Wer wirft schon aus Versehen eine neue Packung Schlafmittel in den Müll?

Ich befürchte, sie macht sich große Sorgen um mich und hat Angst, dass ich mit den Tabletten etwas anstellen könnte. Ehrlich gesagt, hatte ich den Gedanken auch schon ein paarmal. Es wäre so einfach, einzuschlafen und nicht mehr aufzuwachen. Ich stelle mir das sehr friedlich vor.

Natürlich mache ich das nicht, aber Lizzy traut es mir offensichtlich zu. Das letzte Mal, als sie bei mir war, hat sie wieder so komische Andeutungen gemacht, wollte wissen, wie ich das alles aushalte und wie lange ich das noch kommentarlos hinnehmen will. Ich habe nichts dazu gesagt und einfach geschwiegen.

So war das schon immer in unserer Familie. Über Probleme spricht man nicht. Ganz nach dem Motto: Was verschwiegen wird, ist auch nicht da. Tja. Leider ist Felix' Betrug aber da, ob ich es will oder nicht.

In letzter Zeit kommt es immer häufiger vor, dass er nicht in unserem Bett schläft. Zuerst dachte ich, es liegt an der Hitze. Dieser Juli ist so heiß, dass man tagsüber nicht das Haus verlassen kann. Und auch nachts fällt das Thermometer nicht unter fünfundzwanzig Grad. Kein Mensch

kann bei den Temperaturen ordentlich schlafen, ohne Schlafmittel erst recht nicht. Ich bin seit Tagen wie gerädert. Deshalb dachte ich auch, die Hitze wäre der Grund, warum sich Felix in der Nacht aus dem Schlafzimmer schleicht. Vielleicht schläft er unten im Wohnzimmer, wo es etwas kühler ist als hier oben.

Gefragt habe ich ihn nicht danach. Im Prinzip habe ich einfach so getan, als wenn alles in Ordnung ist, habe alle bösen Ahnungen ignoriert. Wenn Lizzy mich nicht darauf angesprochen hätte, würde ich heute noch wegschauen. Lizzy. Meine Vertraute, meine Seelenverwandte. Eigentlich sollte ich für sie da sein, aber im Moment ist es andersrum. Felix und sie haben sich nie verstanden. Von Anfang an hat er sie mit Abneigung behandelt, war geradezu gemein zu ihr. Er hat sich nie für sie interessiert, nie gefragt, was sie gerade macht oder welche Pläne sie verfolgt, hat die Kommunikation immer auf ein Minimum beschränkt.

Für Lizzy war das lange schwierig. Manchmal dachte ich, dass unser gutes Verhältnis das nicht übersteht. Aber zum Glück sind wir uns nah geblieben, und sie hat sich von Felix' Verhalten nicht verschrecken lassen. Sie hat ihn irgendwann einfach genauso behandelt wie er sie. Ich kann es ihr nicht verübeln. Sie kann sich schließlich nicht alles von ihm gefallen lassen. Wenn die beiden heute nur fünf Minuten allein in einem Raum sind, fliegen sofort die Fetzen. Meistens beginnt es mit einer Lappalie und endet mit großem Gebrüll. Wenn andere dabei sind, können sie sich noch zusammenreißen, aber sobald sie allein sind, geht es rund.

Im Gegensatz zu Lizzy weiß ich, warum Felix sie nicht leiden kann. Ich habe das Lizzy bisher verschwiegen, obwohl wir uns sonst fast alles sagen. Aber ich will nicht noch mehr Öl in dieses Feuer gießen, das nur aus Hass besteht.

»Kennst du eigentlich das neue Au-pair-Mädchen von den Kerbers?«, hat mich Lizzy vor ein paar Tagen gefragt.

Aber ich kenne es nicht. Unsere Nachbarn haben vier kleine Kinder und ständig neue Au-pairs und Babysitter im Haus. Die meisten bleiben nicht lange.

»Sie wohnt seit ein paar Wochen in der Einliegerwohnung.«

Ich hatte keine Ahnung, warum Lizzy mir das erzählte. Nein, wenn ich ehrlich bin, stimmt das nicht. Ich wollte es einfach nicht wahrhaben. Natürlich habe ich etwas geahnt, aber ich habe so getan, als wenn alles in bester Ordnung wäre, habe sie sogar noch gefragt, ob es ein nettes Mädchen ist und die Kerbers mit ihr zufrieden sind.

Lizzy hat nur mit den Achseln gezuckt und gesagt, dass sie noch nie mit dem Au-pair ein Wort gewechselt hat. Ich habe dann schnell versucht, unser Gespräch auf ein anderes Thema zu bringen, aber dann hat sie mich plötzlich sehr ernst angeschaut. »Felix ist in ihre Wohnung gegangen.«

In mir hatte sich alles verkrampft, und trotzdem habe ich mich weiter dumm gestellt. »Vielleicht wollte er ihr etwas sagen oder sich was ausleihen oder so? Es sind doch unsere Nachbarn.«

»Es war nach elf Uhr. Abends. Und er hat die Wohnungstür einfach aufgeschlossen.«

»Was soll das heißen?«

»Herrgott noch mal, er hat einen Schlüssel von der Wohnung!« Lizzy war richtig wütend geworden. »Die beiden haben eine Affäre. Du kannst die Augen nicht länger davor verschließen!«

Obwohl ich das alles längst geahnt hatte, war ich total erschrocken. Lizzy hat das Problem nicht mehr verschwiegen, sondern angesprochen. Damit ist es in der Welt, jetzt kann ich nicht mehr so tun, als wenn es nicht existiert. Auch wenn ich es zunächst noch versucht habe. »Vielleicht hast du dich ja getäuscht. Ich kann mir nicht vorstellen, dass er mit so einem jungen Mädchen ...«

»Es war nicht das erste Mal, dass ich das gesehen habe«, hatte Lizzy mich unterbrochen. Es war ihr anzusehen, wie schwer es ihr fiel, mir das zu sagen. »Ich wollte dir das schon längst erzählen. Ich finde, du solltest das wissen.«

Ich hatte sie dann eine ganze Weile stumm angeschaut, wusste einfach nicht, was ich dazu sagen sollte. Mir fiel nur eine Frage ein: »Heißt das Au-pair Ina?«

Lizzy nickte. »Was willst du jetzt machen?«

Darauf konnte ich ihr keine Antwort geben. Denn ich habe keine Ahnung. Das ist das Schlimme daran, wenn man Probleme anspricht. Dann muss man darauf reagieren, ist zum Handeln gezwungen. Die Vogel-Strauß-Taktik funktioniert nur, solange alle schweigen. Dann kann man so weitermachen wie bisher und einfach die Augen vor der Wahrheit verschließen. Mir wäre es wirklich lieber gewesen, wenn Lizzy nichts gesagt hätte.

Denn seitdem ich von der Sache weiß, kann ich über nichts anderes mehr nachdenken. Meine Gedanken kreisen

pausenlos um Felix' Betrug. Möglicherweise hat er sogar etwas damit zu tun, dass kein Au-pair länger als ein paar Wochen bei den Kerbers bleibt. Die Fluktuation bei unseren Nachbarn ist hoch – wegen Felix? Hat er sich schon früher an die jungen Frauen herangemacht? Sind sie deshalb so schnell wieder abgereist, weil sie seinen Nachstellungen entkommen wollten? Bedeutet das, dass diese Ina auch bald wieder von hier verschwindet, und wenn ja, ist das dann gut? Wie soll ich mich jetzt am besten verhalten?

Auch heute grüble ich seit Stunden darüber, was ich mit Lizzys Informationen anfangen soll. Wenn ich Felix darauf anspreche, wird er ausrasten, so viel steht fest. Und davor habe ich Angst. Felix hasst jegliche Form von Kontrolle und hat sich nie in seiner Freiheit einschränken lassen. Wenn ich so darüber nachdenke, hat er sich im Prinzip nie etwas von mir sagen lassen. Er hat immer bestimmt, was wir machen, wohin wir in den Urlaub fahren, welches Auto wir anschaffen und welche Leute wir treffen. Die Freundinnen von mir, die er nicht leiden kann, sind nicht mehr meine Freundinnen, eigentlich habe ich alle meine alten Freundschaften für ihn aufgegeben. Einzig und allein Lizzy hat sich nicht von ihm verjagen lassen, aber wir sind natürlich auch enger miteinander verbunden.

Felix hat sich nicht verändert. Er war eigentlich immer so. Auch als ich mich in ihn verliebt habe, war er schon ein dominanter und manchmal auch cholerischer Typ. Aber genau das mag ich ja so an ihm, ich brauche einen starken Mann an meiner Seite, es reicht doch, wenn ich schwach und labil bin. Das habe ich jedenfalls jahrelang geglaubt.

Habe ich Stärke mit einem schlechten Charakter verwechselt? Ist Felix wirklich stark, wenn er sich mir gegenüber so rücksichtslos verhält?

Wenn ich mich mit meinen Freundinnen verabredet habe, hat er so lange Stunk gemacht, bis ich alles abgesagt habe. Seit Jahren essen wir nur das, was er mag, obwohl ich eigentlich Vegetarierin bin, was Felix von Anfang an albern fand. Also esse ich wieder Fleisch. Wir fahren regelmäßig in den Skiurlaub, obwohl ich Höhenangst habe und Schnee eigentlich nicht ausstehen kann. Selbst im Bett haben wir nur das gemacht, was er wollte. Das ist aber auch meine Schuld, weil ich nie gesagt habe, was ich mag. Aber wenn ich ehrlich bin – und wo kann ich sonst ehrlich sein, wenn nicht in meinem Tagebuch –, hat mir der Sex mit ihm nie gefallen.

War ich vielleicht ganz froh, als es endlich weniger wurde? Hätte ich nicht wissen müssen, dass er es sich woanders holt? Mutter hatte früher immer zu mir gesagt: »Wenn eine Frau nicht mit ihrem Mann schläft, schläft er mit einer anderen Frau.« Ja, ich hätte es wissen müssen. Nein, verdammt, ich habe es gewusst. Ich habe einfach weggeguckt.

Mein ganzes Leben habe ich immer nach ihm ausgerichtet, hielt das für richtig, weil ich selbst so labil bin. Nicht nur psychisch, auch körperlich. Wenn ich mir überlege, wie lange es dauert, bis ich mich von dieser Sommergrippe erhole. Das Virus macht mir immer noch zu schaffen. Andere hätten das längst weggesteckt.

Ich habe immer gedacht, für Felix sei unsere Rollenver-

teilung genauso gut wie für mich. Ich brauche den starken Mann, er braucht die schwache Frau. Er ist der Macher, der sich um alles kümmert, ich bin die zurückhaltende Bewunderin. Das hat doch immer gut gepasst, dachte ich.

Insgeheim hoffe ich immer noch, dass Lizzy sich vertan hat. Abends um elf ist es jetzt doch auch dunkel, vielleicht hat sie gedacht, es wäre Felix, aber es war jemand anderes. Bei den Lichtverhältnissen kann man jemanden doch schon mal verwechseln.

Ich versuche schon wieder, mich selbst zu belügen. Manchmal hasse ich mich richtig dafür, dass ich so schwach bin. Am liebsten würde ich seinen Betrug als sportliche Betätigung abtun. Männer sind nun mal so, die brauchen regelmäßig Sex, und wahrscheinlich hat es ihm mit mir genauso wenig Spaß gemacht, und er ist deshalb zu einer anderen gegangen. Aber es geht bei der Sache nicht nur um Sex. Was mich viel mehr trifft, ist die Tatsache, dass er es direkt vor meiner Nase mit einer anderen treibt. Er fährt nicht in die nächste Stadt und geht in einen Puff oder so. Nein, er gräbt einfach ein junges Au-pair an, das direkt nebenan wohnt. Es ist ihm ganz egal, ob ich davon erfahre oder nicht. Meine Gefühle interessieren ihn nicht. Ich interessiere ihn nicht.

Zum ersten Mal fühle ich etwas Neues, wenn ich in mich hineinhorche und an Felix denke. Etwas, das ich noch nie zuvor gespürt habe. Hass.

12

Vera saß auf der Toilette und starrte auf ihre Unterhose, während das Blut nach wie vor aus ihr herauslief. Obwohl von draußen nur wenig Licht durch das kleine Badezimmerfenster fiel, konnte sie erkennen, dass es noch nie so schlimm gewesen war wie jetzt. Wenn sie sich den Verlauf der Blutungen ins Gedächtnis rief, musste sie eine kontinuierliche Verschlechterung feststellen. Die Blutmenge, die sie verlor, nahm beständig zu. Anfangs war es kaum merkbar gewesen, ein paar Tropfen, nicht der Rede wert. Jetzt kam es einer Sturzblutung gleich.

Auch die Abstände, in denen die Blutungen auftraten, wurden kürzer. Die letzte lag höchstens zwei Wochen zurück, davor traten sie im Abstand von sechs Wochen und drei Monaten auf. Es war schlimmer geworden, das stand außer Frage. Inzwischen fühlte sie sich durch den Blutverlust schon richtig geschwächt.

Vera streifte die blutige Hose von ihren Beinen und überlegte fieberhaft, wo sie noch eine Packung Binden hatte. Die letzte hatte sie vor zwei Wochen aufgebraucht und noch keine neuen gekauft, da sie nicht so schnell mit ei-

ner weiteren Blutung gerechnet hatte. Außerdem hatte die angekündigte Sturmflut seit Tagen ihre Aufmerksamkeit beansprucht, sodass sie gar nicht mehr an ihre Unterleibsprobleme gedacht hatte. Wenn sie ehrlich war, dann glaubte sie jedes Mal, dass es jetzt endlich vorbei war, dass sich die Sache einfach von allein erledigte. Tat sie aber nicht. Im Gegenteil. Ob sich der verdammte Tumor vergrößert hatte? Brachte er Blutgefäße zum Platzen? Oder richtete er noch schlimmere Schäden an? Würde er womöglich eine Arterie zerstören? Dann bestand die Gefahr, dass sie verblutete.

Aber das waren alles nur Spekulationen. Die letzte Untersuchung lag über ein Jahr zurück, damals hatte sie noch nicht hier gewohnt und war zu ihrer langjährigen Ärztin gegangen. Die hatte ihr gesagt, dass da etwas sei, das sie im MRT abklären lassen müsse, eine Biopsie wollte sie machen, den Tumor im Anschluss operativ entfernen. Er müsse unbedingt raus, hatte sie gesagt, selbst wenn er gutartig sein sollte, was damals keiner wusste.

Und heute auch nicht. Denn danach war Vera nicht mehr bei der Ärztin gewesen. Und auch bei keiner anderen. Dass ihr Bauchumfang wuchs, Blutungen und Schmerzen schlimmer wurden, hatte sie lange einfach verdrängt.

Sie unterdrückte ein schmerzvolles Stöhnen und presste sich die Hand gegen den Unterleib. Solche Krämpfe hatte sie das letzte Mal als junge Frau gehabt, als sie von schweren Menstruationsbeschwerden geplagt gewesen war. Aber jetzt war sie dreiundsechzig. Ihre letzte Regelblutung lag über zehn Jahre zurück, und ihre Probleme hatten nichts damit zu tun. Das war alles nicht gut, gar nicht gut. Wäre sie doch

bloß zu den Untersuchungen gegangen! Bevor sie nach Bad Seeberg gezogen sind, hätte sie doch noch alle Untersuchungen bei ihrer Ärztin machen können. Aber der Umzug stand bevor, und alles war so stressig gewesen, da hatte sie ihre gesundheitlichen Probleme hintangestellt. Und jetzt, wo sie dringend einen Arzt bräuchte, war sie gefangen in diesem Haus.

Vera versuchte, tief ein- und auszuatmen, damit sich ihre Krämpfe beruhigten. Sie würden nicht für immer von den Fluten eingeschlossen sein. In ein oder zwei Tagen musste der Spuk doch vorbei sein, dann konnte sie sofort einen Arzt aufsuchen. Und bis dahin würde die Blutung doch auch wieder aufhören, sie musste einfach wieder aufhören. Bisher war sie schließlich immer wieder verschwunden. Alles würde gut werden. Ganz bestimmt.

Vera nahm mindestens zehn Blatt Toilettenpapier, legte es zusammen und presste es sich zwischen die Beine. Vorsichtig stand sie auf und ging zum Badezimmerschrank. Keine Binden, keine Tampons, wie sie es vermutet hatte. Aber sie hatte genug Toilettenpapier und fand noch einige Slipeinlagen. Daraus bastelte sie sich schließlich eine Vorlage.

Sie hielt sich am Waschbecken fest, da ihr etwas schwindelig geworden war, und sah sich um. Im Bad sah es aus wie in einem Schlachtraum. Blutspritzer auf den weißen Bodenfliesen, durch die sie versehentlich hindurchgelaufen war, blutige Fußspuren, blutverschmutzte Kleidung. Sie musste unbedingt sauber machen, sowohl sich als auch das Bad. Vera drehte den Wasserhahn auf, aber es kamen nur ein paar

Tropfen. Auch die Toilettenspülung funktionierte nicht mehr. Klar, der Stromausfall, dachte sie. Da läuft die Wasserpumpe im Keller natürlich auch nicht. Was für eine Ironie, dachte sie kurz. Umgeben von Millionen Litern Wasser, aber an sauberes Trinkwasser war nicht mehr dranzukommen.

Vera versuchte, sich mit einem Handtuch und flüssiger Seife so gut wie möglich zu säubern. Dann nahm sie frische Unterwäsche und eine dunkle Jogginghose, packte die selbstgebastelte Vorlage hinein und zog sich wieder an.

Hoffentlich hörte die Blutung bald auf, sie fühlte sich schon ganz schwach von dem großen Blutverlust. Gleichzeitig spürte sie, dass es noch nicht vorbei war. Wie schnell konnte so etwas gefährlich werden? Konnte der Tumor aufplatzen und sie dadurch verbluten? Vera stöhnte auf. Die Vorstellung war einfach beängstigend, und sie hasste es, dass sie so wenig über ihre Erkrankung wusste.

In dem Moment ging die Tür auf.

»Was ist denn hier passiert?« Joachim stand in der offenen Badezimmertür und beäugte misstrauisch die blutigen Handtücher. »Hast du dich verletzt?«

»Mach die Tür zu«, sagte Vera schwach.

»Kommt das aus deinem Unterleib? Hast du wieder diese Blutungen?«

»Ja. Aber so schlimm war es noch nie.«

»Hat Elisa etwas davon mitbekommen?«, fragte Joachim, während er die Tür hinter sich schloss. »Was für eine Sauerei!« Mit großen Augen schaute er sich im Raum um.

Vera presste die Lippen aufeinander. Sie spürte, wie ein

Schluchzen in ihr aufstieg, das sie sofort versuchte hinunterzuschlucken. »Nicht so richtig.«

»Gott sei Dank! Die hätte nur blöde Fragen gestellt.«

»Vielleicht hätte sie gefragt, wie es mir geht«, sagte Vera bitter. »Ich brauche einen Arzt, Joachim. Dringend.«

Joachim schüttelte mit versteinerter Miene den Kopf. »Geht aber nicht. Alles steht unter Wasser. Du weißt selbst, dass wir hier nicht wegkommen.«

»Das wird aber nicht ewig der Fall sein. Morgen sieht das hier doch hoffentlich schon wieder anders aus.«

»Das wissen wir nicht.«

»Sobald wir hier raus können, muss ich zum Arzt!«, rief Vera mit bebender Stimme.

Für einen Moment standen sie sich schweigend gegenüber. Joachim verzog keine Miene, seine Augen wirkten leer und ausdruckslos. Vera hielt seinem Blick stand, obwohl sie mit den Tränen kämpfte und am liebsten laut losgeheult hätte.

»Nein«, sagte Joachim dann kaum hörbar.

Sie konnte kaum glauben, wie emotionslos er sprach. Mit zittrigen Händen hielt sie sich erneut am Waschtisch fest. »Aber … die Blutungen, die Schmerzen, das wird alles immer schlimmer. Und mein Bauch …« Sie zog die Jogginghose ein kleines Stück herunter, damit er ihren wachsenden Umfang sehen konnte. »Er wird immer dicker.«

»Vielleicht isst du zu viel.«

»Joachim! Das ist der Tumor!«

»Das weißt du doch gar nicht. In unserem Alter werden alle dicker.«

Jetzt liefen Vera die Tränen über die Wange. »Du kannst nicht einfach so tun, als wenn nichts wäre. Ich bin krank, Joachim. Ich muss unbedingt zu einem Arzt, sobald ...«

»Es geht aber nicht«, unterbrach er sie harsch. Erschrocken zuckte sie zusammen. »Es geht jetzt nicht, und es wird auch nicht gehen, wenn das verdammte Wasser wieder weg ist. Das weißt du ganz genau.«

»Aber ...« Vera versuchte, sich zu fassen. »Es muss doch eine Möglichkeit geben.« Ihre Stimme zitterte. »Wenn ich einen Autounfall hätte, käme ich ja schließlich auch ins Krankenhaus.«

»Wer sagt das?«

Für einen Moment blieb ihr die Luft weg. Fassungslos starrte sie Joachim an, dessen Augen sich zu Schlitzen verengt hatten. »Also ... wenn du mich nicht in ein Krankenhaus bringen würdest«, begann sie zögerlich, »dann würden es die anderen Autofahrer oder Passanten eben machen!«

»Du hast aber nun mal keinen Autounfall. Also reiß dich zusammen!«

Vera schluchzte auf. »Ich kann mich so viel zusammenreißen, wie ich will, aber davon verschwindet der verdammte Tumor auch nicht.«

»Es ist so, wie es ist«, murmelte Joachim schulterzuckend. »Du hast gewusst, worauf du dich einlässt.«

Diese Gleichgültigkeit machte Vera langsam wütend. Mit dem Handrücken wischte sie sich die Tränen weg. »Wir könnten ins Ausland fahren, vielleicht nach Dänemark oder Polen«, schlug sie vor und bemühte sich, mit möglichst ru-

higer Stimme zu sprechen. »Dort könnte ich mich unter falschem Namen behandeln lassen!«

»Wie stellst du dir das denn vor?«

»Viele Leute gehen für medizinische Eingriffe ins Ausland.« Rationalen Argumenten war Joachim schon immer zugänglicher gewesen als emotionalen Ausbrüchen. Mit Tränen und Gejammer hatte er noch nie etwas anfangen können, aber vielleicht konnte sie ihn so überzeugen. »Ich kenne einige, die sich in der Türkei einen neuen Busen oder neue Zähne haben machen lassen. Und so weit bräuchten wir ja gar nicht zu fahren. Polen ist um die Ecke, und die haben gute Ärzte da.«

Joachim verzog spöttisch das Gesicht. »Und wer soll das bezahlen? Hast du eigentlich eine Vorstellung, was so eine Operation kostet? Da gibt es dann Voruntersuchungen, Computertomografie, tagelange Krankenhausaufenthalte, Medikamente und und und. Auch in Polen kostet das ein Schweinegeld. Soll ich das dann alles bar aus meiner Tasche bezahlen, oder wie stellst du dir das vor?«

Geld. Das Einzige, das in Joachims Leben zählte. Vera wusste nicht mehr, ob sie verzweifelt oder wütend war. Eine fast ohnmächtige Leere stieg in ihr auf. »Joachim, diese Blutung und die Schmerzen ...«

Er ging zum Badezimmerschrank, riss die Tür auf und wühlte in den Regalfächern. Mit einer Packung Ibuprofen in der Hand drehte er sich wieder zu ihr um. »Nimm davon zwei, die helfen doch immer gut.«

»Aber ...«

»Kein Aber. Es besteht eine ziemlich große Chance,

dass der Tumor gutartig ist. Als du die Diagnose bekommen hast, war doch nie die Rede davon, dass es was Schlimmes ist.«

»Die Ärztin damals meinte, dass man erst nach einer Biopsie weiß, ob er gut- oder bösartig ist.«

»Na also«, sagte Joachim zufrieden. »Er wird schon gutartig sein. Wahrscheinlich ist dir die ganze Aufregung schlecht bekommen. Die Blutung wird sich schon wieder beruhigen. Und wenn er gutartig ist ...«

»Aber das weiß ich doch nicht. Ich kann es doch nicht drauf ankommen lassen!«, rief Vera verzweifelt.

»Doch«, meinte Joachim und ging einen Schritt auf sie zu. Jetzt stand er so nah vor ihr, dass sie seinen Atem spürte. »Du musst.«

»Aber ...«

»Sonst ist dein schönes Leben nämlich vorbei. Für immer. Das ist dir doch klar, oder?« Sein Blick hatte etwas Drohendes, sein ganzes Verhalten war einschüchternd. Wie er vor ihr stand, die Arme in die Hüften gestemmt, die Augen zu Schlitzen verengt. Wie ein Fremder.

»Ja.« Jede weitere Diskussion schien ihr zu diesem Zeitpunkt überflüssig.

»Gut. Ich möchte nie wieder ein Wort über diese Sache hören, klar?« Joachim sah sie eindringlich an.

Vera nickte zaghaft und kaum merkbar.

»Dieses Tumor-Thema ist hiermit ein für alle Mal beendet.« Mit diesen Worten drehte er sich um, verließ das Bad und zog die Tür lautstark hinter sich zu.

Vera starrte für einige Sekunden auf die geschlossene

Tür. Dann sackte sie auf einen Hocker und schlug die Hände vors Gesicht. Warum hatte sie sich bloß auf diesen Mist eingelassen?

13

Jetzt blieb Josh erst recht hinter ihm. Paul wusste, dass er die Waffe dabei pausenlos auf ihn gerichtet hatte. Wenn Josh stolpern oder stürzen würde, könnte sich jederzeit ein Schuss lösen und ihn treffen. Er konnte aber auch einfach mit Absicht abdrücken. Josh traute ihm nicht mehr über den Weg, falls er ihm überhaupt jemals vertraut hatte.

»Du wolltest mich ausschalten, du verdammter Wichser!«, schimpfte Josh hinter ihm. »Was denkst du eigentlich, wer ich bin? Hältst du mich für so doof, dass ich dich nicht durchschaue?«

Paul ging schweigend weiter. Hatte er sich in den Glastüren des Küchenschranks gespiegelt? Wahrscheinlich. Ehe er Josh erreicht hatte, hatte sich dieser mit einer kraftvollen Bewegung nach ihm umgedreht und ihn mit einem Faustschlag ins Gesicht niedergestreckt. Dann hatte er ihm die Waffe an den Kopf gehalten und gedroht abzudrücken. Paul hatte auf ihn eingeredet, hatte behauptet, dass das Ganze ein Missverständnis sei und er Josh nichts tun wollte.

Immerhin hatte Josh ihm so weit geglaubt, dass er ihn am Leben gelassen hatte. Aber die Stimmung zwischen ih-

nen hatte einen neuen Tiefpunkt erreicht. Die Situation war äußerst gefährlich für Paul, und er dachte ohne Unterbrechung darüber nach, wie er Josh doch noch loswerden konnte.

Sie hatten den Ort verlassen und sich über eine Landstraße Richtung Süden geschlagen.

»Wir gehen nach Berlin«, hatte er gesagt. »Ich habe jede Menge Freunde da.«

Paul wollte eigentlich nach Bad Seeberg, aber das verschwieg er Josh lieber. Er würde ihn sowieso nicht gehen lassen.

»Wir können nicht zu Fuß bis nach Berlin«, rief Paul atemlos. »Das sind über zweihundert Kilometer!« Trotz der Regenkleidung war er inzwischen wieder durchnässt, fror und schwitzte gleichzeitig.

»Meinst du, das weiß ich nicht?« Auch Josh war außer Atem, aber seine Stimme immer noch laut und entschlossen. »Sobald wir aus dem Katastrophengebiet raus sind, schnappen wir uns ein Auto.«

»Die werden Straßensperren errichtet haben. Die suchen uns doch.«

»Laber nicht so 'ne Scheiße.« Josh lachte keuchend auf. »Kein Mensch errichtet Straßensperren, wenn gerade alle Straßen überflutet sind. Es ist der ideale Zeitpunkt, um nach Berlin zu kommen. Und wenn ich erst mal da bin, brauche ich mir sowieso um nichts mehr Sorgen zu machen. Da sind ein paar Leute, die nur darauf warten, dass ich endlich komme.«

»Und ich? Was soll ich in Berlin machen?«

»Soll ich dir mal sagen, wie scheißegal mir das ist?« Josh lachte spöttisch. »In Berlin trennen sich unsere Wege. Da kannst du machen, was du willst. Aber bis dahin hilfst du mir.«

»Du kannst es auch allein ...«

»Ruhig«, rief Josh in dem Moment mit gedämpfter Stimme und hielt Paul am Arm fest. Im nächsten Augenblick zog er ihn hinter einen Baum.

»Was ist los?«

»Klappe!« Josh hielt eine Hand ans Ohr. »Hörst du das?«

Paul lauschte in den Sturm hinein und versuchte, den Lärm von Regen und Wind auszublenden. Schließlich glaubte er zu wissen, was Josh meinte. Durchdrehende Reifen, aufheulender Motor, nervöse Stimmen. »Da steckt jemand fest.«

Josh grinste breit. »Das würde ich auch sagen.«

Sie ließen ihre Blicke über die Umgebung wandern. Bäume umgeknickt wie Streichhölzer, Regenpfützen, so groß wie Seen, Wiesen, die als solche nicht mehr zu erkennen waren, dazwischen überall abgeschaltete Windräder.

Mit dem Kinn wies Josh in Richtung des Ackers, der gut hundert Meter hinter der Lichtung auf einer Anhöhe lag, die vom Hochwasser noch nicht überschwemmt worden war. »Da hinten steht unser Wagen«, sagte er zufrieden.

Tatsächlich stand auf dem Feldweg ein Auto, das sich offensichtlich im Schlamm festgefahren hatte. Immer wieder heulte der Motor auf, die Reifen drehten durch, und der Schlamm spritzte durch die Luft, wodurch sich die Situation weiter verschlimmerte.

»So fahren die sich immer tiefer in den Schlamm.« Josh grinste. »Was für Idioten!«

»Ist nicht unser Problem«, sagte Paul, der ahnte, was Josh vorhatte. »Wir sollten sehen, dass wir weiterkommen.«

»Machst du Witze?« Joshs Grinsen wurde immer breiter. »Wir zeigen uns jetzt von unserer nützlichen Seite und ziehen den Karren aus dem Dreck. Dann schnappen wir uns das Auto und sind in ein paar Stunden in Berlin.« Josh drückte seine Waffe in Pauls Seite. »Beweg dich!«

»Und wenn da Bullen drinsitzen?«

»In einem roten Polo? Schwachsinn! Und wenn schon.« Josh stieß die Waffe demonstrativ in Pauls Rippen. »Ich habe doch die hier. Damit ist gar nichts riskant. Komm jetzt.«

»Warte.«

»Was!«

Paul suchte fieberhaft nach den richtigen Worten. »Du knallst den Fahrer nicht ab.«

Josh verdrehte spöttisch die Augen. »Warst du als Lehrer auch so ein Weichei?«

»Das hat nichts mit Weichei zu tun«, entgegnete Paul. »Aber wenn hier eine Leiche mit einer Schusswunde gefunden wird, dann haben wir die Bullen schneller am Hals, als es uns lieb ist.«

Josh schüttelte den Kopf. »Guck dich doch mal um. Was glaubst du denn, wie schnell man hier eine Leiche findet? Das Wasser wird alles mit sich reißen. Wenn die Sturmflut vorbei ist, werden die anfangen, nach Toten zu suchen, und ob die alle finden, steht ja wohl in den Sternen. Außerdem

sind wir bis dahin längst über alle Berge.« Erneut stieß er
Paul mit der Waffe in die Seite. »Und jetzt gehen wir zu dem
Wagen und schnappen ihn uns, klar? Das ist eine einmalige Gelegenheit, die ich mir nicht von dir verderben lasse.
Wenn du Ärger machst, dann stirbt nicht nur der Fahrer. Ich
lass mich nicht noch mal von dir verarschen. Ist das angekommen?«

Paul verzog das Gesicht, nickte aber. Er wusste, dass
Josh jederzeit abdrücken würde. Dieser Kerl kannte weder
Skrupel noch Hemmungen, wenn es notwendig war, würde
er töten, das hatte er in der Vergangenheit bewiesen. Ein
Menschenleben zählte nicht viel für ihn, jedenfalls weniger
als seine eigene Freiheit.

Paul biss sich auf die Unterlippe. Hätte er ihn in dem
Haus doch bloß niedergeschlagen. Er war einfach nicht
schnell genug gewesen, hatte wahrscheinlich unterbewusst
zu lange gezögert, bevor er sich auf ihn gestürzt hatte.

Wie konnte er ihn jetzt noch loswerden? Er durfte denselben Fehler nicht noch einmal machen. Schnelligkeit war
bei einem Typen wie Josh wichtig, dachte Paul, Hemmungen oder Skrupel konnte er sich nicht erlauben. Wenn er es
richtig anstellte, könnte er ihn niederschlagen und ihm die
Waffe abnehmen. Der Rest wäre dann ein Kinderspiel.

»Jetzt beweg deinen Arsch.« Josh gab ihm einen heftigen
Stoß, und Paul stolperte los.

Im Schutz der Bäume schlichen sie die Anhöhe hinauf.
Endlich mussten sie nicht mehr durchs Wasser waten, es
war eine Wohltat, relativ normal laufen zu können. Der Wagen war nur noch wenige Meter von ihnen entfernt. Hatten

die Insassen sie schon gesehen? Paul hatte das Gefühl, als würde der Fahrer fast panisch aufs Gaspedal drücken. Oder kam die Panik von der steigenden Flut? Von der Angst, das Auto aufgeben zu müssen und zu Fuß weiterzufliehen?

Paul wusste, dass ein Auto auch zur tödlichen Falle werden konnte. Er hatte schon von Fällen gehört, in denen Personen während eines Hochwassers in ihren Fahrzeugen ertrunken waren. Und noch schien der Sturm seinen Zenit nicht erreicht zu haben, die Äste knackten und brachen unermüdlich, ständig mussten sie auf der Hut sein und neuen Hindernissen ausweichen.

Aber hier auf der Anhöhe war es besser als im Wald. Am Rand des Feldes bestand keine Gefahr mehr, von einem umstürzenden Baum getroffen zu werden.

Die Gedanken rasten durch Pauls Kopf. Wie würde sich Josh den Wagen unter den Nagel reißen? Ohne Gewalt würde das kaum möglich sein. Sollte er tatenlos danebenstehen, wenn Josh einen unschuldigen Autofahrer erschoss?

»Überlass mir das Reden«, raunte Josh ihm zu, als sie den Wagen erreicht hatten. Zu Pauls Überraschung steckte Josh die Waffe hinten in seinen Hosenbund und verdeckte sie mit der Regenjacke. Was hatte er bloß vor?

»Hey! Hallo!« Freundlich winkend lief Josh auf den Wagen zu. »Können wir helfen? Sie haben sich ja ganz schön festgefahren!«

Auf der Fahrerseite wurde das Fenster heruntergelassen. Am Steuer saß eine vielleicht vierzigjährige Frau, auf dem Beifahrersitz ein Mädchen im Teenageralter, wahrscheinlich ihre Tochter. Sie sahen sich sehr ähnlich, hatten die-

selben langen roten Haare und eine sehr blasse, fast durchsichtige Haut, mit einigen Sommersprossen auf der Nase.

Pauls Herz begann schneller zu schlagen, als er realisierte, dass zwei Frauen in dem Wagen saßen. Das war nicht gut, gar nicht gut. Die beiden waren in Tränen aufgelöst.

»Wir stecken fest«, sagte die Mutter schluchzend.

»Das sieht man.« Josh hatte ein freundliches Lächeln aufgesetzt. »Beruhigen Sie sich. Wir helfen Ihnen, jetzt kann nichts mehr passieren. Paul, hol mal ein paar Tannenzweige!«

Paul blieb unbeweglich stehen. Er konnte die Frauen doch nicht mit Josh allein lassen.

»Paul! Tannenzweige! Los!« Josh sah ihn bedrohlich an.

Schließlich nickte Paul. Mit einem mulmigen Gefühl im Bauch eilte er zurück zum Waldesrand und sammelte schnell so viele Tannenzweige, wie er tragen konnte.

Mit einem Mal hielt er inne. Er war allein. Gut hundert Meter von Josh entfernt. Außerhalb seines Schussfelds. Das war die Gelegenheit zu entkommen. Wenn er jetzt weiter in den Wald laufen würde, dann würde Josh ihn niemals einholen können. Er würde den Frauen das Auto abnehmen und nach Berlin fahren. Und Paul würde ihn nie wiedersehen.

Er ließ die Tannenzweige fallen und rannte los, hetzte wie ein gejagtes Tier in den Wald hinein. Plötzlich geriet er ins Straucheln, stolperte über irgendetwas und stürzte zu Boden. Atemlos blieb er für einen Moment liegen. Was machst du hier? Hast du den Verstand verloren? Was glaubst du eigentlich, was Josh gerade macht? Bei dem Gedanken

an ihn und die beiden Frauen wurde Paul fast schlecht. Sein Magen zog sich zusammen. Er rappelte sich auf und wischte sich den Matsch aus dem Gesicht, legte den Kopf in den Nacken und ließ den Regen über seine Wangen laufen.

Du kannst sie ihm nicht überlassen. Das würdest du dir niemals verzeihen. Du musst sofort zurück. Entschlossen ging er den Weg zurück, den er eben noch hektisch entlanggelaufen war. Josh war ein Frauenhasser, wie er im Buche stand. Ein Vergewaltiger und Mörder, der nie einen Hehl daraus gemacht hatte, dass er weitaus mehr Frauen missbraucht hatte, als man ihm nachweisen konnte. Einer, der sich grundsätzlich das nahm, was er haben wollte, ganz egal, ob er dafür Gewalt anwenden musste oder nicht.

Schon sein alltäglicher Umgang mit den JVA-Beamtinnen war geprägt von Hass und Verachtung gewesen. Kein Kontakt mit den Beamtinnen war je normal verlaufen, immer ließ er einen abfälligen Spruch fallen, geizte nicht mit anzüglichen Blicken und eindeutigen Bemerkungen. Es hatte ihn nie interessiert, wenn er dafür sanktioniert worden war, es schien vielmehr so, als wenn er gar nicht anders konnte, als eine abwertende sexistische Bemerkung fallen zu lassen, sobald eine Frau sich ihm näherte.

Die Wände in seiner Zelle hatte er mit pornografischen Postern tapeziert. Wurden sie ihm aufgrund einer Sanktion abgenommen, dauerte es nicht lange, bis er Nachschub bekam. Ihm fehlte jeglicher Respekt vor Frauen, die er grundsätzlich nur als *Fickmaterial* bezeichnete. Chalik hatte mal erzählt, dass Josh im Rotlichtmilieu aufgewachsen war, Vater Zuhälter, Mutter Prostituierte. Das mochte eine Erklärung

für sein Verhalten sein, eine Rechtfertigung oder gar Entschuldigung war es noch lange nicht.

Paul hatte die Stelle erreicht, an der er die Zweige fallen gelassen hatte. Seufzend bückte er sich und hob sie wieder auf. Nein, es war ausgeschlossen, jetzt abzuhauen. Er konnte die Frauen unmöglich mit diesem Kerl allein lassen. Das würden sie höchstwahrscheinlich nicht überleben. Mit den Armen voller Tannenzweige eilte er, so schnell er konnte, zurück zum Wagen.

»Die Damen nehmen uns mit, wenn wir sie aus dem Schlamm befreit haben«, rief Josh ihm schon von Weitem zu, ein gefährliches Lächeln auf den Lippen.

Die ahnen nicht, mit wem sie es zu tun haben, dachte Paul. Ob der Ausbruch noch nicht in den Nachrichten gemeldet wurde? Er konnte es sich kaum vorstellen. Vielleicht funktionierte das Radio nicht mehr? Vielleicht waren durch den Sturm Sendemaste zerstört worden?

»Leg die Zweige um die Reifen, hinten und vorne«, forderte Josh ihn auf. Dann wandte er sich an das Mädchen auf dem Beifahrersitz. »Steig du am besten aus und hilf uns beim Schieben. Je weniger Gewicht im Wagen ist, desto besser.«

Das Mädchen nickte und stieg zögerlich aus. Grinsend starrte Josh ihr dabei unverfroren auf die Brust. Das Mädchen schien es zu merken und zog die Jacke zu, vermied dabei, Josh anzuschauen.

»Wie heißt du?«

»Nele.«

»Okay, Nele. Auf drei schieben wir gemeinsam los. Star-

ten Sie den Wagen!«, rief er der Frau am Steuer zu. »Erster Gang und dann ganz langsam kommen lassen!«

Mit ganzer Kraft stemmten sich die drei gegen das Auto, während die Frau vorsichtig Gas gab. Die Reifen schleuderten den Schlamm nach hinten, ihre Kleidung war in kürzester Zeit verdreckt.

»Noch mal!«, rief Josh. »Auf drei! Eins, zwei und Gas!«

Diesmal klappte es, und sie schafften es, den Wagen ein paar Meter aus dem tiefen Schlamm zu schieben, bis die Frau eine Stelle erreicht hatte, die etwas fester war. Dort hielt sie an und ließ sichtbar erleichtert das Fenster wieder runter.

»Es hat geklappt!« Sie strahlte über das ganze Gesicht. »Gott sei Dank sind Sie vorbeigekommen!«

Josh nickte nur. Er ließ Nele keine Sekunde aus den Augen. Sie war vom Regen klatschnass geworden, und Paul bemerkte mit Unbehagen, dass sich ihr Körper unter der nassen Kleidung deutlich abzeichnete. Natürlich hatte Josh das auch mitbekommen. Gierig ließ er seinen Blick über die Rundungen der jungen Frau gleiten.

»Danke, danke!«, rief Neles Mutter aus dem offenen Fenster. »Ich bin so froh, dass Sie uns geholfen haben.«

Nele war inzwischen zum Wagen geeilt, hatte die Beifahrertür aufgerissen und sich schnell wieder ins Innere gesetzt, als könnte sie es nicht abwarten, von den Männern wegzukommen.

»Und wir sind froh, dass Sie uns mitnehmen.« Josh öffnete die hintere Tür, und auch Paul nahm auf der Rückbank Platz.

»Muss das wirklich sein, Mama?«, sagte Nele in dem Moment leise.

Paul blickte zur Seite und tat so, als hätte er sie nicht gehört. Er wollte das Mädchen nicht noch mehr verunsichern.

Die Mutter warf ihrer Tochter einen Blick zu. »Sei nicht so unhöflich, Nele. Ohne die beiden hätten wir jetzt ein gewaltiges Problem.«

Nele presste die Lippen aufeinander. Dann nickte sie kaum merklich.

Freundlich drehte sich ihre Mutter zu Josh und Paul um. »Wo wollen Sie denn hin?«

»Lassen Sie uns erst mal schauen, wohin wir überhaupt fahren *können*«, sagte Josh. »Viele Straßen sind von umgestürzten Bäumen versperrt oder völlig überflutet. Ich habe keine Ahnung, wie weit wir kommen.«

»Von wo kommen Sie denn?«

»Aus Bachemdorf«, log Josh.

Stirnrunzelnd blickte die Frau sie an. »Sie sind auch aus Bachemdorf? Ich dachte immer, ich kenne jeden aus unserem Ort.«

»Wir waren auf Familienbesuch.« Josh lächelte jovial. »Wir haben unseren alten Vater besucht.«

Die Falten auf der Stirn der Frau verschwanden wieder. Sie nickte lächelnd. »Verstehe! Wie heißt denn Ihr Vater?«

»Sie sollten Richtung Süden fahren«, versuchte Paul, das Gespräch auf ein anderes Thema zu lenken. »Nach Norden dürfte alles nur noch schlimmer werden. Wir müssen in den Süden, am besten so schnell wie möglich.«

»Sie haben recht.« Die Frau drehte sich wieder um und

fuhr los. »Wir haben schon einmal zu lange gewartet und wollten unser Haus absichern, so gut es ging. Auch vor Plünderern. Nele hatte schon geglaubt, Fremde im Ort zu sehen, die in die Häuser einsteigen.«

Nele verschränkte die Arme vor der Brust. »Ich bin mir sicher, dass da irgendjemand war.«

Paul erinnerte sich an das Gefühl, das er hatte, als sie in das Haus eingebrochen waren. Das Gefühl, beobachtet worden zu sein. Hatte Nele sie gesehen? Würde das Mädchen sie wiedererkennen?

Josh schien dasselbe zu denken. »Vielleicht hast du uns gesehen, als wir das Haus unseres Vaters verlassen haben?«

Nele zuckte nur mit den Schultern und starrte weiter aus dem Fenster.

»Wo ist Ihr Vater denn jetzt?«, fragte die Frau.

»Er konnte zum Glück rechtzeitig von der Feuerwehr mitgenommen werden«, antwortete Josh.

»Ich wusste gar nicht, dass die Feuerwehr auch bei uns war«, sagte die Frau stirnrunzelnd. »Ich hatte nur das THW gesehen.«

»Hauptsache, unser Vater ist in Sicherheit«, sagte Josh lächelnd.

Die Frau lächelte. »Da haben Sie recht. Ich hätte nie damit gerechnet, dass es wirklich so schlimm werden würde. Gott sei Dank haben sich unsere Wege gekreuzt. Zu viert dürften wir doch deutlich sicherer sein und besser zurechtkommen.«

Josh nickte der Frau im Rückspiegel zu. »Mit uns kann Ihnen nichts passieren.«

Dann starrte er auf Neles entblößten Nacken, schien einen Regentropfen zu beobachten, der auf ihrer Haut hinunterlief. Dabei rieb er sich mit einer Hand über die Beule in seinem Schritt.

Freitag, 21. Juli

Ich bin völlig durcheinander. Meine Schlaflosigkeit, verbunden mit dieser nicht enden wollenden Hitze, lässt mich keinen klaren Gedanken mehr fassen. Und als ich dann heute hörte, dass sich Felix' neuer Lieblingsmitarbeiter an Lizzy rangemacht hat, dachte ich für einen Moment, dass ich endgültig durchdrehen würde.

Jetzt versuche ich schon seit ein paar Stunden, mich zu beruhigen. Ich denke an früher und dass ich mich schon immer in alles hineingesteigert habe. Vielleicht sollte ich diese Anmache auch nicht überbewerten, aber komisch finde ich sie allemal. Er wollte sich mit Lizzy verabreden, aber sie hat abgelehnt. Anstatt aufzugeben, bombardierte er sie danach mit Komplimenten und wollte unbedingt ihre Handynummer haben. Die hat sie ihm nicht gegeben. Trotzdem hat er sie herausgefunden. Ob Felix sie ihm gegeben hat? Es würde mich nicht wundern. Der Typ hat Lizzy dann immer wieder Nachrichten geschickt, bis sie ihm schließlich geantwortet hat. Freundlich, aber wohl sehr deutlich hat sie ihm geschrieben, dass sie kein Interesse an ihm hat.

Am nächsten Tag hat er ihr dann auch noch Blumen geschickt, mit einer Karte. »Ich kann an nichts anderes denken als an dich.« Sie hat sie mir eben gezeigt. Ich kann gar nicht glauben, wie penetrant der Kerl ist. Zuerst dachte ich, das Ganze würde Lizzy amüsieren, aber dann zeigte sie sich doch sehr besorgt.

»Ich glaube irgendwie nicht, dass der wirklich auf mich steht«, hat sie gesagt.

»Na ja, wenn er das so meint, was er da geschrieben hat, dann ja wohl doch.«

»Meint er aber nicht.« Lizzy hat mich sehr ernst angesehen. »Ich habe mitbekommen, wie er Felix erzählt hat, dass ich ihn hab abblitzen lassen. Oder besser gesagt: Die Kleine zickt. So schnell kriege ich die nicht rum.«

Ich konnte es nicht fassen, dass jemand so über mein Mädchen sprach. »Das hat er gesagt?«

»Ja. In einer sehr abfälligen Art.«

»Was für eine Unverschämtheit«, regte ich mich auf. »Und was hat Felix dazu gesagt?«

»Streng dich mehr an. Du willst doch Geschäftsführer werden.« Lizzy grinste schief. »Charmant, was?«

Ich kann nicht glauben, was für ein mieses Schwein Felix ist. Warum will er Lizzy mit seinem Lieblingsmitarbeiter verkuppeln? Was verspricht er sich davon? Hofft er vielleicht, dass sie weniger Zeit für mich hat, wenn sie in einer Beziehung ist? Will er meine einzige Vertrauensperson von mir fernhalten?

Wahrscheinlich hofft er, sie besser kontrollieren zu können, wenn er sie erst mal mit seiner Vertrauensperson verkuppelt hat, immerhin ist Lizzy in der Firma ziemlich angesehen. Oder will er diesem aufdringlichen Typen tatsächlich einen Gefallen tun? Weil der sich doch in Lizzy verguckt hat und sich einfach nicht besonders geschickt ausdrücken kann?

Dabei weiß doch jeder, dass Verkuppeln normalerweise

nie funktioniert. Klar, der Mann sieht gut aus, die meisten Frauen schauen sich nach ihm um. Gutes Aussehen allein reicht nur nicht. Schon gar nicht, wenn man Lizzys Herz erobern will. Das sollte Felix eigentlich wissen.

Allerdings kenne ich den Kerl fast gar nicht. Ich weiß nicht, ob er vielleicht ein schlauer und witziger Typ ist. Lizzy hält nichts von ihm, was nach so einem Start aber auch nicht weiter verwunderlich ist. Vielleicht sollte ich mich aus der Sache raushalten. Die beiden sind erwachsen, ich muss mich da nicht einmischen. Lizzy konnte schon immer gut auf sich achtgeben, selbst als sie noch klein war. Ich sollte mich lieber um meine eigenen Angelegenheiten kümmern.

Ina war hier.

Sie hat heute Morgen geklingelt, kurz nachdem Felix in die Firma gefahren ist. Sie muss gesehen haben, dass er weg war, vielleicht hat sie den Moment abgepasst, jedenfalls stand sie zehn Minuten später vor der Haustür. Gesenkter Blick, roter Kopf, ständiges Kneten der Hände. Mehr als »Was kann ich für Sie tun?« fiel mir nicht ein, als ich die Tür geöffnet habe.

Ina spricht nur gebrochen Deutsch. Ich habe nicht genau verstanden, was sie mir sagen wollte. Es drehte sich irgendwie um ihre Aufenthaltsgenehmigung, die wohl abläuft, sobald das Arbeitsverhältnis mit den Kerbers endet. Und dass sie sich deshalb etwas einfallen lassen müsse und dass es ja auch Liebe sei.

Ich bin mir nicht sicher, was das sollte. Wollte sie mir sagen, dass sie einen Mann braucht, um in Deutschland bleiben zu können? Und meinte sie damit Felix? Das er-

scheint mir eigentlich zu absurd. Wenn sie eine Affäre mit Felix hat, dann klingelt sie doch nicht bei der betrogenen Ehefrau, um mit der über alles zu reden. Oder doch? Ich kenne mich mit Affären nicht so aus.

Jedenfalls hab ich ihr einfach die Tür vor der Nase zugeschlagen. Das war vielleicht nicht besonders erwachsen, aber manchmal kann ich mich nur durch Flucht einer bestimmten Situation entziehen.

Tja, so unterschiedlich können Lebenssituationen sein. Lizzy hat einen Verehrer, den sie nicht will, ich habe einen Ehemann, der mich nicht mehr will. Und mein Ehemann hat eine Affäre mit einer Frau, die Jahrzehnte jünger ist als ich. Ich weiß nicht, was all das zu bedeuten hat, aber irgendwie fühlt sich das nicht gut an. Wenn ich in mich hineinhorche, dann ist da keine Liebe mehr für Felix.

Dafür aber immer mehr Hass.

14

»Wir können hier nicht auf dich verzichten, Max!« Chris schrie fast, so laut fegte ihnen der Sturm um die Ohren.

Sie standen einige Hundert Meter weit vom Ortseingang Lutzendorf entfernt. Das Dorf war inzwischen vollständig evakuiert und abgeriegelt worden. Auch wenn das flatternde Plastikband dem starken Wind vermutlich nicht lange standhalten würde, hoffte das Team vom THW trotzdem, dass es mögliche Plünderer oder unbelehrbare Einwohner davon abhalten würde, den Ort zu betreten oder vielmehr mit Booten zu befahren. Denn inzwischen war alles vollständig überflutet.

Als Max zu seiner Einheit zurückgekehrt war, hatte diese gerade die letzte Kontrollrunde durchs Dorf beendet. Er hatte so etwas schon selbst häufig machen müssen und wusste, dass seine Kollegen noch einmal alle Straßen und Gassen kontrolliert hatten. Über ein Megafon wurden die Bewohner, die sich möglicherweise versteckt hatten und ihre Häuser nicht verlassen wollten, ein letztes Mal aufgefordert herauszukommen, die Kollegen hatten außerdem mit starken Taschenlampen in Fenster und Hauseingänge

geleuchtet, um hilflose oder unbelehrbare Personen aufzuspüren.

»Ich muss aber, Chris! Geht nicht anders!«

»Wir brauchen dich hier. Lutzendorf ist zwar evakuiert, aber in unserem Gebiet liegen noch vier weitere Dörfer, um die wir uns kümmern müssen!«, antwortete Chris.

Die fünf Einsatzfahrzeuge des THWs, drei große Lkw, zwei geländetaugliche Bullis und ein Jeep, hatten sich auf der Anhöhe vor der Ortschaft gesammelt, um gemeinsam zum nächsten Dorf zu fahren. In einem der großen Fahrzeuge saßen Dutzende Einwohner von Lutzendorf, die noch nicht von der Feuerwehr oder Rettungswagen weggebracht werden konnten und zu einer der Sammelunterkünfte gefahren werden mussten.

Den Menschen waren die Strapazen der letzten Stunden anzusehen. Eingewickelt in Decken, starrten sie mit leeren Augen auf ihre Häuser, die immer mehr im Wasser versanken. Einige von den Älteren weinten still, während die Jüngeren sichtlich unter Schock standen. Kinder, Kranke und Gebrechliche waren zuerst evakuiert worden und nicht mehr vor Ort.

Chris und Max standen einige Meter neben dem Wagen. »Was ist mit dem alten Herrn Moor? Dem Großvater von der jungen Frau?« Chris wies mit dem Kinn auf den Transportwagen. »Sie sitzt immer noch bei uns.«

Max verzog das Gesicht. Dann signalisierte er Chris, zum zweiten Lkw zu gehen, der nur Bergungsgeräte geladen hatte. Sie setzten sich in die Fahrerkabine und schlossen die

Türen. Trotzdem war der Sturm noch zu hören, aber im Vergleich zu vorhin war es nun fast wohltuend still.

»Ich habe alles nach dem Mann abgesucht, aber es gibt nicht die geringste Spur von ihm«, sagte Max, während er sich mit einem Handtuch, das zwischen den Sitzen lag, über die Haare wischte.

»Er kann sich doch nicht in Luft aufgelöst haben!«

»Vielleicht ist er bei irgendwelchen Leuten untergekommen, die sich bisher nicht melden konnten. Es weiß doch schließlich auch niemand, dass wir einen dementen älteren Herrn suchen.« Er reichte Chris das Handtuch, der sich damit das Gesicht abtrocknete.

»Du hast recht. Vielleicht haben ihn Freunde oder meinetwegen auch Fremde in einem der Nachbarorte aufgenommen. In Lutzendorf selbst ist niemand mehr, jedenfalls soweit wir das überprüfen konnten.«

»Oder er hat Angst und versteckt sich, ich weiß es nicht. Jedenfalls habe ich nach dem letzten Fehlalarm alles im Umkreis von einem Kilometer abgesucht. Nichts. Leider.«

Chris nagte an seiner Unterlippe. »Hauptsache, er ist nicht Richtung Meer gelaufen, aber auch das können wir leider nicht ausschließen.«

»Wir müssten eigentlich mit Hubschraubern oder Hunden nach ihm suchen. Aber das können wir im Moment knicken.«

»Es wird noch Stunden dauern, bevor das möglich ist.« Chris seufzte niedergeschlagen. »Hoffen wir solange das Beste für den Mann.«

Max starrte durch die regennassen Scheiben nach draußen. »Es war zu befürchten, dass es Opfer geben wird.«

»Ja. Aber wenn es dann wirklich passiert, ist es immer wieder schlimm.«

»Vielleicht schafft es der Mann ja.« Max drehte sich zu Chris. »Aber jetzt ist Elisa in Gefahr, Chris.« Er fasste seinem Teamleiter an die Schulter, um seiner Forderung Nachdruck zu verleihen. »Ich muss zu ihr!«

Chris presste die Lippen aufeinander und schüttelte langsam den Kopf. »Ich verstehe, dass du dir Sorgen machst. Aber deine Ex-Frau ist in derselben Gefahr wie zig andere.«

»Ist sie eben nicht! Die Sache ist viel komplizierter.« Max strich sich eine nasse Strähne aus dem Gesicht. »Du weißt, was für eine Tragödie unsere Familie zerstört hat.«

Chris nickte. »Der schreckliche Tod deiner Schwägerin.«

»Der Mord an ihr hat alles kaputt gemacht. Und jetzt ist der Mörder von Elisas Schwester geflohen.«

Chris fuhr sich mit der Hand übers Gesicht. »Scheiße! Der Ausbruch in der JVA?«

»Ja. Der Kerl ist rausgekommen. Und es gibt die berechtigte Sorge, dass er sich als Erstes auf den Weg zu Elisa macht.«

Chris blickte nachdenklich aus dem Fenster. »Bei der Sturmlage? Der Typ ist doch nicht lebensmüde. Das kann ich mir nicht vorstellen.«

»Ich mir schon.« Max rang die Hände. »Er hat damit gedroht, Elisa umzubringen. Als er verurteilt wurde, hat er Rache geschworen. Ich kann sie in dieser Situation nicht al-

leinlassen, das musst du doch verstehen.« Er hörte selbst, wie verzweifelt, fast zittrig seine Stimme klang.

»Du denkst wirklich, dieser Kerl ist auf dem Weg zu ihr?« Chris zog eine Augenbraue hoch.

»Keine Ahnung. Aber ich kann es nicht ausschließen. Jedenfalls sitzt Elisa in einem Haus fest und kommt nicht weg. Sie wäre ihm hilflos ausgeliefert. Und den Fluten auch.«

»Bad Seeberg müsste inzwischen ziemlich von der Außenwelt abgeschnitten sein. Ich weiß nicht, ob du da überhaupt noch hinkommst.«

»Das weiß ich auch nicht, aber ich muss es versuchen. Auch wenn Elisa meine Ex-Frau ist, uns verbindet viel«, sagte Max. »Wenn das Drama mit ihrer Schwester nicht gewesen wäre, dann wären wir heute noch zusammen. Ich kann nicht zulassen, dass sie in so große Gefahr gerät.«

Chris sah ihn an und lächelte kurz. »Du liebst sie noch.«

Für einen Moment hallten seine Worte in Max nach. Du liebst sie noch. Das klang so einfach, so unkompliziert. Dabei war das Gegenteil der Fall.

Zögerlich nickte er. »Wir hatten so viele Pläne, wollten Kinder, am liebsten drei. Und einen Familienhund. Wir hatten uns schon im Tierheim erkundigt.« Max wischte sich über die Augen. »Ihr ehemaliges Elternhaus sollte das Zuhause für unsere Familie werden. Alles wäre perfekt gewesen. Aber durch den Mord ... Daran sind wir einfach zerbrochen. Elisa kommt bis heute nicht damit klar. Und jetzt braucht sie mich.« Er sah Chris bittend an. »Ich habe mir schon so viele Vorwürfe gemacht, dass unsere Ehe das alles

nicht ausgehalten hat. Ich konnte neu anfangen, aber sie ist immer noch da, wo sie alles an ihre Schwester erinnert. Ich kann sie jetzt nicht einfach im Stich lassen.«

»Aber ...«

»Chris! Sie schafft es nicht ohne mich. Ich hol sie da raus und komme sofort wieder zurück, okay? Wir sprechen hier nur von ein paar Stunden.«

Für einen Augenblick sahen sie sich beide schweigend an. Sie kannten sich schon so lange, arbeiteten seit bestimmt zehn Jahren Hand in Hand beim THW zusammen, hatten viele Einsätze gemeinsam durchgestanden. Über private Dinge hatten sie nie viel gesprochen, aber die schwere Zeit nach Lizzys Tod, der Verurteilung und das Scheitern seiner Ehe hatte Chris natürlich mitbekommen. Freunde waren sie nie geworden, dafür waren sie viel zu unterschiedlich. Aber sie schätzten einander und konnten sich vertrauen, was mindestens so viel wert war wie eine Freundschaft.

»In Ordnung«, sagte Chris schließlich. »Dann tu, was du tun musst.«

»Danke.«

»Aber geh kein Risiko ein. Es ist niemandem geholfen, wenn dir was passiert. Im Gegenteil.« Er nahm eine Leuchtpistole von seinem Gürtel ab und reichte sie Max. »Falls du Hilfe brauchst und sonst nichts mehr geht. Ich kann dir aber nicht versprechen, dass wir sie sehen. Aber vielleicht sieht es irgendjemand.«

»Danke, Chris.«

»Deine Funke funktioniert?«

Max nickte. »Ich melde mich zwischendurch bei dir.«

»Gut. Sei vorsichtig!«

»Mach ich. Pass du auch auf dich auf.« Max öffnete die Tür, hielt aber noch mal kurz inne. »Danke, Chris.«

»Hau jetzt ab.«

»Bis später.«

Max sprang aus dem THW-Fahrzeug und eilte zum Jeep, stieg ein und fuhr weiter die Anhöhe hinauf. Auch hier musste er vorsichtig und mit Bedacht fahren. Die Gräben links und rechts neben der Straße, in denen normalerweise knöcheltief das Wasser stand, waren zu gut zwei Meter breiten reißenden Flüssen angewachsen, die pausenlos an der Fahrbahn zerrten und ihr Fundament zerstörten. Jederzeit konnte ein Stück der Straße wegbrechen. Außerdem wusste er nicht, was ihn hinter der nächsten Kurve erwartete, ein umgestürzter Baum oder ein liegen gebliebenes Auto könnten eine Weiterfahrt ebenfalls schwierig machen.

Max kannte sich in dieser Gegend aus wie in keiner anderen. Er wusste, dass er einen großen Teil des überfluteten Gebietes umfahren konnte, wenn er durch den höher liegenden Wald fuhr. Zum einen jedoch war das ein Umweg, und zum anderen hatte der Wald seine eigenen Gefahren. Mit seinem Geländewagen konnte er auch auf den überfluteten Straßen fahren, jedenfalls bis zu einem gewissen Wasserstand. Doch auch das barg jede Menge Risiken. Es war nicht immer abschätzbar, wie hoch das Wasser wirklich stand, eine Unterführung konnte zur tödlichen Falle werden.

Max beschloss, den Umweg über die Anhöhe zu nehmen

und so weit wie möglich an Bad Seeberg heranzufahren. In den Ort würde er selbst mit seinem Wagen vermutlich nicht mehr fahren können. Während er mit höchstens zwanzig Stundenkilometern über die schlammigen Wege fuhr, versuchte er, den Polizeifunk einzustellen. Endlich hatte er ihn gefunden. In kurzen, knappen Worten wurden Anweisungen durchgegeben, wo und nach wem die Polizisten die Augen offen halten sollten.

»Zwei weitere Inhaftierte werden in der Nähe von Bachemdorf vermutet. Es könnte sich dabei um den einundvierzigjährigen Joshua Mahnheim und um den sechsunddreißigjährigen Paul Weulen handeln, beide wegen Tötungsdelikten verurteilt. Bei ihrer Flucht haben sie außerdem einen Beamten ermordet. Es ist davon auszugehen, dass sie im Besitz von Schusswaffen sind. Die beiden Männer gelten als gewaltbereit und äußerst gefährlich. Der Gebrauch von Schusswaffen kann bei einer Begegnung erforderlich sein.«

Die Gedanken rasten durch Max' Kopf. Bachemdorf war keine fünfzehn Kilometer von seinem Standort entfernt. Ähnlich weit war es von dort bis nach Bad Seeberg. Max hatte eine Kettensäge im Wagen, konnte versperrte Straßen von umgestürzten Bäumen problemlos befreien. Auch wenn ihn das eine Menge Zeit kosten würde, bestand trotzdem die Chance, vor Paul in Bad Seeberg anzukommen.

Max hatte den geländetauglichen Wagen, das notwendige Equipment und außerdem viel Erfahrung in Hochwassergebieten. Das alles fehlte Paul und machte ihn deutlich langsamer. Max wusste, welche Wege er meiden musste und

wo er am besten entlangfahren konnte, Paul kannte das Gebiet zwar auch von Kindesbeinen an, aber nur aus der Perspektive eines Spaziergängers. Max hatte also eindeutig einen Vorteil.

An der nächsten Weggabelung stoppte er den Wagen. Wo sollte er jetzt am besten entlangfahren? Die Straßenverhältnisse wurden immer schlechter, die Reifen standen bereits zur Hälfte im Wasser, der Pegel dürfte auf beiden Strecken ähnlich hoch sein. Aber der Weg geradeaus weiter war bis nach Bad Seeberg gut zwei Kilometer kürzer als der andere. Das war nicht viel und würde unter normalen Umständen keine große Zeitersparnis bringen. Wenn er links abbog, dann käme er schon bald auf die Straße, die man von Bachemdorf nehmen musste, wenn man nach Bad Seeberg wollte. Dort bestand also die Gefahr, auf Paul zu treffen.

Gefahr? Max verzog den Mund zu einem schiefen Grinsen. Was für Gedanken er sich plötzlich machte. Was hatte es denn mit Gefahr zu tun, wenn dieser verdammte Mistkerl ihm über den Weg lief. Glück wäre das, pures Glück!

Er wollte gerade wieder aufs Gas drücken, als er erneut innehielt. Und der andere Kerl? Mit dem Paul auf der Flucht war? Er hatte keine Ahnung, was das für ein Typ war. Die beiden waren bewaffnet. Max hatte die Leuchtpistole, außerdem Säge, Axt und anderes Gerät. Er würde sich verteidigen können, hätte gegen eine Schusswaffe aber keine Chance. Bis auf die Leuchtpistole hatte er auch nichts griffbereit, sondern müsste erst zum Kofferraum eilen und die Sachen holen. Das würde nicht funktionieren.

Du bist in einem Geländewagen. Du würdest zwei Män-

ner auf der Flucht sofort sehen, dachte er. Damit hatte er einen klaren Vorteil. Entschlossen bog er nach links ab und steuerte seinen Wagen durch das kniehohe Wasser. Der Geländewagen hatte mit der Wasserhöhe noch keine Probleme, die Reifen waren so groß und dick, dass sie nicht stecken blieben. Solange das Wasser nicht in den Motor drang, würde er weiterfahren können. Bei einem normalen Wagen würde das vermutlich bald passieren, aber nicht bei seinem Jeep. Ein weiterer Vorteil für ihn.

Max drückte vorsichtig aufs Gaspedal. Während er fuhr, suchten seine Augen pausenlos das Gebiet um ihn herum ab. Wenn er irgendwo zwei Männer sehen sollte, würde er sofort die Polizei informieren. Und falls er Paul hier irgendwo allein antreffen sollte, dann wusste er, was er zu tun hatte.

15

Sie kamen nur langsam vorwärts. Der Polo von Neles Mutter war schon ein älteres Modell und kam mit den Straßenverhältnissen nur mäßig zurecht. Die Wege waren unterspült, überall taten sich Schlaglöcher auf, häufig setzte der Wagen scheppernd auf. Äste, Baumstämme und anderes Geröll ließen den Weg zu einem Hindernisparcours werden. Der Fußboden des Innenraums war bereits durchnässt, ständig drang neues Wasser durch die Ritzen der Autotüren.

Im Schritttempo steuerte die Frau den Wagen durch die überschwemmte Straße. Die Anspannung stand ihr ins Gesicht geschrieben, die Falte zwischen ihren Augenbrauen wurde immer tiefer. Sie hatte offensichtlich Probleme, die Fahrbahn zu erkennen. Der Scheibenwischer stand auf der höchsten Stufe, was bei dem prasselnden Regen notwendig war. Immer wieder beschlugen die Scheiben, da die Lüftung nicht mehr funktionierte. Die Fenster konnte man nur kurz öffnen, da der Regen sonst zu sehr in den Innenraum drang.

Zu Beginn der Fahrt hatte Paul noch versucht, die angespannte Atmosphäre etwas aufzulockern und mit Neles Mutter in ein Gespräch zu kommen. Auf Nachfrage hatte sie

sich als Laura vorgestellt, ihr Mann war beruflich in Berlin und kam nur am Wochenende nach Hause.

»Er ist also nicht hier?« Joshs breites Grinsen hatte Pauls schlechtes Gefühl sofort wieder verstärkt. Er schien sich sichtbar zu freuen, dass niemand Laura und Nele erwartete.

Der Sturm erschwerte ihre Fahrt immer mehr. Mehrmals mussten sie bereits anhalten und aussteigen, Gestrüpp zur Seite räumen, um durch das wadentiefe Wasser weiterfahren zu können. Jedes Mal versuchte Paul, sich dabei zwischen Nele und Josh zu stellen. Es war nicht mehr zu übersehen, wie der Doppelmörder versuchte, dem Teenagermädchen möglichst nahe zu kommen, und Paul war davon überzeugt, dass Nele es auch längst bemerkt hatte. Jedenfalls vermied sie es, ihm ins Gesicht zu sehen, hatte ihre Jacke bis oben zugezogen und sprach schon seit einer ganzen Weile kein Wort mehr. Josh versuchte trotzdem weiter, sich ihr anzunähern.

»Vorsicht, der Zweig!«, sagte er das eine Mal lächelnd und legte den Arm um Neles Schultern, um sie vermeintlich schützend zur Seite zu schieben. Ein anderes Mal umarmte er sie von hinten, um ihr beim Hochheben eines Baumstammes zu helfen. Paul war sofort dazwischengegangen und hatte Nele ans andere Ende des Stammes geschickt. Er war pausenlos auf der Hut, einen möglichen Körperkontakt zwischen ihr und Josh zu verhindern, hatte das Gefühl, es mit einer tickenden Zeitbombe zu tun zu haben.

Kurz vor einem kleinen Parkplatz, der etwas höher lag als die Straße und somit noch nicht überflutet war, beugte

sich Josh nach vorn zu den Frauen. »Können Sie da vorne bitte kurz halten?«

Paul sah, wie Nele ihrer Mutter einen nervösen Seitenblick zuwarf. Das Mädchen presste die Lippen zusammen und knetete die Hände in ihrem Schoß.

»Warum?«, fragte Laura, während sie weiter konzentriert nach vorn schaute.

»Ich muss nur kurz austreten. Geht schnell, versprochen.«

Laura nickte und lenkte den Wagen auf den Parkplatz. Josh grinste in sich hinein, gierig und voller Vorfreude fuhr er sich immer wieder mit der Zunge über die Unterlippe. Paul wurde schlecht.

Laura stoppte den Wagen und stellte den Motor aus. »Okay, aber wir sollten nicht zu viel Zeit verlieren. Die Straßenverhältnisse werden immer schlechter. Machen Sie schnell.«

»Es dauert so lange, wie es dauert.« Joshs Stimme hatte sich verändert, hatte nicht mehr den verlogenen freundlichen Unterton, den sie eben noch gehabt hatte. Jetzt war sie so kalt und hart, wie Paul sie aus dem Knast kannte. Und gefährlich leise.

Auch Laura schien der neue Ton zu überraschen. »Na schön, dann dauert es eben so lange ...« Sie drehte sich zu ihnen um und erstarrte, als sie direkt in den Lauf von Joshs Waffe blickte. »Was ... soll das denn?«

»Wir müssen hier raus!« Panisch zerrte Nele an der Tür. Joshs Hand schnellte ruckartig nach vorn und packte die junge Frau an den Haaren, riss ihren Kopf mit voller Gewalt

nach hinten, sodass das zierliche Mädchen in den Sitz gepresst wurde. Nele schrie auf.

»Du bleibst, wo du bist!« Mit seiner Waffe schwenkte Josh zwischen ihr und ihrer Mutter hin und her.

Paul konnte in Lauras Gesicht erkennen, dass sie jetzt erst begriff, was gerade vor sich ging. Mit offenem Mund starrte sie Josh an. »Was haben Sie vor?« Ihre Stimme zitterte, während Nele Tränen über das Gesicht liefen. »Was wollen Sie von uns? Wir haben doch nichts, keine Wertsachen, kein Geld. Wir haben alles zurückgelassen.«

Josh lachte heiser. »Oh, ich bin mir sicher, dass ihr sehr wohl etwas für mich habt. Deine Tochter jedenfalls.« Mit einem Ruck zog er erneut an Neles Haaren. Verzweifelt versuchte die, Joshs Hände von ihrem Kopf zu lösen, was ihr aber nicht gelingen wollte.

»Sie tun mir weh!«

»Halt die Klappe! Du rührst dich nicht mehr, sonst knall ich zuerst deine Mutter ab und dann dich, kapiert?«, zischte er ihr ins Ohr.

Nele nickte kaum merklich, ließ dann ihre Arme sinken und saß wie versteinert da.

»Ihr beiden steigt jetzt aus. Sofort!«

Paul blickte in den Rückspiegel und sah in die weit aufgerissenen Augen von Neles Mutter. Laura war leichenblass, Tränen liefen ihr über die Wangen. »Bitte, lassen Sie meine Tochter in Ruhe!«

»Reg dich ab, Mutti! Sie wird es überleben. Los, raus jetzt.«

»Josh ...«

In dem Moment traf Joshs Ellbogen Paul mitten ins Gesicht. Blut schoss ihm aus der Nase, und der Schmerz fuhr ihm in Sekundenschnelle durch den ganzen Kopf.

»Du hältst die Fresse, klar?«

Paul versuchte, die Blutung mit dem Ärmel seines Sweatshirts zu stoppen. Er fühlte sich benommen, konnte für eine Weile nicht klar denken.

»Ich möchte mit der Kleinen jetzt allein sein«, sagte Josh mit süffisanter Stimme, während er immer noch abwechselnd auf Laura und Paul zielte. »Ihr könnt wieder einsteigen, wenn wir fertig sind.«

»Nele ...« Die Hand der Mutter suchte die der Tochter. Krampfhaft griff Nele danach, sodass ihre Knöchel weiß hervortraten.

»Lass mich nicht allein, Mama!«

Laura schluchzte laut los. »Lassen Sie meine Tochter gehen, bitte! Sie können mit mir machen, was Sie wollen, aber lassen Sie Nele gehen. Sie ist doch noch ein Kind!«

»Glaub mir, Mutti, sie ist im besten Alter.« Josh lachte dreckig auf. Dann wurde er wieder ernst. Seine Augen verengten sich. »Steig jetzt endlich aus, Alte, oder deine Nele bekommt eine Kugel in den Kopf!« Drohend fuchtelte Josh mit der Waffe in Neles Richtung, woraufhin ihre Mutter sie zitternd losließ.

»Josh, bitte, tu das nicht!« Paul hielt Josh an der Schulter fest, ließ aber sofort los, als der mit seiner Waffe auf ihn zielte. Paul machte eine beschwichtigende Handbewegung und bemühte sich, mit fester Stimme so ruhig wie nur möglich zu sprechen. »Hör zu, für so was haben wir doch wirk-

lich keine Zeit. Wir müssen weiter. Es ist jetzt nicht der richtige Moment dafür.«

Josh lachte erneut laut auf. »Was bist du denn für'n Loser? Es ist immer der richtige Moment für so was, Alter.«

»Josh!« Paul merkte, wie panisch seine Stimme jetzt klang. »Wenn der Deich bricht, wenn er schon gebrochen ist, dann dauert es nicht mehr lange, und das Wasser steht uns buchstäblich bis zum Hals. Dann kommen wir mit dem Auto keinen Zentimeter mehr voran. Wir müssen jetzt weiter, verstehst du? Jetzt! Solange wir noch fahren können!«

»Auf die paar Minuten kommt es nicht an.« Grinsend griff er sich in den Schritt.

»Wir können die Frauen mitnehmen, und du erledigst das später, wenn wir an einem sicheren Ort sind.«

»Ich war jetzt acht Jahre im Knast und habe keine Frau gesehen. Sag du mir nicht, wann der richtige Zeitpunkt für einen anständigen Fick ist!«

»Aber die Flut ...«

»Halt jetzt endlich dein verficktes Maul!« Josh drückte die Waffe gegen Pauls Stirn, während er mit der anderen Hand weiterhin Neles Haare festhielt. »Du gehst jetzt mit Mutti raus und bleibst da. Und wenn ihr das nicht hinkriegt, dann erschieße ich euch, jetzt, hier und sofort. Dann ziehe ich mit der Kleinen allein weiter. Habt ihr das kapiert?«

Die Frau schlug sich die Hände vors Gesicht und nickte weinend.

»Alles klar, schon gut, beruhige dich.« Paul warf Laura einen Blick zu und nickte. »Wir steigen aus, alles in Ordnung.« Dann wandte er sich wieder Josh zu. »Du hast mir

seinen Hals und nahm Josh in den Schwitzkasten. Der wehrte sich nach Leibeskräften, versuchte, erneut mit der Waffe auf Paul zu zielen. Wieder fiel ein Schuss, er traf das Fenster auf der Beifahrerseite, das zersplitterte. Die Frauen schrien, Paul wusste nicht, ob vor Angst, oder weil eine getroffen worden war. Mit einem gezielten Fußtritt gelang es ihm schließlich, Josh die Waffe aus der Hand zu treten, während er ihn weiterhin fest im Schwitzkasten hielt. Dann sah er, wie sich Nele auf der Rückbank aufsetze und ihre Mutter sofort zu ihr eilte.

»Nele, Schatz, alles okay?«

»Ja …« Er hörte das Mädchen schluchzen.

»Bist du verletzt?«

»Nein …«

»Fahren Sie! Los, verschwinden Sie!«, rief Paul den Frauen zu. »Jetzt fahren Sie schon!«

Laura warf Paul einen kurzen Blick zu. Dann nickte sie, ließ Nele auf der Rückbank, warf die hintere Autotür zu und sprang selbst in den Wagen. Die Reifen drehten durch, als sie mit Vollgas vom Parkplatz fuhr, um kurz darauf Wasser spritzend über die überflutete Straße zu rasen.

»Lass mich los!«, ächzte Josh, sein Kopf wurde hochrot, die Augen traten hervor.

Aber Paul ignorierte ihn. Erst wenn die Frauen außer Sichtweite waren, wollte er Josh loslassen. Er würde kein Risiko mehr eingehen und hielt ihn nach wie vor so fest im Schwitzkasten, wie er nur konnte.

Als er die Rücklichter nicht mehr sehen konnte, wartete er sicherheitshalber noch ein paar Minuten. Okay, sie sind

weg, sie sind in Sicherheit, dachte er erleichtert. Er verge-
wisserte sich, wo die Waffe lag, stieß Josh dann ruckartig
von sich, sprang auf, und schnappte sie sich. Mit ausgestreckten Armen zielte er auf Josh, der regungslos auf der
Seite lag, das Gesicht von Paul abgewandt.

»Das war's. Unsere Wege trennen sich jetzt!«, rief Paul
entschlossen. Er spürte, wie ihm das Adrenalin durch die
Adern rauschte. Endlich fühlte er sich diesem Mistkerl nicht
mehr unterlegen, endlich hatte sich das Blatt gewendet.
»Ich nehme die Waffe mit. Und ich drücke sofort ab, wenn
du eine falsche Bewegung machst. Ich verschwinde jetzt,
und zwar allein.«

Paul zielte immer noch auf Joshs Rücken. Langsam,
ohne ihn auch nur für eine Sekunde aus den Augen zu lassen, ging er ein paar Schritte nach hinten, wollte sich so sicher von ihm entfernen.

»Hast du mich verstanden?«, rief er ihm noch mal zu.

Aber Josh rührte sich immer noch nicht. Paul versuchte,
an seinem Rücken zu erkennen, ob er atmete. Er war sich
nicht sicher. Vorsichtig kam er wieder ein paar Schritte näher, zielte dabei immer noch auf Josh.

»Hey!«

Paul streckte ein Bein aus und trat mit seinem Fuß gegen den von Josh. Keine Reaktion. Mit ausgestreckten Armen und die Waffe zielsicher auf Josh gerichtet, ging er nun
um ihn herum.

»Josh?«

Keine Antwort, noch nicht mal eine Regung. Vorsichtig
stieß er mit der Fußspitze gegen den Oberkörper, sodass

Josh von der Seite auf den Rücken rollte. Jetzt konnte er sein blutverschmiertes Gesicht sehen. Auf der Stirn klaffte ein großes Loch. Der Regen schwemmte das Blut in Sekundenschnelle von der Haut, die darunter bläulich zum Vorschein kam. Auch seine Lippen waren blau verfärbt. Mit aufgerissenen Augen starrte er tot ins Nichts.

16

Elisa knibbelte an ihrer Nagelhaut, während sie aus dem Fenster von Joachims Arbeitszimmer starrte. Sie ließ die Straße nicht aus den Augen, hielt ihren Blick starr darauf gerichtet.

Weit und breit kein Mensch.

Vielleicht hatte sie sich doch verrückt gemacht, vielleicht war es absurd, dass Paul nach Bad Seeberg kommen würde. Nach der Flucht aus dem Gefängnis hatte er bestimmt etwas Besseres zu tun, als seine Drohung sofort in die Tat umzusetzen und sich an ihr zu rächen. Vera und Joachim könnten recht gehabt haben, wer brachte sich angesichts der drohenden Sturmflut schon freiwillig in Gefahr und eilte in das schlimmste Gebiet? Elisa saugte das Blut ihrer aufgerissenen Nagelhaut auf und versuchte, sich selbst etwas zu beruhigen.

Möglicherweise war Paul ja auch zu der Einsicht gekommen, dass es keinen Grund für eine Rache gab. Elisa hatte nichts getan, wofür sie seine Rache verdient hätte. Sie hatte vor Gericht das gesagt, was sie gewusst hatte, wahrheitsgemäß, ohne etwas hinzuzuerfinden.

Lizzy und sie waren ins Wasser gefallen, von Paul über Bord gestoßen, dafür hatte es Zeugen gegeben, nicht nur Max, auch die Segler von den anderen Booten. Sie hatte vor Gericht ausgesagt, dass sie am Vorabend die Affäre mit ihm beendet hatte, worin die Richterin ein Motiv für seine Tat gesehen hatte. Hätte sie das etwa verschweigen und vor Gericht lügen sollen? Offenbar hatte er das von ihr erwartet.

Aber selbst, wenn sie das gewollt hätte, wenn sie ihn durch eine Lüge hätte schützen wollen, wäre sie damals nicht dazu in der Lage gewesen. Dafür ging es ihr nach Lizzys Tod viel zu schlecht. Tagelang hatte sie damals weinend im Bett verbracht, war nicht in der Lage gewesen aufzustehen oder sich etwas zu essen zu machen. Noch nie zuvor hatte sie eine solche Leere gespürt, war so verzweifelt und voller Trauer gewesen.

Selbst als sie endlich wieder das Bett verlassen konnte, hatte sie nur mühsam funktioniert. Ohne Max hätte sie diese Zeit niemals durchgestanden. Hätte er ihr nicht gesagt, wie sie durch jeden einzelnen Tag kommen konnte, hätte sie es damals nicht geschafft. Dann wäre sie bei der nächsten Gelegenheit vor einen Baum gefahren und hätte ihrem Leben, und vor allen Dingen ihren Schuldgefühlen, ein Ende gesetzt. Dass Max so zu ihr gehalten hatte, obwohl ihre Ehe nicht mehr zu retten gewesen war, würde sie ihm nie vergessen. Dafür war sie ihm auf ewig dankbar.

Ihre Nagelhaut blutete nun so stark, dass sie ein Taschentuch um ihren Finger wickeln musste.

Du musst dich auf jetzt konzentrieren. Was damals war, ist Vergangenheit. Reiß dich zusammen!

Elisa stand auf und beugte sich über den Schreibtisch, um einen genaueren Blick aus dem Fenster werfen zu können. Täuschte sie sich, oder hatte sich die Strömung auf der überfluteten Straße verstärkt? Zweige und Äste wurden immer schneller mitgerissen, einzelne Gartenmöbel trieben zügig die Straße hinunter, und der Wasserpegel schien ihr ungewöhnlich schnell anzusteigen.

Oder bildete sie sich das nur ein?

Langsam sackte sie wieder auf den Schreibtischstuhl, ohne den Blick von der Straße abzuwenden. Nein, die Strömung hatte sich verstärkt, es war eindeutig. Und das konnte nur eines bedeuten. Elisa sprang auf und eilte zum Fenster im Flur. Von dort konnte sie den Deich sehen. Sie rieb sich über die Augen in der Hoffnung, sich zu täuschen. Aber es gab keinen Zweifel.

Der Deich war gebrochen. Selbst aus dieser Entfernung war es deutlich zu erkennen. Die Stelle war nicht groß, vielleicht zwei Meter breit, aber sie vergrößerte sich von Minute zu Minute. Große Brocken fielen aus dem Damm, rutschten ins Wasser und rissen weitere Teile mit. Die Kraft der Ostsee war nicht aufzuhalten, sie brach sich ihren Weg durch das aufgeweichte Erdreich. Die Wiesen, die hinter dem Deich lagen, glichen einer Seenlandschaft, die immer größer wurde. Im hohen Tempo floss das Wasser auf die Straße, immer mehr, immer schneller.

Elisas Hände wurden schweißnass. Jetzt war es so weit, es ging los. Das Katastrophenszenario, vor dem alle so lange gewarnt hatten, war da. Jetzt ging es nicht mehr um überflutete Straßen und Keller. Jetzt ging es um Leben und

Tod. Sie merkte, wie ihre Atmung hektischer wurde. Wenn sie sie nicht in den Griff bekommen würde, dann würde sie hyperventilieren, das hatte sie schon oft genug erlebt.

»Vier. Sieben. Acht.«

Ihre Stimme versagte. Sie konnte jetzt keine Atemübungen machen oder meditieren, dafür hatte sie weder Zeit noch Nerven. Elisa eilte zum nächsten Fenster im oberen Flur, von dem sie in den Garten der Peters blicken konnte, der inzwischen wie ein anschwellender See aussah. Einzig die Hochbeete ragten noch als kleine Inseln aus der Wasseroberfläche heraus. Es war einfach unglaublich, wie schnell jetzt alles ging.

»Der Keller! Er ist voll! Das Wasser kommt über den Kelleraufgang ins Haus!«, hörte sie Joachim von unten rufen, laut, mit bebender Stimme. Die Ruhe, die er bisher ausgestrahlt hatte, schien ihm gänzlich abhandengekommen zu sein.

Die Badezimmertür wurde ruckartig aufgerissen, und Vera eilte zur Treppe. »Weg vom Keller!«, brüllte sie aus dem Erdgeschoss nach unten. »Das ist lebensgefährlich! Joachim! Hörst du mich?! Komm da weg!«

Aber er gab keine Antwort. Vera warf Elisa einen Blick zu. Ihre Nasenflügel bebten, und sie war leichenblass. »Ist er im Keller?«, fragte sie Elisa mit belegter Stimme. »Sie haben in den Nachrichten immer wieder davor gewarnt, in den Keller zu gehen, eine Todesfalle, haben sie gesagt, innerhalb von Sekunden bekommst du keine Tür und kein Fenster mehr auf, wenn er im Keller ist, ist er verloren ...«

»Ich weiß nicht, ob er ...« Elisa brach die Stimme. Inzwi-

schen war sie am ganzen Körper schweißgebadet, ihre Knie fühlten sich an wie Gummi, und ihre Atmung beschleunigte sich immer mehr, ohne dass sie etwas dagegen tun konnte. Sie sah die Angst in Veras Gesicht und wollte etwas Aufmunterndes sagen, aber sie bekam kein Wort mehr über die Lippen. Die nächste Panikattacke. Sie kommt. Unaufhaltsam. Ist fast da. Die letzte Tablette hatte nichts gebracht, die Dosis war viel zu gering. Sie brauchte mehr. Sofort.

Elisa eilte mit wackeligen Schritten zurück in Joachims Arbeitszimmer und stürzte zum Fenster. Sie hoffte, dass die Wassermassen den umgestürzten Baum mit sich gerissen und den Wagen freigegeben hatten, dass es vielleicht doch noch eine Möglichkeit gab, irgendwie an ihren Tablettenvorrat zu kommen.

Aber es war aussichtslos. Ihr Auto war inzwischen komplett vollgelaufen, das Wasser stand bis zum Dach. Und wenn sie das Haus verlassen würde, dann würde sie sofort von der Flut mitgerissen werden. Keine Chance.

»Joachim!!« Veras Rufe wurden immer panischer.

Elisa ging zu ihr zurück, nicht so schnell, wie sie ins Arbeitszimmer gelaufen war, dazu war sie nicht mehr in der Lage. Die Angst lähmte sie, und sie konnte ihren Sinnen nicht mehr trauen, nahm alles nur noch gedämpft wahr, als trüge sie Kopfhörer.

»Wo ist er?«, fragte sie Vera atemlos, obwohl sie nicht gerannt war.

»Ich weiß es nicht!« Vera formte mit den Händen einen Trichter um den Mund und rief, so laut sie konnte, die Treppe hinunter. »Joachim! Komm hier rauf!«

»Ich komm ja schon, ich komm ja schon«, hörten sie Joachim stöhnen.

Vera fuhr sich erleichtert mit einer Hand übers Gesicht. »Gott sei Dank!«

Klatschnass tauchte Joachim auf dem unteren Absatz auf. »Der Keller ... das geht alles so schnell.« Erschöpft stützte er sich am Geländer ab. »Das läuft innerhalb von Sekunden alles voll.«

Vera kam ihm auf der Treppe entgegen und umarmte ihn kurz. »Ich dachte schon, du kommst da nicht mehr raus!«

»War knapp.« Er schnappte immer noch nach Luft.

»Konntest du die Kellertür noch schließen?«

»Ja. Aber ich weiß nicht, ob das noch was bringt. Der Keller ist voll, die Tür nicht sonderlich stabil. Das Wasser wird durchkommen.«

»Lass sie uns abdichten. Schnell.«

»Wir haben keine Sandsäcke mehr«, schnaufte Joachim.

»Dann nehmen wir eben alles andere, was wir finden. Wir müssen doch was tun!«

Joachim nickte, und die beiden verschwanden unten im Flur. Elisa hörte, wie die beiden nach Tüchern und Decken suchten, um damit die Kellertür abzudichten.

»Die Fenster!«, hörte sie Vera rufen. »In der Küche kommt es auch schon durch.«

»Nimm Handtücher, Tischdecken, alles, was du finden kannst! Und stopf sie in die Ritzen!«, rief ihr Mann zurück. Seine Stimme überschlug sich fast.

Du musst ihnen helfen, ging es Elisa durch den Kopf.

Du kannst nicht hier rumstehen und zittern, du musst etwas tun! Ihr Herz schlug immer schneller, vor Angst, aber auch vor Verzweiflung darüber, so hilflos zu sein. Sie versuchte, in ihren Bauch hineinzuatmen, wie sie es von einem ihrer Ärzte gelernt hatte. Vier. Sieben. Acht. Aber es gelang ihr nicht, die Panikattacke war nicht mehr aufzuhalten. Der Gedanke, sterben zu müssen, wurde immer erdrückender.

Wenn ich doch nur eine Tablette ... eine einzige!

Sie wischte sich mit dem Handrücken den Schweiß von der Stirn. Hektisch sah sie sich um, als könnte sie die Lösung für ihr Problem hier oben im Flur finden. Plötzlich hielt sie inne. Veras Gehbehinderung. Die Probleme mit der Gebärmutter. Beides verursachte doch mit Sicherheit Schmerzen. Sie war bestimmt in Behandlung, bekam Schmerzmittel, vielleicht Opiate? Nein, die wurden nicht so schnell verschrieben ... Aber bei einer Gehbehinderung vielleicht doch? Auch Novalgin könnte ihr helfen, jedenfalls wenn sie größere Mengen davon finden würde. Tramal, ja vielleicht hatte sie Glück, und Vera hatte irgendwo ein paar Tramal ... Du wirst es erst wissen, wenn du ihren Medikamentenschrank gefunden hast, unterbrach Elisa ihren rasenden Gedankenfluss. Vielleicht ist etwas Brauchbares dabei, es ist jedenfalls nicht ausgeschlossen.

Ein paar Minuten blieb sie noch im Flur stehen und versuchte, durch eine konzentrierte Bauchatmung die stärker werdende Panik zumindest unter Kontrolle zu halten, damit sie nicht völlig ausuferte. Du wirst die richtigen Tabletten finden, du wirst etwas finden!

Sie merkte, wie sie dieser Gedanke ein wenig beruhigte

und sich ihr Herzschlag etwas normalisierte. Nur minimal, aber es reichte immerhin, dass sie zum Badezimmer gehen konnte, ohne zitternd auf den Boden zu sacken. Elisa konzentrierte sich auf jeden Schritt, öffnete die Badezimmertür, hielt noch einmal kurz inne und lauschte nach unten.

»Hol alle Jacken von der Garderobe!«, hörte sie Joachim schreien.

Die beiden schienen immer noch hektisch damit beschäftigt zu sein, das Wasser so gut wie möglich aus ihren Wohnräumen fernzuhalten. Dass es ein hoffnungsloses Unterfangen war, schienen sie genauso zu ahnen wie Elisa. Trotzdem gaben sie nicht auf.

»Das bringt nichts!«

»Versuch es weiter!«

»Im Wohnzimmer kommt auch das Wasser durch.«

»Decken, Kissen, nimm alles, was du findest!«

Wieder meldete sich Elisas schlechtes Gewissen. Anstatt den beiden zu helfen, dachte sie mal wieder nur an sich. Ihre Tablettensucht war übermächtig, kontrollierte ihr Denken und Handeln. Das Schlimmste war, dass Elisa das wusste. Und dass sie nichts dagegen tun konnte.

Sie ging ins Badezimmer und brauchte einen Moment, um sich zu orientieren, zog ihr Handy aus der Tasche und leuchtete in den Raum, in den kaum Tageslicht fiel. Sofort zuckte sie erschrocken zusammen. Auf dem Boden lagen mehrere blutige Handtücher. Das sah alles nach ernsten gesundheitlichen Problemen aus, mit denen Vera da zu kämpfen hatte. Sie musste unbedingt nach ihr sehen, so ein Blut-

verlust konnte doch gefährlich werden, und wenn Vera in den Fluten zusammenbrechen würde. Nicht auszudenken!

Aber erst mal die Tabletten. Mit schwitzigen Händen riss sie den Badezimmerschrank auf. Ihre Finger flogen durch die verschiedenen Cremes, Tiegel und Packungen. Alles, was nach Medikamenten aussah, riss sie heraus. Melatonin, Baldrian, Johanniskraut – damit konnte sie nichts anfangen. Schließlich fand sie eine Packung Ibuprofen 600. Falls ihre Kopfschmerzen wieder einsetzen sollten, würde ihr das wenigstens weiterhelfen, dachte sie und steckte die Tabletten ein. Aber das konnte doch nicht alles sein. Irgendwo mussten die beiden noch etwas anderes haben. Ab einem gewissen Alter hatte doch jeder etwas Stärkeres im Haus, erst recht, wenn jemand einen so schweren Unfall wie Vera gehabt hatte.

Sie durchwühlte das Schränkchen unter dem Waschbecken. Putzmittel, Duschgel, Shampoo. Keine Medikamente. Im Bad fand sie nichts mehr.

Ruhig, bleib ruhig! Nur weil im Bad nichts ist, heißt das noch lange nicht, dass es nicht irgendwo anders etwas gibt. Vielleicht im Schlafzimmer?

Elisa ging zurück in den Flur, lauschte wieder nach unten und wurde sich bewusst, dass sie von Vera und Joachim auf keinen Fall dabei erwischt werden wollte, wie sie ihre persönlichen Sachen durchsuchte. Die Scham war jetzt schon übergroß, aber wenn Vera und Joachim sie dabei auch noch überraschen würden, dann könnte sie den beiden nie wieder in die Augen schauen.

Die zwei haben jetzt andere Sorgen. Konzentrier dich auf die Suche!

Die Stimmen von Vera und Joachim waren nun deutlich leiser, und sie konnte nicht mehr verstehen, worüber sie sprachen. Wahrscheinlich waren sie mit ihren Schutzmaßnahmen am Ende und wussten nicht mehr, was sie sonst noch tun sollten. Vermutlich würden sie bald nach oben kommen und sich in Sicherheit bringen.

Also mach schnell!

Elisa betrat das Schlafzimmer. Die Wände in einem hellen Gelb gestrichen, das etwas altmodische Eichenbett mit einer farblich passenden Tagesdecke abgedeckt. Über dem Bett hing ein hölzerner Schriftzug *sleep well*. Mit dem Melatonin-Baldrian-Zeug aus dem Bad sollte das ja wohl klappen, dachte Elisa, die sich nicht daran erinnern konnte, wann sie das letzte Mal ohne Tabletten geschlafen hatte.

Schnell zog sie eine Nachttischschublade auf. Ohrstöpsel, Beißschiene, Handcreme, Lesebrille, Liebesroman. Keine Tabletten. Zum nächsten Nachttisch. Ladekabel, Lesebrille. Das konnte doch nicht wahr sein! Hektisch griff sie mit ihren Händen bis ans hinterste Ende der Schublade in der Hoffnung, dort doch noch irgendetwas zu finden. Nichts. Sie eilte zum ersten Nachttisch zurück und durchwühlte die Schublade noch mal mit beiden Händen. Ebenfalls nichts.

Kleiderschrank. Sie wollte nicht zu viel Unordnung machen und bemühte sich, die sauber gestapelten Lagen Kleidung vorsichtig zu durchsuchen. Viele Leute lagerten ihre Medikamente doch in einer Box im Schrank, vielleicht hatte

sie Glück? Aber mehr als einen dicken Umschlag bekam sie nicht in die Finger.

Ratlos sah sie auf den Umschlag. Es ging sie nichts an, was die Peters darin aufbewahrten. Vielleicht war es ein Testament oder Liebesbriefe oder sonst etwas Privates. Vielleicht waren es aber auch starke Medikamente, die sie auf diese Weise im Schrank aufbewahrten. Es war zumindest nicht ausgeschlossen. Elisa lauschte noch mal in den Raum. Vera und Joachim waren vermutlich immer noch im Erdgeschoss, jedenfalls konnte sie ihre Stimmen nach wie vor nicht hören. Mit pochendem Herzen und voller Hoffnung, gleich mehrere Blisterpackungen in der Hand zu halten, öffnete sie den Umschlag.

»Verdammt ...«, entfuhr es ihr tonlos. Ihre Schultern sackten nach vorn, ihr ganzer Oberkörper nahm eine gebeugte Haltung ein. Fotos. Nichts als ein paar Urlaubsfotos. Sie spürte, wie ein Schluchzen durch ihren Körper zog, und sie befürchtete, jeden Augenblick weinend auf dem Boden zusammenzusacken.

»Reiß dich zusammen!«, sagte sie laut. Du hast keine andere Wahl, fügte sie in Gedanken noch hinzu. Bewusst drückte sie den Rücken durch. Seufzend blickte sie noch mal auf die Fotos und steckte sie dann wieder zurück in den wattierten Umschlag.

Irritiert hielt sie inne. Das war doch ...? Stirnrunzelnd setzte sie sich auf die Bettkante und öffnete erneut den Umschlag, nahm das Foto heraus, das ihr gerade aufgefallen war, und betrachtete es nachdenklich. Eine Aufnahme, die offensichtlich in der Karibik oder in der Südsee gemacht

worden war. Weißer Strand, Palmen, kristallklares Wasser. Vera im kurzen Rock und mit Highheels an der Seite von Joachim. Laut Datum war das Foto vor einem Dreivierteljahr gemacht worden. Irgendetwas irritierte Elisa an der Aufnahme. Aber bevor sie weiter darüber nachdenken konnte, fiel ihr Blick auf einen Beipackzettel, der sich zwischen die Fotos gemogelt hatte. Hektisch suchte sie ihn heraus.

»Tramadol!«, entfuhr es ihr, und ihre Stimme klang so erfreut wie die eines kleinen Kindes, das seine Lieblingssorte Eis in der Auslage entdeckt hatte. Auch wenn es nur ein schwach wirkendes Opioid war, immerhin war es eines. Außerdem war schließlich die Dosierung entscheidend.

»Wo ein Beipackzettel ist, da ist auch eine Packung«, murmelte sie und begann, den Schrank noch mal gründlich abzusuchen. Schließlich fand sie hinter Veras Hosen einen Streifen mit vier Tabletten, die offenbar aus einer Hosentasche gefallen waren und sich hier versteckt hatten.

Elisa stiegen die Tränen in die Augen, diesmal vor Freude und Erleichterung. Vier Tabletten eines leichten Opioids. Vielleicht würde sie das nicht durch die gesamte Katastrophennacht bringen, aber es würde ihre aktuelle Panikattacke in die Schranken weisen.

Dankbar drückte sie die Tabletten aus der Packung und warf sie, ohne weiter darüber nachzudenken, alle auf einmal in den Mund.

17

»Zwei Frauen konnten sich in letzter Minute aus der Gewalt der Männer befreien und die versuchte Vergewaltigung abwenden. Es ist davon auszugehen, dass es sich bei den Tätern um Inhaftierte der JVA Seeberg handelt, die bei dem Massenausbruch entkommen konnten«, hörte Max die Nachrichtensprecherin im Radio sagen. »Die Polizei bittet die Bevölkerung um Vorsicht, einer der Täter ist bewaffnet. Beide gelten als äußerst gefährlich.«

Nachdenklich kaute Max auf seiner Unterlippe, während er versuchte, den Wagen so gut wie nur möglich durch die überflutete Straße zu lenken, die eigentlich seine volle Konzentration erforderte. Er wusste, dass rechts und links vom Weg Gräben waren, und musste höllisch aufpassen, um nicht in sie hineinzufahren, denn sehen konnte er sie nicht mehr. Trotzdem schweiften seine Gedanken immer wieder ab.

Der Überfall auf die beiden Frauen war in der Nähe von Bachemdorf passiert, dem Ort, in dem Paul und sein Kumpel als Letztes von der Polizei vermutet worden waren. Aber ein sexuell motivierter Übergriff auf zwei fremde Frauen

passte nicht zu Paul. Auch wenn er wegen Totschlags verurteilt worden war und sich im Knast vermutlich nicht zu einem besseren Menschen gewandelt hatte, ein Vergewaltiger war sein früherer Schwager nicht, davon war Max überzeugt. Paul hatte sich doch immer als Frauenversteher gegeben, hatte grundsätzlich Verständnis für irgendwelche weiblichen Probleme gehabt, war Vertrauenslehrer am Gymnasium gewesen, insgesamt eher ein Weichei, früher jedenfalls. Nein, eine Vergewaltigung würde er ihm nicht zutrauen, obwohl er ihn für brandgefährlich hielt, gerade was Elisa und seine eigene Person betraf.

In den Nachrichten hatten sie von zwei Männern gesprochen. Dass Paul sich mit einem brutalen Gewaltverbrecher zusammengetan hatte und tatenlos zuschaute, wie der über zwei Frauen herfiel, traute Max dem feigen Kerl schon eher zu. Denn ein Held war Paul beim besten Willen nicht.

Ruckartig versuchte Max, einem Baumstamm auszuweichen, der hinter der Kurve auf die Straße geschwemmt worden war. Aber sein Wagen reagierte deutlich langsamer, als es auf einer normalen, wasserfreien Fahrbahn der Fall gewesen wäre, ließ sich nur schwer lenken, und bremsen schien fast unmöglich. Max hörte ein schepperndes Geräusch, merkte, dass er den Stamm mit der Seite erwischt hatte, und geriet mit dem Jeep ins Schlingern. Immer wieder drückte er auf die Bremse, aber die Reifen fanden auf dem überschwemmten Grund keinen Halt. Der Wagen driftete mehr und mehr nach links, schien einen eigenen Willen entwickelt zu haben. Krampfhaft versuchte Max, ihn auf der Mitte der Straße zu halten, um nicht im Graben zu versin-

ken. Er hielt das Lenkrad fest umklammert, Schweiß stand ihm auf der Stirn. Wenn er im Graben untergehen sollte, musste er so schnell wie möglich aus dem Jeep raus. Sonst würde er elendig ertrinken.

Doch dann spürte er, dass der mitgeschleifte Baumstamm seinen Wagen langsam stoppte. Er musste sich irgendwo verhakt haben, vermutlich zwischen Stoßstange und Karosserie, und wurde vom Jeep wie ein Anker über den Untergrund gezogen. Schließlich kam der Wagen zum Stehen.

Erleichtert atmete Max auf. Das war verdammt knapp, dachte er, wischte sich den Schweiß von der Stirn, sprang aus dem Wagen in das knietiefe Wasser und begutachtete den Schaden.

»Verdammt!«

Der Stamm hatte sich unter der Stoßstange verkeilt. So konnte er nicht weiterfahren. Da er im Wasser nicht sehen konnte, wo der Stamm sich genau verfangen hatte, konnte Max mit Kettensäge und Axt nichts anfangen. Ihm blieb nichts anderes übrig, als mit aller Kraft an dem Stamm zu ziehen und zu zerren. Er brauchte einige Versuche, bis der Stamm sich plötzlich ruckartig löste und Max im hohen Bogen im eiskalten Wasser landete.

Fluchend rappelte er sich wieder auf und sah im selben Augenblick, wie sich ein schmieriger Film auf der Wasseroberfläche bildete. Öl. Das war nicht gut, das war gar nicht gut. Irgendetwas musste kaputtgegangen sein, und er konnte nur hoffen, dass sich der Schaden in Grenzen hielt.

Er starrte noch einen Moment auf die größer werdende

Ölmenge, dann setzte er sich wieder hinter das Steuer. Jetzt konnte er den Wagen sowieso nicht reparieren, er konnte ja noch nicht mal die Stelle erkennen, an der das Öl austrat. Fahr lieber weiter, so weit wie du noch kommst!

Das Auto war der große Vorteil, den er Paul gegenüber hatte. Wenn er zu Fuß weiterkommen musste, dann konnte es schwierig werden, besonders, da Paul offenbar nicht allein unterwegs war. Max wusste nichts über den anderen Häftling, aber wer Katastrophensituationen nutzte, um seine Macht mit aller Gewalt auszuspielen, der war höchst gefährlich, so viel war sicher. Deutlich gefährlicher, als es Paul allein war.

Aber das war nicht das Einzige, das Max beunruhigte. Der Ort, an dem der Überfall auf die Frauen stattgefunden hatte, befand sich hinter Bachemdorf auf dem Weg nach Bad Seeberg. Elisa hatte mit ihrer Vermutung also richtiggelegen, Paul war auf dem Weg zu ihr. Jedenfalls lag der Verdacht mehr als nahe.

Das Gute an der Nachricht war, dass die Frauen mit ihrem Wagen fliehen konnten und die Männer wieder zu Fuß auf der Flucht waren. Zehn, vielleicht fünfzehn Kilometer mussten sie noch zurücklegen. Es würde nicht mehr ewig dauern, bis sie Bad Seeberg erreicht hatten, aber länger, als Max mit dem Auto brauchte. Hoffentlich hielt der Jeep.

»Ein anderer entflohener Häftling konnte inzwischen wieder in Gewahrsam genommen werden«, sagte die Nachrichtensprecherin. »Der 68-jährige Horst Wenner hatte bei arglosen Anwohnern Unterschlupf gefunden, die schließlich misstrauisch wurden und die Polizei riefen. Diese

konte den zu lebenslanger Haft verurteilten Gewaltverbrecher jetzt in die nächste JVA bringen.«

Ob das der Mann war, auf den sie bei der Suche nach dem alten Herrn Moor gestoßen waren? Der seinen Namen nicht preisgeben wollte? Max fragte sich kurz, wie es Herrn Moor wohl gehen mochte. Vielleicht war es ihm doch gelungen, sich noch vom Deich zu retten und in Sicherheit zu bringen. Wahrscheinlicher war allerdings, dass er längst ertrunken war.

Max wurde angefunkt und drehte das Radio leiser. Es war Chris. »Wie weit bist du von Bad Seeberg entfernt?«

»Vielleicht noch zehn Kilometer. Wieso?«

»Du solltest umkehren, Max.« Chris' Stimme klang alarmiert. Er redete stakkatohaft, so wie er es immer tat, wenn er aufgeregt war. »Der Deich ist an mehreren Stellen gebrochen.«

Max' Herz begann schneller zu schlagen. »Wie schlimm ist es?«

»Alles, was wir bisher an Informationen haben, lässt Schlimmstes vermuten«, sagte Chris atemlos. »Noch gibt es keine Augenzeugenberichte. Aber du solltest davon ausgehen, dass Bad Seeberg am stärksten betroffen ist. Die unmittelbare Deichnähe, das ist einfach scheiße. Du musst umkehren, Max!«

»Und Elisa absaufen lassen?« Er konnte nicht glauben, dass Chris ihm so etwas vorschlug.

»Du wirst nicht bis zu ihrem Haus kommen. Verdammt noch mal, Max, du bringst dich nur selbst in Gefahr! Hast du eine Vorstellung davon, was ein Deichbruch bedeutet?

Wenn es nicht nur bei ein paar Löchern bleibt, sondern der ganze verdammte Damm weggerissen wird?«

»Noch ist es nicht so weit.«

»Das weiß doch keiner, Herrgott noch mal! Aber sobald das passiert, ist der Ort weg, kapierst du das nicht?«

Vor lauter Anspannung hatte Max sich seine Unterlippe blutig gebissen. Er hatte viel Erfahrung mit Katastropheneinsätzen, aber Chris hatte natürlich recht, allein war das eine ganz andere Geschichte, als wenn er mit einem Team vom THW unterwegs war. Er hatte bei der Suche nach dem alten Herrn Moor gemerkt, wie schwierig es sein konnte, wenn man nur auf sich gestellt war. Wenn er nicht allein gewesen wäre, dann hätte er die Suche nach Elisas Funkruf nicht abbrechen müssen, dann hätte man den Mann vielleicht noch retten können. Er verdrängte den Gedanken daran, was aus Herrn Moor geworden war. Es lag auf der Hand, dass er einen Deichbruch nicht überleben konnte.

»Ich kann nicht einfach aufgeben«, rief Max ins Funkgerät. »Wir haben immer gesagt, dass wir alles dafür tun, um Opfer zu vermeiden.«

»Ich weiß. Aber allein ist es ein Himmelfahrtskommando!«

»Ich muss es versuchen.« Max schaltete das Funkgerät aus. Er versuchte, sich auf den Weg zu konzentrieren und Chris' Warnung auszublenden. Aber es gelang ihm nicht.

Bad Seeberg versank in den Fluten. Damit war zu rechnen gewesen. Max fragte sich, wie hoch das Wasser in dem Ort wirklich steigen könnte. Natürlich hatte Chris recht, die Massen, die durch den gebrochenen Deich rauschten, be-

deuteten größte Lebensgefahr. Dafür gab es keinen Aus-Knopf, die Ostsee würde sich so lange ins Landesinnere ergießen, wie der Sturm sie in diese Richtung drückte.

»Spätestens morgen hat sich das Orkantief abgeschwächt und zieht weiter nach Osten«, sagten sie in dem Moment im Radio.

Morgen. Das war weit weg. Er musste davon ausgehen, dass die Häuser in Bad Seeberg bis zum Dach versinken würden. Je nach Lage vielleicht sogar vollständig überflutet würden. Es war fraglich, ob alle Gebäude den Wassermassen standhalten konnten. Vermutlich würde es Einstürze geben, das kannte Max schon aus anderen Katastropheneinsätzen. Fertighäuser stellten ein großes Problem dar, sie waren die ersten, die wie ein Schiff davontreiben und zerbrechen würden. Genauso wie die zahlreichen Ferienhäuser, die häufig aus Holz gefertigt waren und kein festes Betonfundament besaßen. Wenn Elisa in so einem Haus Zuflucht gefunden hätte, dann wäre sie jetzt schon verloren.

Er versuchte, sich das Haus von Elisas Nachbarn in Erinnerung zu rufen. Er kannte die Leute nicht, war schon ausgezogen, bevor sie in die Straße gekommen waren. Aber das Haus hatte nur zwei direkte Nachbarn. Die einen wohnten auf derselben Straßenseite wie Elisa, das Haus war ähnlich wie ihres, ein massiver Klinkerbau. Die anderen wohnten gegenüber, wenn er sich richtig erinnerte, war das Haus etwas älter. Fast alle Gebäude in der Straße stammten aus den Siebziger- und Achtzigerjahren, was gut war. Unterkellert, keine Holzkonstruktionen, alle mit einem aus Beton gegos-

Nein, auch wenn Chris' Sorgen nicht unberechtigt waren, Max konnte auf keinen Fall umkehren. Er musste vor Paul in Bad Seeberg sein, ihn erwischen, bevor er es bis zu Elisa geschafft hatte. Er musste unbedingt verhindern, dass Paul auf Elisa traf.

Im Kofferraum lagen Schwimmwesten, ein weiterer Vorteil, den er gegenüber Paul hatte. Wenn sein Jeep nicht den Geist aufgab, würde er definitiv vor ihm in Bad Seeberg sein. Und dann?

Darüber hatte er noch gar nicht nachgedacht. Was würde er tun, wenn er es bis zu Elisa schaffen sollte? Er traute es sich zu, sie aus Bad Seeberg wegzubringen, jedenfalls wenn sie psychisch in einer einigermaßen stabilen Verfassung war und nicht panisch um sich schlagen würde. Aber ihre Nachbarn? Wie sollte er allein drei Personen aus einem Überflutungsgebiet evakuieren? Denk nach, ermahnte er sich.

Viele Hausbesitzer in Deichnähe besaßen ein Boot, sei es ein kleines Motorboot oder ein Paddelboot, mit dem sie auf der Ostsee herumschippern konnten. Surfbretter und Stand-up-Paddle-Boards waren ebenfalls weitverbreitet, auch um sie zur Urlaubszeit an Feriengäste zu vermieten. Vielleicht hatte er Glück und konnte so etwas finden, dann würde er die drei damit retten können.

Wenn Paul eines dieser Boote in die Hände bekam, dann war er schneller bei Elisa, als es Max lieb sein konnte. Er drückte aufs Gas. Das Wasser spritzte in Fontänen zur Seite. Auf den Armaturen leuchtete eine rote Warnlampe auf, die ihm signalisierte, dass Öl aufgefüllt werden musste. Hof-

senen Fundament, glaubte Max. Die würden stehen bleiben.

Volllaufen würden sie trotzdem.

Aber wenn sie nicht einstürzten, dann konnte sich Elisa immer noch nach oben retten, erst in den ersten Stock, dann auf den Dachboden, dann zur Not aufs Dach. Wenn sie dazu trotz ihrer Paranoia in der Lage war.

Und wenn es die Dächer noch gab. Diese Möglichkeit hatte Max noch nicht in Betracht gezogen. Der Sturm hatte viele Dächer zerstört, das hatte er mit eigenen Augen gesehen. Meistens waren sie allerdings nur abgedeckt worden, die Dachkonstruktionen blieben in der Regel erhalten, jedenfalls wenn sie von Blitzen und umfallenden Bäumen verschont wurden.

Aber wie lange würde sich Elisa auf einem Dachbalken festklammern können? Wann würden ihre körperlichen Kräfte schwinden und vor allen Dingen, wann ihre psychischen? Eine Panikattacke würde in dieser Situation den sicheren Tod bedeuten, davon war er überzeugt. Außerdem war Elisa dem Sturm auf einem Dach schutzlos ausgesetzt. Für jeden gut zu sehen. Und das war schließlich das Entscheidende.

Natürlich würde Paul sie dort finden, wahrscheinlich würde er sie schon aus der Ferne auf dem Dach erkennen können. Der Ort war evakuiert, niemand würde Elisa helfen. Bis auf die Nachbarn, bei denen sie untergekommen war. Auch wenn Max die Leute nicht kannte, aber gegen zwei bewaffnete Schwerverbrecher würden sie kaum etwas ausrichten können.

versprochen, niemanden umzubringen. Also halt dich auch
daran.«

»Einen Scheiß hab ich! Verpiss dich jetzt! Ich meine es
ernst. Ich hab keinen Bock mehr auf deine Laberei. Lieber
knall ich dich ab, als mir dieses Gelaber noch länger anzu-
hören!«

Paul wusste, dass das stimmte. Zögerlich stieg er aus
und warf die Tür zu. Durch die Scheiben konnte er sehen,
wie Josh das junge Mädchen an den Haaren nach hinten auf
die Rückbank zerrte. Nele schrie, vor Schmerzen und Verzweiflung, und schlug wild strampelnd um sich.

»Halt's Maul, du Schlampe! Glaubst du vielleicht, irgendjemand kann dir helfen? Niemand hilft dir, kapierst du,
niemand!« Er drückte das weinende Mädchen in die Polster
und schlug ihr mit der Faust ins Gesicht.

Langsam ging Paul um den Wagen herum und stellte
sich neben Neles Mutter, die fassungslos auf die sich immer
stärker beschlagenden Scheiben starrte. Neles Schreie waren laut und deutlich zu hören. Sie trafen Paul mitten ins
Herz, so viel Angst, Schmerz und Verzweiflung. Auch Laura
weinte.

»Bitte, helfen Sie meiner Tochter. Sie dürfen das nicht
zulassen ... Sie ist erst fünfzehn, ich bitte Sie!«, schluchzte
sie mit bebender Stimme.

Paul presste die Lippen aufeinander. Die letzte Klasse,
die er unterrichtet hatte, war genau in dem Alter gewesen.
Lauter lebenslustige Teenager, schon fast erwachsen und
doch noch Kinder. Nele hätte eine seiner Schülerinnen sein
können. Er konnte unmöglich danebenstehen und zu-

schauen, wie ein Frauenmörder sein nächstes Opfer verge-
waltigte. Was würde Josh mit dem Mädchen machen, wenn
er fertig war? Er würde sie doch nicht laufen lassen, das
konnte Paul sich nicht vorstellen. Im Gegenteil. Gewalt war
doch schließlich der Kick, den Josh brauchte, vielleicht war
sogar der Tod seiner Opfer sein ultimativer Kick. Und er
sollte danebenstehen und tatenlos zuschauen? Er, der noch
vor einem Jahr Mädchen wie Nele in seiner Klasse sitzen
hatte?

Paul hörte, wie Josh das Mädchen erneut schlug, offensichtlich wehrte sich Nele trotz der Waffe immer noch tapfer.

»Jetzt halt endlich still, du Miststück!«, hörte er Josh wütend brüllen.

Was machst du hier? Ein Teenagermädchen kämpft mu-
tig um sein Leben, egal, ob sein Peiniger bewaffnet ist oder
nicht! Und du? Du stehst feige daneben. Wenn das Mädchen
keine Angst vor der Waffe hat, brauchst du doch erst recht
keine zu haben.

Mit einem Satz war Paul an der Tür, riss sie auf, zerrte
Josh von der jungen Frau herunter und schleuderte ihn auf
den schlammigen Boden.

»Ey!« Josh drehte sich blitzschnell auf den Rücken, zielte
auf Paul und drückte ab. Reflexhaft warf Paul sich zur Seite,
die Kugel verfehlte ihn nur um Haaresbreite. Im nächsten
Augenblick schnellte Paul nach vorn und schleuderte Josh
erneut in den Schlamm. Er packte seine Haare und knallte
den Schädel mit voller Wucht auf den Boden. Die Stirn
platzte auf, Blut lief über Joshs Gesicht. Paul umklammerte

fentlich hielt der Wagen noch eine Weile durch. Es wurde immer schwieriger, ihn zu lenken. Bald würde er keine Bodenhaftung mehr haben.

Max dachte an Elisa. Sie waren mal so glücklich gewesen. Auch heute musste er immer wieder an früher zurückdenken, an ihre Hochzeit, ganz romantisch im kleinen Kreis, am Strand von Bad Seeberg. Barfuß im Sand, Elisa mit einem Blumenkranz im Haar. Sie hatte geweint vor Glück, als eine Sängerin das Ave-Maria angestimmt hatte.

Und nur anderthalb Jahre später sprang sie mit dem Mann ihrer Schwester in die Kiste. Es war immer noch unbegreiflich für ihn. Warum hatte sie sich auf eine Affäre mit Paul eingelassen? Warum hatte sie ihr gemeinsames Leben ruiniert? Darüber hatte er sich schon so oft den Kopf zerbrochen. Sie war doch glücklich gewesen. Er hatte ihr doch alles geboten, wovon sie immer geträumt hatte.

Als er mit Elisa zusammengekommen war, war ihre Mutter erst ein paar Monate tot und sie am Boden zerstört gewesen. Und dann war auch noch ihr Vater gestorben, zu dem sie immer ein besonders enges Verhältnis gehabt hatte. Innerhalb von kürzester Zeit war ihre ganze Welt zusammengebrochen. Max hatte noch nie einen Menschen gesehen, der so in seiner Trauer versunken gewesen war wie Elisa damals.

Aber Max war immer davon überzeugt gewesen, dass sie es irgendwann überwinden würde. Rückblickend glaubte er jedoch, dass ihr dieser Verlust einen weitaus größeren Knacks gegeben hatte, als er es sich damals hatte vorstellen können. Vielleicht war dadurch etwas in ihr zerbrochen, et-

was, das sie anfälliger werden ließ für solche Vollidioten wie Paul.

Es versetzte ihm immer noch einen Stich, wenn er daran dachte, wie sehr er sich um Elisa gekümmert hatte, wie er auf ihre Bedürfnisse eingegangen war und wie leicht Paul sie dann rumgekriegt hatte.

Lizzy und Paul waren damals schon ein Paar gewesen, als Max mit Elisa zusammengekommen war. Die beiden Schwestern wohnten zusammen in ihrem Elternhaus, Lizzy stand Elisa vierundzwanzig Stunden am Tag zur Seite. Sie war mit dem Tod der Eltern deutlich besser zurechtgekommen als Elisa.

Es war vielen damals wie ein Wunder vorgekommen, dass Elisa sich in dieser Situation in Max verlieben konnte, dass sie überhaupt in der Lage dazu war, neue positive Gefühle zuzulassen. Max war für sie so etwas wie der Fels in der Brandung gewesen. Ein Rettungsanker, der dafür gesorgt hatte, dass sie nicht weiter abgetrieben wurde, sondern zurückfand ins normale Leben. So sah er das heute, und er fragte sich, ob Elisa sich auch in ihn verliebt hätte, wenn ihre Eltern nicht gestorben wären.

Es war für alle keine leichte Zeit gewesen, neben der Trauerarbeit musste ja auch vieles andere organisiert werden, immerhin hatten die Schwestern die Firma geerbt. Max hatte sich damals bereit erklärt, den ganzen Papierkram zu übernehmen, was nicht gerade wenig war.

Auch Lizzy hatte vieles übernommen, während Elisa in ihrer Trauer gefangen gewesen war. Paul hatte er in der Zeit nicht oft gesehen, aber wenn, dann war es immer problem-

los gewesen. Trotz aller Belastungen hatten sie zu viert gut funktioniert und manchmal auch etwas privat unternommen. Nach außen hin müssen sie wie die perfekte Freundesclique gewirkt haben.

Das waren sie nie.

Trotzdem hätte Max sich niemals vorstellen können, dass Elisa mit Paul anbändeln würde. Allein schon, weil sie so eng mit Lizzy war. Er hätte wissen müssen, dass das nicht stimmte. So eng, wie Elisa es immer geglaubt hatte, konnten sie gar nicht gewesen sein. Sonst wäre das doch alles niemals passiert.

Lange hatte er sich gefragt, wann es zwischen Elisa und Paul wirklich losgegangen war. Bevor sie zusammen im Bett gelandet waren, musste es doch erste Annäherungsversuche gegeben haben. Tiefe Blicke, leichte Berührungen. Er hatte nichts davon bemerkt. Bis heute wusste er nicht, wer von den beiden den ersten Schritt gemacht hatte. Eigentlich war er sich immer sicher gewesen, dass es nicht Elisa gewesen war, dass sie sich nach dem Tod der Eltern in einem emotionalen Chaos befunden hatte, über das sie die Kontrolle verlor, was Paul gnadenlos ausnutzte. So oft hatte er die trauernde Elisa in den Arm genommen und vielleicht dabei schon bemerkt, dass er mehr für sie empfand, dass sie die heißere der beiden Marbach-Schwestern war.

Max spürte, wie der Hass wieder in ihm hochkochte. Stärker und intensiver als je zuvor. Durch ihn hatte Elisa wieder Lebensfreude verspürt. Durch seine Liebe hatte sie aus der Trauer herausgefunden, war wieder in der Lage gewesen, Pläne zu schmieden und sich dem Leben zu stellen.

Und dieser verdammte Mistkerl hatte alles kaputt gemacht. Wenn es doch bloß mit dem Kinderkriegen geklappt hätte, dann hätte sich Paul bestimmt nicht mehr in ihre Ehe drängen können. Niemals hätte Elisa ihre Familie zerstört, davon war Max überzeugt. Bei ihrer Ehe hatte sie dann allerdings weniger Skrupel gehabt, dachte er bitter.

Es war so viel Wut in ihm. Schließlich war auch sein Leben durch die Affäre zerstört worden. Auch wenn es ihm besser ging als allen anderen Beteiligten, waren seine Träume trotzdem allesamt zerplatzt. Ein Leben im Haus am Deich, eine Schar Kinder, eine Frau, die ihn liebte, abends von der Arbeit nach Hause kommen und von der Familie erwartet werden. Ja, seine Träume waren spießig gewesen. Aber es waren nun mal seine, und jetzt waren sie unwiederbringlich verloren.

Es würde nicht mehr lange dauern, bis er den zwei Menschen gegenüberstand, die das zu verantworten hatten. Das Stottern des Motors riss ihn aus seinen Gedanken. Die rote Warnleuchte auf den Armaturen blinkte hektisch, aus der Motorhaube stieg Qualm auf. Mit einem fast seufzenden Geräusch fiel der Motor aus, das Lenkradschloss rastete ein, und der Jeep driftete zur Seite.

»Scheiße!«, schrie Max, als der Wagen in den Graben rollte und mit der Motorhaube nach unten ins Wasser sank.

18

Das Tramadol wirkte, wenngleich nicht so, wie Elisa es von ihren anderen Tabletten gewohnt war. Aber es hatte sie etwas beruhigt, die Schweißausbrüche ließen nach, genauso wie das Herzrasen. Dafür war ihr jetzt leicht übel, aber diese Nebenwirkung der Opioide kannte sie schon.

Sie wusste nicht, wie lange sie schon auf der Bettkante saß, hatte das Zeitgefühl verloren, so wie immer, wenn sie Tabletten nahm. Von unten hörte sie immer wieder Veras und Joachims Stimmen, und sie hörten sich von Mal zu Mal panischer an. Eine Stimme in ihrem Kopf sagte ihr, dass sie aufstehen und den beiden endlich helfen musste. Aber eine andere, viel lautere, befahl ihr sitzen zu bleiben und die Wirkung des Tramadols ganz bewusst wahrzunehmen, aufzusaugen, wie ein Verdurstender einen Tropfen Wasser.

Elisa war klar, dass diese Phase kurz sein würde. Das Medikament hatte einen niedrigeren Anteil an Opioiden, was leider zur Folge hatte, dass die beruhigende Wirkung schnell durch einen Trigger ersetzt werden würde, der sie daran erinnerte, welche wunderbaren Resultate sie mit einer höheren Dosis erzeugen könnte.

Du brauchst mehr davon.

Sofort schämte sie sich für diesen Gedanken, fühlte sich wie ein Junkie, der nach mehr Stoff verlangte, während um sie herum buchstäblich die Welt versank. Aber das Tramadol konnte sie durch die Extremsituation bringen, in der sie wegen der verdammten Sturmflut nun mal steckte. Noch mal vier oder fünf Tabletten, und sie hätte eine anständige Wirkung, die für die nächsten Stunden anhalten könnte. Und wenn Vera im Kleiderschrank ein paar von diesen Tabletten aufbewahrte, dann hatte sie woanders vielleicht noch einen größeren Vorrat.

Du musst ihn nur finden.

Vielleicht im Arbeitszimmer? Dort hatte sie noch gar nicht gesucht. Sie stemmte sich von der Bettkante hoch, ignorierte den Schwindel, der sie sofort überkam. Ihr Kreislauf brauchte ein paar Sekunden, um sich wieder zu fangen, dann verließ sie das Schlafzimmer ihrer Nachbarn. Bewusst vermied sie den Blick aus dem Flurfenster. Sie wollte nicht sehen, wie schlimm es draußen inzwischen war. An der Treppe hielt sie kurz inne und lauschte. Im Moment war von unten nichts zu hören, bis auf das Rauschen des Wassers natürlich, das immer lauter wurde. Ob Vera und Joachim immer noch versuchten, alles abzudichten? Brachten sie sich damit nicht selbst in Lebensgefahr?

Elisa bekam ein ungutes Gefühl im Magen. Möglicherweise war den beiden schon was passiert, das konnte sie nicht ausschließen. Eben hatte sie noch laute Stimmen wahrgenommen, ohne genau hören zu können, was die beiden gesagt hatten. Es war denkbar, dass sie um Hilfe ge-

rufen hatten, dass sie um ihre Leben kämpften, ohne dass
Elisa es richtig realisiert hatte. Ihr Herz schlug schneller, als
sie daran dachte, was es bedeutete, wenn ihren Nachbarn
etwas passiert sein sollte. Dann war sie allein in dieser Katastrophe, dann konnte ihr niemand mehr helfen, weder bei
den Überflutungen noch bei einer Panikattacke und schon
gar nicht, wenn Paul plötzlich hier auftauchen sollte.

Du denkst schon wieder nur an dich.

Sie hasste sich selbst dafür. Wenn sie noch ein paar Tabletten finden würde, dann würde sie wieder funktionieren,
dachte sie. Schnell eilte Elisa ins Arbeitszimmer und
schloss die Tür. Suchend sah sie sich um. Ein Medikamentenschrank? Hing irgendetwas Vergleichbares in einer Ecke?
Nein, der wäre ihr doch auch längst aufgefallen. Sie zog die
Schreibtischschublade auf und durchwühlte die Papiere, die
dort ungeordnet herumlagen. Nichts. Elisa öffnete die Sei-
tenfächer und leuchtete sorgfältig mit ihrem Handy hinein. Alles war vollgestopft mit Krimskrams, alten und neuen
Briefmarken, Stiften, Büroklammern, Rechnungen und
Quittungen. Keine Tabletten. Im Bücherregal ebenfalls
nichts.

Sie dachte nach. Vielleicht gab es irgendwo im Erdgeschoss etwas? Ältere Leute lagerten ihre Medikamente doch
gerne griffbereit in Küche oder Wohnzimmer, weil sie im
Laufe des Tages mehrfach etwas einnehmen mussten. Sie
erinnerte sich, dass ihr Vater sein Blutdruckmittel immer im
Esszimmer aufbewahrt hatte, weil er es morgens zum Früh-
stück einnehmen musste.

Du musst nach unten.

Zögerlich stand sie im Raum. Sie wusste nicht, wie es unten aussah. Der Keller war vollgelaufen, das hatte Joachim gesagt. Das Wasser würde ins Erdgeschoss drücken, aber wenn die Fenster geborsten und alles überflutet wäre, dann hätte sie das doch gehört. Das hoffte sie jedenfalls. Elisa zwang sich, einen kurzen Blick aus dem Fenster zu werfen. Keine Frage, das Wasser stieg und stieg, die Strömung war inzwischen enorm, Müll, Äste und Zweige wurden im hohen Tempo mitgerissen. Aber von Paul war zum Glück nach wie vor nichts zu sehen.

Sie ging wieder zur Treppe, lauschte noch einmal ins Erdgeschoss und atmete erleichtert durch, als sie die Stimmen ihrer Nachbarn wieder hörte.

»Weiter links, ja genau, gib mir den Hammer«, rief Joachim.

Wenn sie das richtig einschätzte, war er im Wohnzimmer. Dann wurde etwas gehämmert, wahrscheinlich versuchten sie, ein Fenster zu vernageln.

»Wir haben nicht genug Spanplatten«, hörte sie Vera sagen. »Wir können nicht alles vernageln. Das bringt doch nichts!«

»Wir müssen es versuchen!«

Du musst die Zeit nutzen und dich in der Küche umsehen. Bevor das Erdgeschoss überflutet wird.

Obwohl Sturm und Flut im Haus deutlich zu hören waren, bemühte sich Elisa, so leise wie nur möglich die Stufen hinunterzulaufen. Der Teppich im Flur war bereits klatschnass. Unter der geschlossenen Kellertür lief kontinuierlich Wasser ins Erdgeschoss. Die abgedichtete Haustür und die

Fenster hielten noch, aber es würde nicht mehr lange dauern, bis Vera und Joachim ihre Bemühungen aufgeben und das Erdgeschoss den Fluten überlassen mussten.

Katinka, die sich auf die Ablage über der Garderobe verzogen hatte, mauzte Elisa an, als die über den aufgeweichten Teppich zur Küche eilte. Neben der Garderobe lehnte Veras Stock, und Elisa unterdrückte den Reflex, ihrer Nachbarin die Gehhilfe zu bringen.

Du hilfst ihnen, sobald du das verdammte Tramadol gefunden hast.

In der Küche war die Situation schlimmer als im Flur. Auch wenn Vera und Joachim alles versucht hatten, das Küchenfenster mit Handtüchern und Tischdecken abzudichten, drückte das Wasser inzwischen durch die Fugen, lief in kleinen Rinnsalen kontinuierlich ins Innere. Die Scheibe würde dem Druck nicht mehr lange standhalten, dann würde alles mit ganzer Kraft ungebremst in die Küche stürzen. Wasser, Schlamm, Blumen und Gestrüpp aus dem angrenzenden Garten.

Elisas Blick flog über die Regale und Fächer. Gewürze, Öl, Müsli, keine Tabletten. Hektisch riss sie die Schränke auf. Teller, Gläser, Nudeln, Reis, keine Tabletten. Verdammt! Sie suchte unter der Spüle, bei den Töpfen, in der Besteckschublade, auch im Kühlschrank sah sie nach. Nichts!

Ihr stiegen Tränen in die Augen, und ihre Knie begannen wieder zu zittern. Mit ihren schwitzigen Händen hielt sie sich an der nassen Arbeitsplatte fest, bemüht, sich auf die Atmung zu konzentrieren und die Gedanken an die

nächste Panikattacke zu verdrängen. Sie erinnerte sich noch genau an ihre erste, als sie noch gar nicht wusste, was das überhaupt war, und keine Medikamente dagegen hatte. Beim Einkaufen, mitten in der Fußgängerzone, scheinbar ohne Auslöser. Sie hatte sich hinlegen müssen, auf den nassen Asphalt, hatte hyperventiliert, gezittert und geschwitzt und nichts um sich herum mehr wahrgenommen. Sie war sich in dem Moment sicher gewesen, dass sie sterben würde, und die Angst davor war so überwältigend gewesen, dass sie regelrecht unter Schock gestanden hatte. Eine Panikattacke ohne Medikamente setzte sie komplett außer Gefecht, sowohl den Körper als auch den Verstand. Die Vorstellung, dass ihr so etwas in diesem Katastrophenszenario blühen könnte, verstärkte ihre Unruhe zusätzlich.

Ruhig bleiben, atmen und ruhig bleiben. Noch hast du keine Panikattacke, noch wirkt das bisschen Tramadol, das du genommen hast. Es gab immer noch eine Möglichkeit. Sie konnte Vera und Joachim einfach fragen, wo sie ihre Medikamente aufbewahrten. Das wäre zwar unangenehm, aber immer noch besser, als keine zu bekommen.

Elisa drückte die Arme durch und hob den Kopf, blickte mit tränenverschwommen Augen nach draußen. Und wenn sie nichts hatten? Vielleicht waren die paar Tramadol, die sie im Kleiderschrank gefunden hatte, nur ein Überbleibsel aus längst vergangenen Krankheitszeiten gewesen. Sie konnte nicht ausschließen, dass Vera gar nicht mehr auf Schmerzmittel angewiesen war. Aber auch dann war es besser, wenn die anderen Bescheid wüssten. Wenn sie wussten, dass sie unter Panikattacken litt, konnten sie ihr beistehen

und würden sie zumindest nicht zurücklassen, wenn das Wasser weiter stieg. Das hoffte sie jedenfalls.

Elisa wischte sich die Tränen weg und blickte nach draußen. Die Hochbeete im Garten rutschten nach und nach ab, fielen in den See, der vor ein paar Stunden noch eine Rasenfläche gewesen war. Erde brach ab, wie bei einem kleinen Erdrutsch stürzten immer mehr Teile der Beete ins Wasser.

Sie erstarrte. Was war das?

Elisa rieb sich erneut über die Augen, hoffte, sich getäuscht zu haben. Aber sie war immer noch da. Eine verknöcherte Hand, die aus dem schlammigen Boden ragte.

Elisa schrie.

»Ist das Fenster gebrochen?«, atemlos stürmte Joachim in die Küche, und Elisa drehte sich ruckartig zu ihm um. Er stand in der Küchentür, die Stirn in Falten, die Augen weit aufgerissen. Neben ihm Vera, die sich am Türrahmen festhielt und mit offenem Mund hinter Elisa in den Garten starrte.

»Warum schreien Sie so?«, fragte Joachim. »Ich dachte, Sie sind oben. Was ist denn los?«

Elisa brauchte einen Moment, um sich zu fangen. Sie fasste sich an die Brust, spürte ihr rasendes Herz, bemühte sich um eine ruhige Atmung. »Ich ... da draußen. In den Beeten. Da liegt jemand!«

Stirnrunzelnd blickte Joachim über sie hinweg nach draußen. »So 'n Blödsinn.«

»Doch, ganz bestimmt ...« Zitternd drehte Elisa sich wieder Richtung Fenster, um Joachim zu zeigen, was sie gesehen hatte. Im selben Augenblick schrie sie erneut auf, als

sie das Gesicht sah, das plötzlich hinter der Scheibe aufge-
taucht war.

Samstag, 05. August

Die Nachwirkungen meiner Sommergrippe sind immer noch so stark, dass ich bereits am frühen Abend völlig kaputt bin. Meistens gehe ich schon um sieben ins Bett. Manchmal lese ich noch ein bisschen, aber in der Regel schlafe ich sofort ein, auch ohne Schlafmittel. Davon konnte ich früher nur träumen, aber jetzt geht das schon seit Wochen so.

Darf ich Felix da einen Vorwurf machen, wenn er abends mal das Haus verlässt? Was soll er denn sonst machen? Sich auf meine Bettkante setzen und mir beim Schlafen zuschauen? Ob er wirklich zu dieser Ina geht, weiß ich bis heute nicht sicher, aber eigentlich spricht alles dafür. Nachdem sie bei uns geklingelt hatte, hab ich sie allerdings nicht mehr gesehen.

Ich gebe zu, dass ich seitdem auch kaum das Haus verlassen habe, und wenn, dann habe ich immer erst durch den Türspion geschaut, ob auch niemand auf der Straße ist. Ja, vielleicht gehe ich ihr aus dem Weg und verschließe die Augen vor der Wahrheit – na und? Manchmal ist das doch auch besser. Wenn da wirklich was mit Felix läuft, dann ist das für ihn wahrscheinlich nicht mehr als eine Form der körperlichen Betätigung. Männer brauchen so was doch manchmal, das muss doch nichts mit mir zu tun haben.

So habe ich jedenfalls bisher gedacht. Aber inzwischen kann ich mir die Situation nicht mehr schönreden. Denn obwohl ich mich nicht beschwere und nicht meckere, wenn er so spät noch geht, obwohl ich weder zu ihm noch zu

dieser Ina irgendetwas sage und alles ganz normal weiterläuft, wird er immer gemeiner zu mir. Dauernd macht er mich klein, auf eine ganz unangenehme Art. Vor ein paar Tagen hat er gemeint, dass er meinen jämmerlichen Anblick nicht mehr ertragen könnte. Ständig würde ich nur blass in der Ecke sitzen, nichts mehr auf die Reihe kriegen, noch nicht mal den Kühlschrank auffüllen.

Zuerst habe ich gar nicht gewusst, was ich sagen sollte. Dann hab ich versucht zu erklären, dass ich das nicht aus Faulheit mache, sondern weil ich noch nicht wieder richtig fit bin.

»Dann beweg deinen fetten Arsch endlich zum Arzt.«

Das waren seine Worte. Fetter Arsch. Er weiß genau, dass das mein wunder Punkt ist, dass ich vor dreißig Jahren eine schwere Essstörung hatte, das weiß er ganz genau. Er kennt doch meine Geschichte, er weiß, dass mich meine Mutter schon als Kind auf Diät gesetzt hat, weil sie meinte, ich wäre zu dick.

Mutter war immer gertenschlank. Sie fand es schrecklich, dass ich ein bisschen stämmiger gebaut war, schämte sich, wenn sie mit mir irgendwohin gehen musste, und ließ auch keine Gelegenheit aus, anderen Leuten gegenüber zu betonen, dass ich nach meiner übergewichtigen Großmutter kam. Und nicht nach ihr, nach meiner schönen schlanken Mutter.

Das alles weiß Felix. Er weiß, dass ich das erste Mal mit zehn auf Diät war, ab meinem zwölften Lebensjahr dann auf Dauerdiät. Er weiß, dass ich mit achtzehn abwechselnd magersüchtig und bulimiekrank war und endlich dünn ge-

nug, um von Mutter gelobt zu werden. Aber natürlich war ich dann auch ganz schnell zu dünn. Vielmehr dürr, wie Mutter es nannte.

»An dir ist nichts dran«, diesen Satz habe ich damals jeden Tag mehrmals gehört. Erst mit Mitte zwanzig konnte ich meine Essstörungen überwinden, als ich meinem Elternhaus endlich den Rücken kehrte.

Felix weiß, wie belastend, ja vielleicht sogar traumatisch das alles für mich war. Wir haben früher stundenlang darüber geredet, ohne ihn hätte ich mit dem ganzen Mist doch gar nicht abschließen können. So richtig habe ich das auch nicht.

Denn eigentlich sollte ich jetzt ja alles im Griff haben, Kleidergröße achtunddreißig, manchmal auch vierzig, alles im normalen schlanken Bereich. Und trotzdem fühle ich mich häufig noch zu dick. Ich spreche nicht mehr darüber, aber Felix bekommt natürlich mit, wenn ich verzweifelt vorm Kleiderschrank stehe, davon überzeugt, dass mir nichts passt. Ich weiß, dass so ein Verhalten für eine Frau in meinem Alter albern ist, aber das steckt einfach in mir drin. Eine Bemerkung wie: »Die Hose ist aber ganz schön eng«, lässt mich an bestimmten Tagen in Tränen ausbrechen. Das hat Felix oft genug mitbekommen. Noch weniger umgehen kann ich mit abwertenden Äußerungen über meinen Körper, den ich so schwer lieben kann.

»Von dem ewigen Rumsitzen sind deine Oberschenkel ja richtig wellig geworden«, hat er gestern Morgen im Bad zu mir gesagt. »Das ist keine Orangenhaut mehr, das ist

eine Kraterlandschaft. Mach doch mal Sport! Bah!« Dann hat er sich geschüttelt, als müsse er seinen Ekel abwerfen.

Als ich dann mit den Tränen kämpfen musste, sah ich ihn aus den Augenwinkeln grinsen. Das hat mich erschüttert. Und das kann ich jetzt auch nicht mehr schönreden. Es macht ihm offensichtlich Spaß, mich zu erniedrigen.

Manchmal habe ich das Gefühl, er ist nur noch mit mir zusammen, um mich fertigzumachen, als müsste er seinen Frust an mir auslassen, sich an mir abreagieren, seine sadistische Ader an mir ausleben.

»Warum lässt du dir das gefallen?«, hat Lizzy mich heute wieder gefragt. »Er betrügt dich, er beleidigt dich, er nimmt überhaupt keine Rücksicht auf dich. Warum packst du nicht deine Sachen und verschwindest von hier?«

Ich konnte ihr keine Antwort geben. Denn eigentlich gibt es keinen nachvollziehbaren Grund. Wir haben zwar keinen Ehevertrag, aber doch genug Geld. Ich habe in der Vergangenheit ein paar Fehler gemacht und ihm Sachen überschrieben, die ich besser behalten hätte, aber im Fall einer Scheidung werde ich doch trotzdem nicht mit leeren Händen dastehen. Das hoffe ich jedenfalls. Ganz genau weiß ich es nicht.

Wenn ich jetzt in mich hineinhorche, dann weiß ich nicht, ob ich da noch einen Funken Liebe finde. Nein, ganz bestimmt nicht. Manchmal glaube ich, ich habe nur die Idee geliebt, die Vorstellung, mit einem starken Mann verheiratet zu sein. Es fällt mir schwer, mir einzugestehen, dass er einfach nur ein Arsch ist, der mich ausgesprochen mies behandelt. Jemand, den ich eigentlich loswerden müsste.

Ja, der Hauptgrund, warum ich mich nicht von Felix trenne, ist meine Schwäche. Ich habe Angst vor der Auseinandersetzung mit ihm, Angst vor seinen Wutausbrüchen und seinen Forderungen. Es würde eine schmutzige Scheidung werden, eine sehr schmutzige. Und ich weiß, dass Felix diesen Kampf mit allen Mitteln austragen würde, ohne Rücksicht auf Verluste. Es wäre ihm egal, ob ich danach am Boden liege oder nicht, und ich weiß jetzt schon, dass ich selbstverständlich völlig am Boden wäre. Meine Essstörung käme mit Sicherheit zurück. In extremen Stresssituationen musste ich mich bisher immer übergeben, meist verbunden mit einer Fressattacke im Vorfeld.

Felix würde mich zertreten wie eine Ameise. Und ich hätte ihm nichts entgegenzusetzen. Wenn ich ihn verlasse, kann ich mich direkt in die Psychiatrie einweisen lassen. Aber muss es wirklich zu einer Scheidung kommen? Manchmal überlege ich, ob es nicht noch eine andere Möglichkeit gibt, dieser gescheiterten Ehe zu entkommen. Dann habe ich plötzlich diese düsteren Gedanken im Kopf und frage mich, ob ich wohl in der Lage wäre, sie in die Tat umzusetzen.

Um Felix für immer loszuwerden.

19

Das Wasser stand Paul bis zu den Hüften. Er kam nur noch langsam vorwärts und überlegte, ob er nicht besser schwimmen sollte. Aber dann würde sein Körper noch schneller auskühlen. Außerdem war die Strömung zu stark, oft musste er sich an Bäumen oder Pfeilern festhalten, um nicht abgetrieben zu werden. Er hatte Muskelkrämpfe in den Waden, und die Kälte fühlte sich auf der Haut wie unzählige Nadelstiche an. Jeder Schritt war mühsamer als der davor. In der dunklen Brühe konnte er nicht sehen, wohin er trat, ständig stieß etwas gegen seine Beine, oder er knickte um. Vielleicht war er noch nicht am Ende seiner Kräfte, aber lange würden sie nicht mehr reichen.

Egal, er musste durchhalten, jetzt gab es sowieso keine Alternative mehr. Er konnte keine Pause machen und sich ausruhen, es gab keinen Ort, an dem er sich aufwärmen und Kräfte sammeln konnte, er musste weiter. Sobald sich der Sturm beruhigt hatte, würde es hier von Hubschraubern nur so wimmeln. Die Gefahr, dass man ihn dann fand, war groß. Dann würde er es nicht mehr zu Elisa schaffen.

Er kämpfte sich weiter durch die Fluten, dachte nur an

den nächsten Schritt, die nächsten Meter. Es konnte nicht mehr weit sein. Auch wenn es ihm schwerfiel, sich zu orientieren, da die überflutete Landschaft mit den umgestürzten Bäumen und Strommasten nicht mehr so aussah wie die Gegend, die er kannte, konnte er sich doch an ein paar Punkten orientieren.

Das Schild von *Der kleine Imbiss*, der fast bis zum Dach im Wasser versunken war, war noch zu sehen. Hier gab es die besten Pommes in der Umgebung, zigmal hatte er hier gegessen, auch weil es bis zum Ortseingang von Bad Seeberg nur ein Katzensprung war. Selbst mit seinen Schülern war er am Wandertag hier eingekehrt. Olaf, der Besitzer des Imbisses, war immer für einen Schnack zu haben gewesen. Ein sympathischer und lustiger Kerl, der jetzt seine Existenz verloren hatte, wie vermutlich so viele. Paul wurde etwas wehmütig, wenn er an die vielen schönen Stunden dachte, die er früher hier verbracht hatte. In manchen Sommermonaten war er mindestens einmal die Woche hier gewesen. Ob diese Zeiten jemals wiederkommen würden? Wahrscheinlich nicht.

Er versuchte, die Gedanken an früher wegzuwischen. Hinter der nächsten Kurve müsste er die ersten Häuser von Bad Seeberg sehen können. Darauf musste er sich jetzt konzentrieren.

In dem Moment setzte sich *Der kleine Imbiss* in Bewegung. Er geriet in Schieflage, bekam dadurch Auftrieb, und wurde von der starken Strömung mitgerissen, und kam direkt auf Paul zu. Der versuchte, sich mit einem Hechtsprung zur Seite zu retten, aber es gelang ihm nicht mehr. Der abgetrie-

bene Imbisswagen erwischte ihn am Rücken, stieß ihm irgendetwas Spitzes in die Haut.

Paul schrie vor Schmerzen. Im nächsten Augenblick wurde er unter Wasser gezogen und geriet unter den Wagen. Er konnte nichts sehen, spürte nur, dass seine Kleidung sich an dem Imbisswagen verhakt hatte. Wenn er sich nicht losreißen konnte, würde er ertrinken. Paul zappelte wie ein Fisch am Angelhaken. Die Regenjacke hing fest, er musste die verdammte Jacke loswerden!

Hektisch riss er die Knöpfe auf, stieß sich dabei den Kopf, die Ellbogen, die Knie. Und bei jeder Bewegung schmerzte sein Rücken. Er spürte, wie sich Panik in ihm ausbreitete, das Bedürfnis, nach Luft zu schnappen, wurde immer drängender.

Schließlich hatte er die Jacke vom Körper gestreift, aber noch lag er zur Hälfte unter dem Imbisswagen. Mit der letzten Kraft, die er noch hatte, stemmte er den Wagen zur Seite und tauchte wieder auf. Er hustete, spuckte Wasser und Schlamm aus, schnappte hektisch nach Luft. In einer Mischung aus schwimmen und gehen schaffte er es bis zum nächsten Baum und hielt sich daran fest.

Das war knapp, dachte er.

Vorsichtig tastete er an seinem Rücken entlang und fühlte eine Handbreit neben der Wirbelsäule die Fleischwunde. Er hatte nicht das Gefühl, dass es sich um eine schwerwiegende Verletzung handelte, jedenfalls konnte er alles normal bewegen. Aber die Wunde war tief und schmerzte, und das Infektionsrisiko in dieser Brühe dürfte hoch sein.

Paul sah dem Imbisswagen hinterher, der weiter über die Straße getrieben wurde. Und an dem irgendwo seine Jacke hing. In der Joshs Waffe war. Er gab einen fast tierischen Laut von sich und schlug mit der Faust gegen den Baum.

»Reiß dich zusammen, reiß dich zusammen!«, schrie er dann. Er konnte es jetzt sowieso nicht mehr ändern. Die Waffe war weg.

Er biss die Zähne zusammen und kämpfte sich weiter vorwärts. Als Bad Seeberg endlich vor ihm lag, stockte ihm der Atem. Dass diese Sturmflut schlimmer war als alles, was die Region bisher erlebt hatte, hatte er die ganze Zeit am eigenen Leib erfahren müssen. Aber das, was er in der JVA, in Bachemdorf und auch auf seinem Weg durch den Wald gesehen hatte, war nichts im Vergleich zu der Wucht, mit der die Sturmflut Bad Seeberg getroffen hatte.

Der kleine beschauliche Ort direkt hinter dem Deich existierte nicht mehr. Stattdessen hatte sich die Ostsee seinen Platz genommen. Wie kleine Inseln ragten die Häuser aus dem Wasser hervor, bei einigen nur noch die Dächer, bei anderen, deren Grundstücke etwas höher lagen, waren sie noch fast vollständig zu erkennen, einige schienen aber gänzlich versunken zu sein. Überall schwammen Autos, Mülltonnen, Äste, Abfall.

Für einen Augenblick überkam ihn das Gefühl, dass er umsonst hierhergekommen war. Dass Elisa immer noch in dem Ort ausharrte, war eigentlich kaum vorstellbar. Er wusste, dass sie seit dem schrecklichen Segelausflug Angst vorm Wasser hatte. Vermutlich hatte sie frühzeitig den Ort

verlassen, bestimmt würde er sie nicht mehr in ihrem Haus antreffen.

Aber selbst wenn sie evakuiert worden war, hatte er jetzt wenigstens die einmalige Chance, unbemerkt in das Haus zu gelangen. Der erste Stock könnte noch unversehrt sein, das war zumindest möglich. Elisas Haus lag etwas höher als die anderen, auch wenn das Erdgeschoss bestimmt schon überflutet war, oben könnte es noch gehen. Er musste es versuchen.

Erschrocken drehte er sich um. Hatte da jemand seinen Namen gerufen? Laut, fast klagend hatte es sich angehört – und irgendwie nach Josh. Aber nein, das war unmöglich. Wahrscheinlich war es das Heulen des Sturms, und sein Gehirn spielte ihm einen Streich. Vielleicht lag es auch an der Kälte, an den Schmerzen oder der körperlichen Erschöpfung. Josh war tot. Vermutlich war es sein schlechtes Gewissen, das ihn getäuscht hatte. Paul versuchte, seine Schuldgefühle zu ignorieren und sich nur auf sein Weiterkommen zu konzentrieren, aber seine Gedanken schweiften immer wieder zu Josh, obwohl er es nicht wollte.

Es war ein Unfall gewesen, er musste den Kerl doch so lange festhalten, bis die Frauen verschwunden waren. Was hätte er denn tun sollen? Die Sicherheit der beiden war eindeutig wichtiger gewesen, und Josh hätte garantiert nicht tatenlos zugeschaut, wie die Frauen wegfuhren. Hätte Paul seinen Griff gelockert, dann hätte Josh seine Chance doch sofort genutzt. Warum musste er auch über das arme Mädel herfallen? Paul war froh, das Schlimmste verhindert zu haben, jedenfalls hatte Nele ihre Hose noch angehabt, als

er Josh aus dem Auto gezerrt hatte. Allerdings hatte er ihr mehrfach ins Gesicht geschlagen, ihre Nase hatte übel ausgesehen.

Wie konnte dieses Schwein dem Mädchen so etwas antun? Mehr Kind als Frau. Sie hatte gefleht, geweint, gebettelt, doch nichts hatte Josh aufgehalten. Nein, es war nicht traurig um ihn. Nele wäre nicht sein letztes Opfer gewesen, der hätte doch immer so weitergemacht. Mit Sicherheit hätte er Elisa auch nicht in Ruhe gelassen, wäre er Paul bis nach Bad Seeberg gefolgt. Es war besser, dass er tot war. Trotzdem ließ es Paul nicht kalt, dass er für seinen Tod verantwortlich war. Er hatte ihm das Leben genommen, er ganz allein. Und dass er ihn nicht absichtlich getötet hatte, war nur ein schwacher Trost.

Es war doch ein Unfall gewesen, oder nicht? Paul merkte, dass er seinen Gedanken nicht mehr trauen konnte. Zu viel war in den letzten Stunden passiert, zu viele Eindrücke, die auf ihn niederprasselten. Er musste seine Kräfte bündeln und sich aufs Jetzt konzentrieren, davon hing womöglich sein Überleben ab.

Er ließ den Blick über die gefluteten Straßen und Grundstücke schweifen. Vielleicht entdeckte er irgendetwas, das ihm weiterhelfen konnte. Dann sah er ein kleines Ruderboot, dass in einem Vorgarten trieb, als würde es auf seine Ausflugsgäste warten.

Entschlossen watete Paul zu dem Boot, kletterte hinein und ruderte los. Gegen die Strömung und den Sturm anzurudern war nicht weniger anstrengend, als in den Fluten zu gehen, aber wenigstens war sein Körper jetzt nicht mehr im

kalten Wasser, und durch die Bewegung wurde ihm ein bisschen wärmer, auch wenn die Wunde an seinem Rücken immer stärker schmerzte.

Paul ruderte durch den Ort, suchte immer wieder nach
Punkten, an denen er sich orientieren konnte. Nirgendwo
sah er eine Menschenseele, alle Häuser waren verlassen.
Die Dächer waren zum Teil schwer vom Sturm beschädigt,
Dachpfannen fehlten, Teerpappe hatte sich losgerissen. In
fast jedem überfluteten Garten lagen umgestürzte Bäume
oder zerstörte Geräteschuppen.

Paul ruderte an der einzigen Gastwirtschaft vorbei, die
Bad Seeberg noch hatte. Früher, vor bald hundert Jahren, als
der Ort noch ein richtiger Kurort gewesen war, waren die
Urlauber in Scharen in das kleine Ostseedorf gekommen,
das wegen seiner guten Luftqualität besonders für Lungen-
kranke ein Anziehungspunkt gewesen war. Damals hatte es
viele Restaurants und Hotels hier gegeben, aber die Zeiten
waren vorbei. Zur Kur fuhr schon lange niemand mehr nach
Bad Seeberg.

Paul ließ die Gastwirtschaft, in der Fenster und Türen
vernagelt waren und in der das Wasser bis zum ersten Stock
stand, hinter sich. Die nächste Straße rechts musste die von
Elisa sein. Seine Nervosität wuchs. Vielleicht würde er sie
gleich wiedersehen. Wie würde sie auf ihn reagieren?

In Elisas Straße war die Strömung so stark, dass er nicht
dagegen anrudern konnte. Hier floss der Hauptstrom, der
durch den gebrochenen Deich strömte, und riss alles mit,
was sich ihm in den Weg stellte.

Er klammerte sich an einen Laternenmast, um nicht ab-

getrieben zu werden, und versuchte, das Boot daran festzubinden. Vielleicht würde er es später noch brauchen.

Aus der Ferne glaubte er, Elisas Haus zu sehen. Konnte das sein? Die Eiche an der Einfahrt – sie war umgestürzt. Er konnte es nicht genau erkennen, aber von hier sah es so aus, als wenn das Haus massiv beschädigt war.

Er entschied sich, die letzten Meter durchs Wasser zu gehen, vielmehr sich durchzuziehen. Er hielt sich an dem Maschendrahtzaun fest, der das große Grundstück neben Elisas Haus umgab, und zog sich Meter für Meter daran weiter, bis er das Haus schließlich erreicht hatte.

Die Eiche, die neben Elisas Einfahrt gestanden hatte, war umgestürzt und hatte das Dach und den gesamten Eingangsbereich zerstört. Die Haustür und die angrenzenden Wände waren eingestürzt, das Wasser lief ungehindert hinein. Mit klopfendem Herzen kämpfte sich Paul durch den zerstörten Eingang ins Haus, in dem ihm das Wasser bis zur Brust reichte. Wenn Elisa noch hier war, war sie in größter Gefahr. Vielleicht war sie verletzt oder irgendwo eingeklemmt oder in einer Panikattacke gefangen und nicht in der Lage, sich selbst zu retten.

Vor ihm weglaufen konnte sie hier jedenfalls nicht. Jetzt stand er im kaputten Eingangsbereich. Die Garderobe hatte sich von der Wand gelöst und dümpelte durch den Flur, der Pegel stieg weiter unaufhörlich.

»Elisa!« Paul rief, so laut er konnte. Keine Antwort.

Er watete weiter zum Treppenaufgang, sah noch die teuren Designermöbel durchs Wohnzimmer schwimmen, mit denen Max immer so angegeben hatte, und freute sich ei-

nen kleinen, irrationalen Moment darüber. Dann kletterte er über die Trümmer und hatte schließlich die Treppe erreicht.

»Elisa? Elisa! Bist du hier?«

Doch mehr als das Rauschen des Wassers war nicht zu hören. Er zog sich aus der Brühe die Treppe hoch. Auch im oberen Stockwerk sah es schlimm aus. Die Eiche hatte ein gewaltiges Loch in den Dachstuhl gerissen, Äste ragten durch die Decke, der Regen prasselte ungehemmt ins Innere.

Lizzys ehemaliges Zimmer, den oberen Flur entlang, dann die letzte Tür auf der linken Seite, hatte er schnell wiedergefunden. Zum Glück war es von dem Baum verschont geblieben, nur die Tür ließ sich etwas schwer öffnen. Nachdem Paul sich dagegengeworfen hatte, stand er in dem Raum, in dem er früher so viel Zeit verbracht hatte und den Elisa mittlerweile offensichtlich als Wäschezimmer nutzte. Überall Stapel mit aussortierter und ungebügelter Kleidung, mehrere Säcke für die Altkleidersammlung, bündelweise Schuhe in großen Pappkartons.

Paul schloss die Augen. Er versuchte, sich die Bilder von Lizzys altem Kinderzimmer wieder vor Augen zu rufen. Rechts hatte das Bett gestanden, gegenüber ein Schrank und daneben der Schreibtisch. Die hinterste Diele links unter dem Tisch.

Er ging zu der Stelle, an der früher der Schreibtisch gestanden hatte. Vorsichtig tippte er mit dem Fuß über das Parkett, konzentrierte sich auf das Geräusch, dass dadurch entstand. Körbe mit Wäsche standen ihm im Weg, er stieß

sie zur Seite und ging schließlich auf die Knie. Mit den Händen tastete er nun den Boden ab, drückte auf ein paar Dielen, bis er die richtige gefunden hatte. Fast ehrfürchtig hob er sie an. Darunter ein Hohlraum.

Der Umschlag lag noch genau da, wo Lizzy ihn vor langer Zeit versteckt hatte. Paul wusste nicht, was sich darin befand, aber er erinnerte sich an Lizzys Worte, als hätte sie diese erst gestern gesagt: »Wenn mir etwas passieren sollte, dann gib Elisa diesen Umschlag.« Dann hatte sie ihm beschrieben, wo sie ihn aufbewahrte.

Auch wenn ihre Ehe am Ende gewesen war, hatten sie sich immer noch gut verstanden und einander vertraut. Natürlich hatte er seinem Anwalt damals von dem Umschlag erzählt, aber Elisa hatte sich geweigert, ihn in ihrem Haus danach suchen zu lassen. Kein Wunder, er hatte ja keinerlei Angaben zum Inhalt machen können, weshalb sein Anwalt auch mit einem Durchsuchungsbeschluss gescheitert war.

Aber der Umschlag existierte, jetzt sah er ihn mit eigenen Augen.

Paul nahm ihn, zog eine Kladde heraus und überflog den Inhalt. Sein Magen verkrampfte sich schmerzhaft, als er die Zusammenhänge verstand. Er brauchte einen Moment, um sich zu sammeln, um zu verstehen, was für ein Pfund er in den Händen hielt. Er kippte einen der Altkleidersäcke aus und verpackte den Umschlag darin. Immer wieder wickelte er ihn ein, damit er auf jeden Fall trocken blieb. Dann steckte er ihn in den Hosenbund, achtete sorgfältig darauf, dass er nicht herausfallen konnte.

Sein Blick fiel aus dem Fenster. Der Deich war komplett

zerstört, bestimmt auf eine Länge von hundert Metern. Wenn der Wind nicht drehte, würde das Meer weiter ungehindert ins Landesinnere gedrückt. Noch nie hatte Paul eine Naturkatastrophe von diesem Ausmaß erlebt, und auf eine gewisse, fast unheimliche Art war er von der schieren Wassermenge fasziniert.

Er sah zum Nachbarhaus, das direkt gegenüber auf der anderen Straßenseite stand – und traute seinen Augen nicht. Konnte das wirklich sein?

Elisa.

Ja, es war eindeutig Elisa, die da im Nachbarhaus stand. Neben ihr ein älteres Ehepaar, das er nicht kannte.

Und ... Max.

Sofort war Pauls ganzer Hass wieder da. Die Hitze stieg ihm ins Gesicht, er ballte die Hände zu Fäusten und brachte einen wütenden Laut über die Lippen, den er am liebsten aus sich herausgebrüllt hätte. Wie oft hatte er in den letzten Monaten davon geträumt, es Max endlich heimzuzahlen? Bestimmt jede Nacht. Das Bedürfnis, mit ihm dasselbe zu machen wie mit Josh, war überwältigend, wurde von Sekunde zu Sekunde stärker. Und jetzt war der Mistkerl zum Greifen nahe.

20

Elisa standen die Tränen in den Augen. Es war Max. Nicht Paul und auch keine verknöcherte Leiche, die sie glaubte, gesehen zu haben. Keine weitere Gefahr, sondern Hilfe. Wenn es einer schaffen würde, sie hier rauszubringen, dann Max. Dass er es auf sich genommen hatte, nach Bad Seeberg zu kommen, nur um sie zu retten, rührte sie. Sie war ihm so dankbar, vielleicht sogar mehr als damals, als er sie aus der Ostsee gerettet hatte.

Nachdem sie Max am Küchenfenster gesehen hatten, war er durch das Oberlicht im Flur ins Haus geklettert. Eingangs- oder Terrassentür hätten sie nicht mehr öffnen können, sonst wäre das Haus in Sekundenschnelle vollgelaufen.

Jetzt stand er neben ihnen in der Küche, hatte einen Arm um Elisas Schulter gelegt und drückte sie an sich, während er aus dem Fenster blickte und den Garten absuchte nach dem, was sie glaubte, gesehen zu haben. Am liebsten hätte Elisa laut aufgeschluchzt.

»Alles gut. Versuch, dich zu beruhigen, Elisa. Es ist alles gut. Da ist nichts.«

»Ich weiß, was ich gesehen habe«, sagte sie leise, wäh-

rend sie sich mit einer Hand in den festen Ärmel seiner dunkelblauen THW-Kleidung festkrallte. Es gab ihr ein Gefühl von Sicherheit. Die Wärme, die trotz der Nässe von seinem Körper ausging, verbunden mit seinem Geruch, hatten etwas Vertrautes für sie. Max hatte ihr schon mal das Leben gerettet, und bei allen Verletzungen, die sie ihm zugefügt hatte, wusste sie doch, dass er es wieder tun würde. Er war katastrophenerprobt, stark und hatte Nerven wie Drahtseile. Sie wusste, dass sie sich auf ihn verlassen konnte. Dass er ihr allerdings nicht glauben wollte, ließ sie fast verzweifeln.

»Du musst dich getäuscht haben«, widersprach Max. Stirnrunzelnd schaute er sich in der Küche um. »Durch die Fugen am Fenster kommt immer mehr Wasser.«

»Unter der Kellertür fließt es inzwischen richtig rein.« Joachim wies Richtung Keller. »Wir sollten hier nicht mehr über irgendwelche nicht vorhandenen Knochen diskutieren, sondern lieber überlegen, was wir noch gegen das Wasser tun können.« Inzwischen war der Boden knöchelhoch überflutet.

Elisa löste sich aus Max' Umarmung. »Aber ich bin mir sicher, dass ich eine Hand gesehen habe!« Sie räusperte sich, um das Zittern aus ihrer Stimme zu vertreiben. Ihr entging nicht der Blick, den Max und Joachim tauschten. Elisa kannte diesen Blick. Sie hatte ihn im letzten Jahr häufig erlebt, wildfremde Menschen warfen ihn sich zu, wenn sie in ihrer Anwesenheit eine Panikattacke bekam. Es war dieser Die-ist-doch-irre-Blick.

Max wies in den Garten. »Da ist nichts. Schau doch!«

Mit zusammengepressten Lippen blickte sie nach draußen. Wasser, Schlamm, weggerissene Pflanzen und Büsche. Von der verknöcherten Hand war nichts zu sehen. »Vielleicht ist sie vom Wasser mitgerissen worden?« Elisa flüsterte jetzt fast.

»Vielleicht war es aber auch ein Ast oder ein Tier«, meinte Max ruhig. »In dem Chaos kann man sich doch mal vergucken, das ist doch ganz normal.«

Joachim stand kopfschüttelnd neben ihnen. »Wenn da etwas gewesen wäre, dann hätten wir es ja auch sehen müssen. Und wir waren die ganze Zeit hier unten und haben die Fenster abgedichtet. Da war nichts.«

»Vielleicht wird Ihnen alles zu viel?«, meinte Vera besorgt. »Ist ja auch kein Wunder, das ist ja alles kaum zu ertragen.«

Ein ungewöhnliches Geräusch ließ alle aufblicken. Es erinnerte Elisa an eine Eisfläche, die knackend nachgab. Ein Riss hatte sich in der Fensterscheibe gebildet, der mit einem Knacken langsam größer wurde.

»Wir müssen das Fenster absichern!«, rief Joachim nervös. Hektisch blickte er sich um, riss dann eine Schranktür auf und nahm einen Stapel Geschirrtücher heraus. Hilflos hielt er die Tücher gegen die Scheibe.

Max legte ihm eine Hand auf den Arm. »Das bringt doch nichts. Wir sollten nach oben gehen. Schnell.« Seine Stimme war fest und klar. »Ganz egal, ob da was im Garten war oder nicht, im Moment haben wir andere Probleme. Und mit Handtüchern kommen wir hier nicht mehr weiter.«

Er versuchte, Elisa sanft aus dem Raum zu schieben,

aber sie weigerte sich, konnte ihren Blick nicht vom Garten abwenden. Inzwischen waren weitere Hochbeete abgebrochen und versanken im Wasser, alles hatte sich zu einer trüben Masse vermengt. Von einer Hand war nirgendwo etwas zu sehen.

»Elisa, du weißt, dass du manchmal Dinge siehst, die nicht da sind«, sagte Max leise. »Komm jetzt.«

Er hatte recht. Täuschung, gestörte Wahrnehmung, Einbildung, all das war ihr nicht fremd. Aber normalerweise hatte sie diese Halluzinationen, wenn sie zu viele Tabletten genommen hatte, was jetzt definitiv nicht der Fall war. Hatte sie womöglich Entzugserscheinungen? Wirkte sich ein plötzliches Medikamentendefizit vielleicht genauso aus, wie eine für sie inzwischen normal gewordene Überdosierung?

Max schien dasselbe zu denken. »Hast du deine Tabletten genommen?« Elisa schüttelte den Kopf. »Dir steht der Schweiß auf der Stirn, und du zitterst. Hast du noch welche?«

»Nein. Aber es geht mir gut.« Sie hörte selbst, wie wackelig ihre Stimme klang.

Vor ein paar Minuten hatte sie noch das Haus nach Tabletten abgesucht, und jetzt behauptete sie, dass es ihr ohne gut gehen würde. Vielleicht stimmte es nicht, aber sie konnte klar denken, und das war ihr jetzt wichtiger als die Angst vor einer nächsten Panikattacke. Dank Max' Anwesenheit hatte sich ihre Sorge davor größtenteils gelegt. Nichts und niemand half ihr besser durch eine Attacke als Max.

Joachim warf die Handtücher zur Seite. »Das bringt wirklich nichts. Vielleicht sollten wir die Sandsäcke von der Haustür herholen? Und damit das Fenster absichern?«

»Dann bricht das Wasser durch die Tür«, entgegnete Vera. »Wir müssen hier weg!«

Elisa hörte ihnen nicht mehr zu. Diese Hand, die hatte sie sich nicht eingebildet. Sie hatte sie gesehen, ganz bestimmt. Es war anders gewesen als sonst, wenn sie auf Tabletten war und eine ihrer Wahrnehmungsstörungen hatte. Die Halluzinationen, die sie dann plagten, waren als solche eigentlich immer zu identifizieren. Sie machten ihr Angst, aber sie konnte sie als Täuschung erkennen. Meistens verstärkten sie die Situation, in der sie sich befand, und überhöhten sie bis ins Absurde. So wie aus der Pfütze auf ihrer Terrasse eine gigantische Überschwemmung geworden war.

Eine verknöcherte Hand hatte aber nichts mit ihrer aktuellen Situation zu tun. Sie hatte sie gesehen. Und sie war sich sicher, dass sie zu einem Toten gehörte. Das hatte sie sich nicht eingebildet.

»Jetzt ist nicht der richtige Zeitpunkt, um die Tabletten abzusetzen«, sagte Max ernst, während Vera und Joachim immer noch darüber diskutierten, ob man das Fenster absichern konnte oder nicht.

»Ich habe keine mehr. Aber ich komme auch so klar. Ganz bestimmt.«

Er schüttelte den Kopf. »Nein, das ist zu riskant.« Max zog ein orangefarbenes Plastikröhrchen aus der Tasche. »Ich habe zum Glück was dabei.«

Mit einem Blick erkannte Elisa, dass es sich um Fentanyl

handelte. Woher hatte Max das? Warum wollte er unbedingt, dass sie das nahm?

»Sind Sie krank?«, fragte Joachim in dem Moment stirnrunzelnd.

»Das sind Beruhigungsmittel«, antwortete Max. Dann sah er wieder Elisa an. »Die werden dir helfen.«

Sie starrte auf das Plastikröhrchen. Fentanyl war eines der stärksten Medikamente, die es gab. Bisher hatte noch kein Arzt es ihr verschrieben, da das opioidhaltige Mittel eigentlich nur bei starken Schmerzen verschrieben wurde. Sie wusste jedoch, welche Wirkung es noch haben konnte. Der Drang, es Max aus der Hand zu reißen und den Inhalt einfach in den Mund zu schütten, war riesig. Doch das würde sie jetzt nicht tun. Denn es gab noch eine zweite Stimme, die ihr deutlich riet, lieber einen klaren Kopf zu behalten. Und den würde sie verlieren, sobald sie sich mit Fentanyl volldröhnen würde.

Im Moment hatte sie nicht das Gefühl, dass eine Panikattacke drohte. Natürlich konnte sich das jederzeit wieder ändern, sie wusste, dass es ein Auf und Ab sein konnte. Aber jetzt konnte sie klar denken, und sie wollte auf keinen Fall, dass sich daran etwas änderte.

»Ich komme ohne Tabletten zurecht«, wiederholte Elisa schwach. Dann sah sie Max an. »Ich will jetzt klar bleiben.«

»Das finde ich ganz toll, und das ist auf jeden Fall ein Schritt in die richtige Richtung«, sagte Max leise. »Wenn das alles vorbei ist, dann ist ein Entzug sinnvoll, dann werde ich dich darin unterstützen, aber nicht jetzt. Jetzt wäre es

lebensgefährlich, wenn du dein Pensum nicht bekommst.«
Wieder hielt er ihr das Röhrchen vors Gesicht.

»Sie ist tablettenabhängig?« Joachim zog erstaunt eine
Augenbraue hoch.

»Sie hat eine schwierige Phase.« Vera lächelte Elisa an.
»Vielleicht ist es wirklich besser, wenn Sie was nehmen?«

»Nein!« Elisa war nun laut geworden. »Sorry, ich wollte
nicht brüllen«, fügte sie schnell hinzu, als sie Veras erschro-
ckenes Gesicht sah. Ihr Ärger über Max wuchs. Er sollte ihr
besser helfen, anstatt sie zu sedieren.

»Du verlierst die Fassung«, stellte Max nüchtern fest.

»Nein. Und wenn. Jetzt bist du ja da.« Sie lächelte ihn
an, wurde aber sofort wieder ernst, als er ihr Lächeln nicht
erwiderte. Irgendetwas stimmte nicht. »Du wirst mir doch
helfen?«

Max seufzte. Dann nickte er langsam. »Okay, wenn du
doch etwas brauchst, weißt du, dass ich was habe.« Max
blickte besorgt auf den Riss in der Scheibe, der sich inzwischen über das ganze Fenster zog. »Es dauert nicht mehr
lange. Wir können nichts mehr tun. Die Scheiben werden
dem Druck nicht standhalten, und dann wird es hier im Erdgeschoss lebensgefährlich, dann läuft die Bude in Sekundenschnelle voll. Ich habe das schon erlebt, dass Menschen
in ihren eigenen Wohnräumen ertrunken sind.«

»Hoffentlich hält das Haus«, murmelte Vera mit brüchi-
ger Stimme.

»Das Haus ist solide gebaut, es wird den Fluten standhalten. Aber das läuft uns hier gleich alles voll, davon müssen Sie ausgehen. Los, gehen wir hoch.«

Hektisch riss Joachim den Schrank auf. Er schnappte sich eine Flasche Wasser und warf sie Vera zu, die sie sicher auffing.

»Wir haben da oben nichts.« Er riss die nächste Schranktür auf. »Weder zu trinken noch zu essen.« Joachim nahm eine Packung Kekse heraus.

Im selben Moment sprang mit einem Knall ein Stück aus der Fensterscheibe. Das Wasser floss hindurch, als hätte man einen Wasserhahn aufgedreht.

»Raus hier!«, schrie Max.

Vera eilte aus dem Raum, und Joachim stürzte hinter ihr her. Im nächsten Augenblick zersprang das Fenster in unzählige Stücke.

Montag, 28. August

In den letzten Wochen ist viel passiert. Leider nicht viel Gutes. Die Situation mit Felix ist völlig eskaliert. Im Moment reden wir kein Wort mehr miteinander. Er kam nachts nach Hause und roch nach ihr, ganz eindeutig. Außerdem hatte er Lippenstiftflecke am Hals, wie in einem schlechten Film. Er hat sich noch nicht mal die Mühe gemacht zu duschen, es war ihm einfach egal, ob ich es bemerke oder nicht.

Aber ich bin wach geworden, und deshalb blieb mir gar keine andere Wahl, als ihn darauf anzusprechen. Alles andere wäre absurd gewesen. Also hab ich ihn direkt gefragt, ob er das Au-pair der Nachbarn besucht hat.

»Sie heißt Ina«, antwortete er. »Das weißt du doch, oder?«

Zögerlich hatte ich genickt. »Hast du eine Affäre mit ihr?« Mir war schlecht geworden.

»Ich habe Sex mit ihr, wenn du das meinst.« Er hat noch nicht mal versucht, die Sache zu leugnen, im Gegenteil. Breit grinsend schaute er mich an. »Aber das hatte ich mit anderen Frauen auch schon.«

»Du hast mich schon öfter betrogen?«

»Betrogen! Was für ein Wort! Ich hatte Sex. Punkt.« Dann wurde er ernst. »Aber mit Ina ist es was anderes. Die Sachen davor, das war immer nur aus Spaß.«

»Aus Spaß?« Ich weiß, dass ich in dem Moment fast geflüstert habe.

»Ja, Spaß beim Sex. Sagt dir nichts, ich weiß. Aber stell dir vor, es gibt Frauen, die haben Spaß daran. Ina auch. Aber

sie hat zusätzlich auch noch so viel Spaß am Leben. Sagt dir auch nichts, ist mir klar.« Dann hat er laut gelacht und mir herablassend die Wange getätschelt. »Kannst ja nichts dafür, du armes Ding.«

Ich habe ihn sprachlos angesehen, unfähig, auch nur ein Wort zu sagen.

»Jetzt hör auf, mich so fassungslos anzuglotzen!«, hat er dann lachend gesagt. »Wundert dich das alles etwa? So wie du dich seit Jahren gehen lässt?«

Es war so billig. Und traf mich trotzdem so tief.

»Ich lass mich doch nicht gehen ...« Dummerweise fing ich da schon an zu heulen, was mich jetzt noch ärgert. Aber ich konnte es nicht unterdrücken. »Als wir uns kennengelernt haben, war ich doch viel dicker als jetzt ...«

»Aber nicht so dick wie dein Bankkonto.« Sein Grinsen werde ich nie vergessen. »Wenn dein Vater nicht gewesen wäre, dann hätte ich dich nicht mal mit der Kneifzange angefasst, das ist dir doch klar.«

Irgendwie machte es da in meinem Kopf klick. Es war mir immer wie ein ungewöhnlicher Zufall vorgekommen, dass ich Felix kennengelernt habe, just nachdem ich meinen Eltern von meiner ungewollten Schwangerschaft erzählt hatte. Es war im Urlaub passiert, ich war fürchterlich betrunken gewesen, und den Typen, einen Schweden, habe ich nie wiedergesehen. Ich kann gar nicht sagen, wie sehr ich mich bis heute dafür schäme. Aber es war nun mal passiert, und eine Abtreibung kam für mich nie infrage.

Felix hatte damals in der Firma gearbeitet, Vater war sein Chef, Felix sein Vertrauter, sein Lieblingsmitarbeiter, so

wie Felix heute selbst einen hat ... o Gott! In dem Moment ist es mir wie Schuppen von den Augen gefallen.

Felix grinste mich breit und selbstgefällig an. »Was hast du denn gedacht? Dass ich mich damals Hals über Kopf in ein psychisch gestörtes, schwangeres Mädchen verliebt habe?« Dann wurde er wieder ernst. »Aber ist doch scheißegal. Du bist immer zufrieden gewesen, ich bin immer zufrieden gewesen. Du hast den Ehemann und Familiendaddy bekommen, ich hab die Firma und jede Menge Frischfleisch. Klassische Win-win-Situation, würde ich sagen.« Dann tätschelte er mir wieder die Wange und meinte, dass er heute mal im Gästezimmer schlafen würde.

Ich weiß nicht, wie lange ich noch fassungslos im Bett gelegen habe. Ich kann gar nicht beschreiben, was dieser Streit in mir ausgelöst hat. Mein Magen hat sich in dem Moment schmerzhaft zusammengezogen, und bis heute hat sich dieses Gefühl nicht mehr verflüchtigt. Ich merke, dass ich seitdem nur noch mit belegter Stimme sprechen kann. Irgendwie bin ich wie benommen, kann keinen klaren Gedanken mehr fassen.

Dass er mit anderen Frauen schläft – geschenkt. Aber dass er mich über zwanzig Jahre betrogen hat, dass alles eine Lüge war, unsere Liebe, unsere Ehe, unser Familienglück – das kann ich nicht verwinden. Ich weiß nicht, mit wem ich darüber sprechen soll. Es hilft mir normalerweise immer, hier alles aufzuschreiben. Aber in diesem Fall reicht es nicht. Ich muss mit jemandem reden, und meine Lizzy war wie immer als Erste bei mir.

Ich weiß nicht, ob ich ihr das alles hätte erzählen sollen,

ich sollte sie nicht so belasten, aber jetzt ist es zu spät. Lizzy war erwartungsgemäß erschrocken. Und wurde sehr schnell sehr wütend. »Du kannst dir das nicht mehr gefallen lassen! Du musst die Scheidung fordern, jetzt sofort. Dann wird der sich noch wundern! Wenn der dich auszahlen muss, ist doch die halbe Firma weg.«

Ich habe mich kaum getraut, ihr in die Augen zu sehen, so sehr schämte ich mich für das, was ich ihr dann sagen musste. »Die Firma gehört ihm. Ich habe ihm letztes Jahr alle Anteile überschrieben.«

Nach einem Schockmoment fand Lizzy ihre Sprache wieder und schimpfte mit mir, warum ich mich auf so etwas eingelassen hatte.

Ich wusste es nicht. Es war wirklich idiotisch gewesen. Aber ich hatte ihm vertraut, war mir sicher gewesen, dass wir ein gutes Team sind. Was für eine gnadenlose Fehleinschätzung!

Jetzt habe ich seit zwei Tagen nicht mehr das Schlafzimmer verlassen. Eigentlich liege ich nur im Bett mit diesen Bauchschmerzen, die ich schon früher als Teenager bei Liebeskummer bekommen habe. Manchmal stehe ich auf und schreibe in mein Tagebuch, aber länger als eine halbe Stunde kann ich meistens nicht sitzen, so elendig fühle ich mich. Ich ertrage Felix' Anblick nicht mehr. Ich will ihn nie mehr sehen. Aber ich weiß, dass ich eine Scheidung nicht durchstehen werde. Vielleicht muss ich das aber auch nicht. Ich hatte schon mal eine andere Idee, wie ich das alles lösen könnte. Hieß es nicht damals, »bis dass der Tod euch scheidet?«.

21

Vera schrie panisch auf, als auch im Wohnzimmer die Fensterscheiben mit einem lauten Knall zerbrachen. Als hätte jemand einen Staudamm gesprengt, schoss das Wasser in Sekundenschnelle ins Erdgeschoss. Im nächsten Augenblick gab das Fenster im Flur nach. Fast schlagartig standen sie bis zu den Knien im Wasser, einen Wimpernschlag später reichte es schon bis zu den Oberschenkeln und Hüften. Der Lärm, der durch das Rauschen des Wassers entstand, war ohrenbetäubend. Es hatte eine enorme Kraft, riss alles mit, was sich ihm in den Weg stellte.

Für einen Moment war Vera wie gelähmt vor Schock, starrte entsetzt auf das immer größer werdende Chaos um sie herum, unfähig, das Geschehen zu begreifen. Dann schaltete ihr Gehirn auf Fluchtmodus. »Schnell! Jetzt kommen Sie schon!« Vera packte Elisa am Arm. »Wir müssen hoch!«

Aber ihre Nachbarin schien ebenfalls unter Schock zu stehen, stand nur zitternd da, konnte sich offenbar keinen Zentimeter bewegen. Sie war bleich geworden, hatte die Augen weit aufgerissen und starrte auf die Wassermassen, die

ungebremst ins Haus stürzten. Krampfhaft hielt sie sich am Türrahmen fest.

Vera zog sie am Arm. »Lassen Sie los, Elisa! Hören Sie mich? Wir müssen hier sofort weg!«

Aber obwohl sie laut brüllte, schien Elisa sie nicht zu hören. Vera hatte den Eindruck, als wäre sie gefangen in ihrer eigenen Welt. Irritiert sah sie sich nach Max um. Warum half er ihr nicht? Mit versteinerter Miene starrte er Elisa an. Ein weiteres schepperndes Geräusch ließ sie zusammenzucken.

»Hilfe! Hilf mir!«, schrie Joachim vom anderen Ende des Raumes.

Die Vitrine, in der sie ihr gutes Geschirr aufbewahrten, war umgestürzt und hatte ihn beinahe unter sich begraben. Sein rechtes Bein klemmte unter dem Schrank, er selbst saß mehr auf dem Boden, als dass er stand, wodurch ihm das Wasser bereits bis zum Hals reichte.

Vera drehte sich wieder zu Elisa um, rüttelte sie an den Schultern. »Sie müssen sich jetzt zusammenreißen! Sonst ertrinken Sie hier. Jetzt kommen Sie mit! Wir müssen Joachim helfen. Verstehen Sie, was ich sage? Kommen Sie!«

»Ich kann nicht«, brachte Elisa kaum hörbar über die Lippen.

»Natürlich können Sie!« Vera zerrte an ihrem Arm, aber Elisa klammerte sich nach wie vor panisch am Türrahmen fest.

Max machte weiterhin keinerlei Anstalten, Elisa von der Tür zu lösen.

»Lasst mich ...« Elisa schnappte nach Luft, als hätte sie Atemnot bekommen.

Hatte dieser Max doch recht gehabt? Brauchte Elisa die Tabletten, um in diesem Chaos zu funktionieren? War das gerade eine Panikattacke, die sich anbahnte?

»Lasst sie! Helft mir doch, verdammt noch mal!«, rief Joachim verzweifelt.

Vera drehte sich um und wollte zu ihm eilen, sah dann aber, wie Max zu ihm hechtete und im nächsten Moment versuchte, die Vitrine hochzustemmen.

»Versuchen Sie dagegenzudrücken«, rief er Joachim zu.

»Mach ich doch, mach ich doch!« Mit hochrotem Kopf versuchte er, den Schrank von seinem Bein zu schieben, während Max ihn von der anderen Seite anhob. Er musste seinen Hals strecken, das Wasser stand ihm bis zum Kinn und schwappte ihm immer wieder ins Gesicht.

Es stieg immer schneller. Die Kälte machte Vera zu schaffen, schmerzte in ihren Beinen und ließ ihren Unterleib verkrampfen. Sie sah, wie sich das trübe Wasser zwischen ihren Beinen rötlich färbte, spürte, dass die Blutung wieder stark eingesetzt hatte. Sie musste schnellstens aus dieser Brühe raus, sonst würde sie garantiert eine Infektion bekommen. Aber erst mal musste sie den Männern helfen.

Vera wollte zu ihnen eilen, geriet dabei aber ins Wanken und verlor in der starken Strömung fast das Gleichgewicht. Es wurde immer schwieriger für sie, sich zu bewegen.

»Ziehen Sie das Bein raus, ziehen Sie es raus!«, schrie Max, während er mit verkrampfter Miene den Schrank hochhielt. Zum Glück schaffte Joachim es, sich zu befreien

und einen Satz zur Seite zu machen. Im nächsten Augenblick rutschte Max die Vitrine aus den Händen und klatschte ins Wasser. Die Scheiben zerbrachen, das Geschirr fiel heraus und versank im Wasser.

»Alles in Ordnung?«, rief Max Joachim zu. Der nickte nur. »Zur Treppe!« Max eilte zu Vera. »Sie auch! So schnell Sie können! Ich kümmere mich um Elisa.«

Max zog Vera gegen die Strömung ein Stück in den Flur hinein, sodass sie sich am Fensterrahmen festhalten konnte, und kämpfte sich dann weiter zu Elisa.

Geistesgegenwärtig griff Vera nach ihrer Gehhilfe, die im Wasser an ihr vorbeitrieb. Mit der anderen Hand versuchte sie, an der Wand Halt zu finden und sich gegen die Wassermassen nach vorn Richtung Treppe zu stemmen. Max hatte recht, sie würden hier in kürzester Zeit ertrinken. Bis zum Bauchnabel standen sie schon in der modrigen Brühe, die als reißender Fluss durch das Haus strömte. Ein Beistelltisch rauschte an ihr vorbei und knallte gegen den Garderobenspiegel, der sofort zerbrach.

»Haben Sie sich verletzt?« Max hatte sich noch mal zu ihr gedreht und wies auf das Blut im Wasser. Es wurde nicht weniger.

»Nicht so schlimm. Ich komme klar.« Vera merkte, wie ihre Kräfte nachließen. Im kalten Wasser schien der Körper in den Energiesparmodus gewechselt zu haben und sich auf das Halten einer überlebenswichtigen Körpertemperatur zu beschränken. Für weitere Anstrengungen schien er keine Energie mehr zu haben. Sie hätte nicht gedacht, dass die Kälte eines ihrer Hauptprobleme werden würde. Aber die

Ostsee hatte im Winter keine fünf Grad, was dazu führte, dass Vera das Atmen schwerfiel, die Muskeln ihr nicht mehr gehorchen wollten und sie immer schwächer wurde.

Plötzlich packte Max sie an der Taille und warf sie wie einen Sack über die Schulter. »Wir dürfen keine Zeit mehr verlieren!«

Auch er musste sich immer wieder an Türen und Wänden festhalten, um nicht von der Strömung umgerissen zu werden. Aber schließlich hatte er es bis zur Treppe geschafft. Die ersten Stufen waren bereits im Wasser versunken.

»Sie sollten lieber Elisa ...«

»Das mache ich auch.« Vorsichtig setzte Max sie auf dem Treppenabsatz ab. Sie bemerkte seinen Blick auf ihre Hose, die trotz des schlammigen Wassers sichtbar von Blut durchtränkt war. »Gehen Sie hoch, checken Sie alle Möglichkeiten, wie wir im Zweifelsfall aufs Dach gelangen können. Falls es eine Leiter auf den Dachboden gibt, lassen Sie sie herunter. Suchen Sie Decken und trockene Kleidung. Wir müssen vorbereitet sein.«

»Okay. Kümmern Sie sich um Elisa!«

Max nickte und hechtete zurück ins Wasser. In wenigen Minuten würde das Erdgeschoss bis zur Decke vollgelaufen sein. Wer es dann nicht bis zur Treppe geschafft hatte, würde ertrinken.

Sie sah, wie Joachim krampfhaft versuchte, sich gegen die Strömung zu den Stufen zu kämpfen, während Elisa sich immer noch verzweifelt an der Türzarge festklammerte.

»Gib mir deine Hand!«, schrie Max, der sich an der an-

deren Seite des Flures an der Tür des Einbauschranks festhielt.

Immer mehr Möbelstücke wurden vom Wasser mitgerissen. Der Strom floss von der Haustür durch den Flur über das Wohnzimmer bis zum Garten – oder umgekehrt? Vera konnte nicht mehr genau erkennen, wo Wasser herein- und wo es wieder hinausfloss.

Plötzlich bemerkte sie erschrocken, dass sie sich getäuscht hatte. Das Wasser trat nirgendwo wieder aus. Dafür kam es inzwischen aber durch sämtliche Fenster ins Haus geschossen. Es war ein einziger Höllenstrudel.

Mittendrin hörte sie immer wieder das panische Schreien von Elisa, die nicht in der Lage zu sein schien, sich auch nur einen Meter von der Tür wegzubewegen.

»Elisa! Deine Hand!« Max streckte den Arm aus, aber Elisa reagierte nicht.

»Helfen Sie mir!« Joachim hielt Max eine Hand entgegen, die Augen panisch aufgerissen, die Lippen blau und zitternd. »Ich schaffe es allein nicht.«

Max zögerte kurz. Er warf noch einen Blick zu Elisa, die inzwischen nur noch wimmerte und sich so am Türrahmen festklammerte, dass selbst Vera von der Treppe die weißen Knöchel an ihrer Hand sehen konnte.

»Ich bin gleich wieder bei dir, Elisa! Verstehst du mich?« Aber sie antwortete nicht, weinte dafür aufgelöst. Max machte einen Hechtsprung ins Wasser und tauchte direkt neben Joachim wieder auf. »Ich hab Sie!«

Er legte die Arme von hinten um Joachims Brustkorb, so wie es ein Rettungsschwimmer machen würde. Rückwärts

stemmte er sich durchs Wasser bis zur Treppe, wobei er Joachim hinter sich herzog. Trotz der Kälte bekam er dabei einen roten Kopf, und Vera konnte erahnen, wie viel Kraft es ihn kostete. Schließlich hatten sie es bis zum Treppenaufgang geschafft.

»Katinka!« Vera zeigte auf ihre Katze, die auf der Ablage der Garderobe hockte. Umgeben von Wasser, miaute sie herzerweichend.

Max zog Joachim die im Wasser liegenden Stufen hoch und ließ ihn los. »Alles in Ordnung?«

»Ja.« Joachim konnte kaum sprechen, so außer Atem war er. »Danke.«

Max nickte nur, dann machte er einen großen Satz durchs Wasser und stand vor der Garderobe. »Komm her, Mieze.« Er streckte die Hand aus und packte die Katze, die immer lauter miaute. »Ich werfe sie rüber!«, rief er Joachim zu.

»Ich weiß nicht, ob ich sie fangen kann«, antwortete er.

»Das ist eine Katze, die muss man nicht fangen«, sagte Vera. Sie fasste ihn unter den Armen und versuchte, ihn hochzuziehen, während sie Elisa nicht aus den Augen ließ. Immer noch stand sie im Türrahmen zur Küche, das Wasser reichte ihr inzwischen bis zur Brust.

»Helfen Sie Elisa!«, rief sie Max zu.

»Mach ich!« Mit einem vorsichtigen Schwung warf er die Katze zu Joachim. Sicher landete Katinka auf ihren vier Pfoten und eilte sofort miauend zu Vera, die das Tier auf den Arm nahm und erleichtert an sich drückte.

»Alles gut, Katinka, alles fein.« Dann wandte sie sich wieder an Max. »Helfen Sie ihr!«

Max nickte nur und kämpfte sich zurück zu Elisa, während Joachim schnaufend und stöhnend auf dem Boden saß.

»Das Wasser hat eine unglaubliche Kraft.« Er war hörbar erschöpft. »Alleine wäre ich da niemals rausgekommen, niemals. Himmel, war das knapp …«

»Zieh die Leiter vom Dachboden raus«, sagte Vera und ignorierte sein Selbstmitleid. »Und guck, wie wir von da aufs Dach kommen können.«

»Ich muss einen Moment ausruhen …«

»Dafür ist jetzt keine Zeit. Los!«

Joachim stöhnte, doch dann stemmte er sich wieder hoch. Vera versuchte, Elisa und Max nicht aus den Augen zu lassen. Konnte sie irgendetwas tun, damit es ihre Nachbarin aus den Fluten schaffte? Doch sie wusste nicht, was.

Max kämpfte sich weiter. Der Flur war inzwischen mit Möbeln und Hausrat verstopft, ein Weiterkommen wurde immer schwieriger. Schließlich war er nur noch einen Meter von Elisa entfernt. Das Wasser ging beiden inzwischen bis zum Hals. Vera konnte sie von der Treppe kaum noch sehen.

»Nimm meine Hand, Elisa!«

»Ich kann nicht, ich kann nicht, ich kann nicht!« Ihre Stimme war schrill und gleichzeitig zittrig. »Ich kann einfach nicht!«

»Du musst! Lass die Tür los, nimm meine Hand und komm!«

»Ich kann nicht! Ich kann nicht!«

Joachim war hinter Vera getreten und blickte ebenfalls durchs Treppenhaus nach unten.

»Ich muss ihr helfen«, erklärte Vera entschlossen. Doch als sie einen Schritt nach vorn machte, hielt Joachim sie fest.

»Auf gar keinen Fall. Da kannst du nicht mehr rein, das schaffst du nicht.«

»Aber ich muss doch was tun!«

»Nein. Wenn du jetzt die Retterin spielst, merkt sie außerdem doch was.«

Vera biss sich auf die Unterlippe. Jetzt war nicht der richtige Zeitpunkt für eine Diskussion, aber schweigen wollte sie auch nicht mehr. »Wir können sowieso nicht so weitermachen wie bisher.«

»Natürlich können wir.«

»Nein. Ich will dieses Schauspiel nicht länger spielen.«

»Und dafür lieber wieder anschaffen gehen?«, entgegnete Joachim leise. Er zischte fast, und seine Augen hatten sich verengt. »Alles hat bisher gut geklappt. Und wenn die Flut weg ist, wird alles ganz normal weitergehen, falls du normal weitermachst. Und dazu gehört nun mal auch, dass du jetzt nicht einfach nach unten gehst und die Heldin spielst.«

»Wir können sie nicht ertrinken lassen!«

»Dieser Max ist bei ihr. Er ist vom THW. Wenn er ihr nicht helfen kann, kannst du es auch nicht. Wir wären doch gerade schon fast abgesoffen, verdammt noch mal!«

Damit hatte Joachim dummerweise recht. Trotzdem konnten sie hier oben doch nicht einfach tatenlos zusehen. Vielleicht konnte sie allein Max und Elisa nicht helfen, aber

gemeinsam mit Joachim wäre Hilfe doch möglich. »Und wenn wir zusammen …«

»Hast du ein Rad ab?« Joachim tippte sich gegen die Stirn. »Ich geh doch nicht noch mal freiwillig in dieses Scheißwasser.«

Er ist so ein verdammter Egoist, dachte Vera bitter. Seitdem er ein sorgenloses Leben führen und tolle Urlaube machen konnte, dachte er nur noch an sich. Vera spürte, wie die Wut in ihr wuchs. Warum hatte sie sich nur darauf eingelassen?

Du hängst selbst so tief mit drin.

Neben der Wut spürte sie vor allen Dingen auch Hass. Hass auf sich selbst.

Wieso hatte sie Joachim damals als Freier überhaupt akzeptiert? Besonders sympathisch war er ihr doch von Anfang an nicht gewesen. Im Gegenteil. Hätte sie mal lieber auf ihr Bauchgefühl gehört!

Im nächsten Moment schüttelte sie über sich selbst den Kopf. Für Sympathie war in ihrem alten Job kein Platz gewesen. Sie hatte unzählige Freier gehabt, die sie noch nicht mal im Ansatz sympathisch gefunden hatte. Aber sie hatte jeden gebraucht, hatte es sich nicht leisten können, auch nur einen einzigen abzulehnen.

Vera starrte wieder nach unten, sah, wie Max intensiv auf Elisa einredete, wie er versuchte, sie von der Tür wegzuzerren, wie er immer mehr Gewalt anwandte und trotzdem erfolglos blieb, wahrscheinlich auch, weil ihm das Wasser inzwischen immer wieder ins Gesicht schlug, seine Kräfte

nachließen. Max wirkte aufgebracht, während Elisa wie festgefroren schien.

Vera spürte, dass sie immer mehr Blut verlor. Schlagartig wurde ihr abwechselnd heiß und kalt.

Was würde eigentlich passieren, wenn Joachim ihren Platz neu besetzen wollte?, ging es ihr durch den Kopf. Die Gelegenheit war günstig. Das Haus war verloren, sie konnte sich nicht vorstellen, dass man so einen Schaden wiederherrichten würde. Vielleicht würde Joachim einfach weiterziehen wollen, an einen Ort, an den ihn niemand kannte. Um dort das Spiel von Neuem zu spielen. So wie vor einem Jahr, als sie mitgekommen war. Aber jetzt hatte sie diesen verdammten Tumor in der Gebärmutter und konnte ihn nicht behandeln lassen. Würde Joachim ihren Tod in Kauf nehmen? Um sie dann durch eine andere zu ersetzen und weitermachen zu können wie bisher?

Elisas Schreie rissen Vera aus den Gedanken. Sie sah, wie ihre Nachbarin immer wieder unterging und Max versuchte, sie zu packen. Sie konnte nicht genau erkennen, was sich da unten abspielte, konnte die Stimmen der beiden nicht mehr klar verstehen. Und plötzlich konnte sie Elisa nicht mehr sehen. Kurz darauf hechtete Max atemlos die Stufen hoch. Wo war Elisa?

»Ich konnte sie nicht halten«, stöhnte er verzweifelt. »Konnte sie einfach nicht festhalten.« Aufgelöst sackte er zusammen.

»Sie müssen aus dem Wasser raus«, rief Vera und zog ihn gemeinsam mit Joachim weiter hoch. Sofort wollte sie zurück zur Treppe eilen. »Ich sehe nach ihr.«

Schlagartig packte Joachim sie am Arm. »Das tust du nicht.« Der gefährliche Unterton in seiner Stimme war nicht zu überhören.

»Aber sie ertrinkt!«

»Ihr Mann hat recht«, keuchte Max. »Es ist viel zu gefährlich da unten.«

»Außerdem hat sie was gesehen«, zischte Joachim ihr zu. »Es ist besser, wenn sie ertrinkt.«

Vera wollte etwas entgegnen, wollte den beiden ins Gesicht brüllen, dass sie Elisa doch nicht einfach sterben lassen konnten. Aber dann sah sie, dass das Wasser nur noch eine Handbreit von der Decke entfernt war.

Elisa war verloren.

22

Max lehnte sich erschöpft gegen die Wand und nahm das Handtuch, das Vera ihm reichte. Schweigend trocknete er sich damit ab.

Ich habe bisher noch nie jemanden verloren, hallten ihm seine eigenen Worte im Kopf wider. Das hatte er der alten Dame gesagt, die er aus dem überfluteten Haus gerettet hatte. Bisher hatte er auf seinen Einsätzen immer alle in Sicherheit bringen können, egal ob es sich um Opfer aus Feuer- oder Überschwemmungsszenarien gehandelt hatte.

Er bemerkte Veras Blick. Sie musterte ihn, ohne dabei eine Miene zu verziehen. War das ein stummer Vorwurf? Glaubte sie, er hätte Elisa retten können?

Als Vera gerade etwas zu Max sagen wollte, ließ er sich auf den Boden sinken und legte das Handtuch über den Kopf wie ein Sportler, der sich in einer Pause konzentrieren wollte.

»Sorry, ich brauche einen Moment«, murmelte er, woraufhin Vera nur knapp mit »klar« antwortete. Er hörte, wie sie zu ihrem Mann ging und ihm half, die Leiter zum Dachboden auszuklappen.

Hätte er Elisa retten können? Natürlich hätte er. Er war schon häufig in Situationen gewesen, in der er eine verängstigte oder panische Person aus einer Gefahrenlage befreien musste, auch wenn diese sich außerstande sah, an der eigenen Rettung mitzuwirken. Nicht nur einmal hatte er jemanden überwältigen müssen, weil eine Bergung anders nicht möglich gewesen wäre. Wenige Minuten zuvor hatte er Vera noch über die Schulter geworfen und so aus den Fluten gerettet – ob sie ihn deshalb so vorwurfsvoll angesehen hatte? Weil sie genau wusste, dass er dasselbe auch mit Elisa hätte machen können? Ja, er hätte sie packen und mit Gewalt zur Treppe bringen können, das wäre kein Problem gewesen, so zierlich und leicht, wie sie war.

Aber er hatte es nicht getan. Im Gegenteil. Er hatte dafür gesorgt, dass sie ertrinkt.

Endlich!

Er sah ihr Gesicht vor sich, wie verängstigt, aber auch dankbar sie ihn angeschaut hatte, eben, vor wenigen Minuten, als er sich durch die Fluten zu ihr gekämpft hatte.

»Danke, dass du für mich da bist«, hatte sie zitternd hervorgebracht. »Es tut mir alles so leid.«

»Du hättest das Fentanyl nehmen sollen«, hatte er zu ihr gesagt. »Dann wäre es jetzt einfacher für dich.«

Er hatte ihr angesehen, dass sie nicht kapierte, was er damit meinte, glaubte, dass er ihre Rettung mit einem so starken Morphin einfacher finden würde.

»Ich kriege es auch ohne hin«, hatte sie panisch von sich gegeben. »Mit dir schaffe ich das!«

»Was für ein Irrtum«, hatte er nur geantwortet und ihr

einen Stoß versetzt. Sofort hatte die Strömung sie mitgerissen. Und während Elisa immer wieder verzweifelt nach Luft geschnappt hatte, hatte er nur daran gedacht, wie sehr sie das alles verdiente, sie, die so leichtfertig alles zerstört hatte.

Er hatte so viel dafür getan, um endlich ein besseres Leben zu führen. Wenn er an seine Kindheit dachte, wurde ihm fast übel. Der Vater unbekannt, die Mutter Alkoholikerin, die sich mit Putzjobs bei den Reichen durchschlug und mit der er in einer ehemaligen Hausmeisterwohnung auf dem Villengelände eines Unternehmers wohnte. Nach Feierabend ließ sie sich grundsätzlich volllaufen, während er die Ravioli kalt aus der Dose aß und die Kinder des Hausbesitzers im Pool beobachtete.

Von Anfang an war Max auf sich allein gestellt gewesen. Trotz guter Noten fand er an der Schule keine Unterstützung, auch Freunde hatte er praktisch keine. Weder traute man dem Jungen aus asozialen Verhältnissen etwas zu, noch wollte man mit ihm befreundet sein. Viele seiner Klassenkameraden stammten aus wohlhabenden Elternhäusern, und für alle stand fest, eines Tages das Familienunternehmen zu übernehmen, sofern es eines gab. Das Glück, in die richtige Familie geboren zu sein, hatte er nicht gehabt, und er sah jeden Tag, wie einfach das Leben doch sein konnte, wenn man nur die passenden Eltern hatte.

Nach dem Abi haute er von zu Hause ab, weg aus der Großstadt, ab in die Provinz, wo ihn keiner kannte. Er hatte sich über Familienunternehmen informiert, in denen es keinen männlichen Erben gab, er wusste schließlich, wie er bei

den Frauen ankam, gut aussehend und sportlich, wie er war. Und er wusste auch, wie die alte Generation von Unternehmern tickte, die einem Schwiegersohn immer noch lieber die Firmenleitung anvertraute als der eigenen Tochter, besonders hier auf dem Lande. Die unterschwellige Frauenfeindlichkeit in den alten patriarchalen Strukturen wusste er geschickt für sich zu nutzen, er hatte sie schließlich von klein auf miterlebt.

Als er seine Ausbildung in dem Süßwarenunternehmen begonnen hatte, hatte er vom ersten Tag an gespürt, dass er hier genau richtig war. Aber er war kein Erbschleicher, er hatte seine Ausbildung mit Eins bestanden und neben der Arbeit noch ein BWL-Studium an der Fernuni absolviert. Er hatte sich reingehängt, und zwar so richtig, und das hatte sein Chef auch anerkannt.

Als er Elisa geheiratet hatte, war er am Ziel seiner Träume gewesen. Sie verstanden sich gut, und dass ihr Vater tragischerweise gerade verunglückt war, hatte er als Wink des Schicksals verstanden. Er war genau da, wo er sein wollte, mit einem lukrativen Job, einem, mehr oder weniger, eigenen Unternehmen und einer tollen Frau in einem großen Haus am Meer.

»Nach allem, was ich dir angetan habe«, hatte Elisa zu ihm gesagt. Ob sie überhaupt ahnte, was sie ihm wirklich alles angetan hatte? Wahrscheinlich dachte sie, er würde darunter leiden, dass sie mit diesem Versager gevögelt hatte. Dabei war Eifersucht ihm immer fremd gewesen. Sie hätte ins Bett gehen können, mit wem sie wollte. Wenn sie als Ehepaar und mit der Firma so weitergemacht hätten wie

sonst auch, wäre es ihm egal gewesen. Aber es war schnell klar geworden, dass eine Trennung ins Haus stehen würde. Paul hatte daran keinen Zweifel gelassen, selbst Lizzy wollte den beiden ihren Segen geben.

Max hatte alles verloren, was er sich aufgebaut hatte. Der Traum von einem besseren Leben war geplatzt, alles, wofür er seit Jahren gekämpft hatte, war verloren.

Seit dem Segelausflug damals hatte er sich zigmal vorgestellt, was passiert wäre, wenn Elisa zusammen mit Lizzy ertrunken wäre. Er hätte die Firma geerbt, während Paul für seine Taten für immer in den Knast gewandert wäre. Er hätte in dem Haus bleiben können, hätte das Unternehmen zu neuen, großen Erfolgen geführt, hätte irgendwann eine andere Frau kennengelernt und mit ihr eine Familie gründen können. Er hätte genau das Leben führen können, das er immer gewollt hatte.

Aber die anderen Segler waren immer näher gekommen, und Elisa hatte sich an der Wasseroberfläche halten können, während Lizzy wie ein Stein im Meer versunken war. Hätte er Elisa nicht gerettet, dann hätte man ihn wegen unterlassener Hilfeleistung angezeigt.

»Möchten Sie etwas trinken?« Vera hatte sich neben ihn gekniet, eine Flasche in der Hand.

Langsam zog er das Handtuch von seinem Kopf und nahm einen Schluck, wobei er es vermied, Vera in die Augen zu schauen.

»Manchmal kann man nichts tun«, sagte sie leise, und er hatte das Gefühl, als wollte sie einen verständnisvolleren Ton anschlagen.

Er nickte nur ernst und dachte daran, wie Elisa eben im Wasser vor ihm gestanden hatte, zitternd vor Kälte und Angst. Er hatte nichts anderes als Hass für sie empfunden. Hass auf diese empfindliche Göre, die mit dem goldenen Löffel im Mund geboren wurde und trotzdem nichts auf die Reihe bekam. Die solche Angst vor Wasser hatte, dass sie sich in eine Medikamentensucht flüchtete, anstatt sich den eigenen Problemen zu stellen. Eine labile und verwöhnte Person, die nie auf eigenen Beinen stehen musste und auf die Tiefschläge im Leben nur eine Antwort fand: Tabletten.

In dem Moment hatte er noch stärker gespürt, warum er nach Bad Seeberg gekommen war, hierhin, zu Elisa, stärker, als es ihm in den Stunden zuvor bewusst gewesen war.

Nicht um sie zu retten, o nein! Sondern um endlich sicherzustellen, dass diese Frau verschwand. Und zwar für immer.

23

Elisa konnte in dem aufgewühlten Wasser nichts sehen. Es rauschte in ihren Ohren, und sie schluckte Unmengen davon. Ständig stieß sie gegen irgendwas, ohne zu erkennen, was es war. Sie konnte an nichts anderes denken als an Luft. Sie musste atmen, unbedingt. Dabei wurde die Panik in ihr von einem Überlebenswillen bekämpft, den Elisa schon lange nicht mehr gespürt hatte. Im Gegenteil. So oft hatte sie in den vergangenen Monaten während einer Panikattacke gehofft, dass es die letzte in ihrem Leben sein möge, selbst wenn das bedeutet hätte, dass ihr Leben damit beendet wäre. Aber das war ihr in diesen Momenten egal gewesen, wenn nur die Angst verschwunden wäre.

Doch jetzt, wo die Gefahr zu sterben größer war als jemals zuvor, sehnte sie sich nicht mehr danach. Mit der letzten Kraft, die sie noch in ihren Beinen spürte, stieß sie sich ruckartig vom Boden ab und knallte im nächsten Augenblick gegen die Zimmerdecke. Sie brauchte ein paar Sekunden, um zu realisieren, dass sie nur noch atmen konnte, wenn sie ihren Kopf stark zur Seite lehnte. Lautstark sog

sie die Luft ein, hustete und spuckte Wasser aus. Erst dann schaffte sie es, sich umzusehen.

Keine zehn Zentimeter breit war der Abstand mehr bis zur Decke. Wenn sie ihren Kopf normal hielt, bekam sie schon keine Luft mehr. Der Raum war praktisch vollgelaufen, es würde nicht mehr lange dauern, bis auch der letzte Sauerstoff vom Wasser verdrängt worden war.

»Max!« Elisa konnte nicht mehr laut rufen. Wasser schwappte ihr in den Mund und ließ sie erneut husten. Außerdem fehlte ihr die Kraft, lautstark zu schreien. Warum hatte er sie plötzlich losgelassen? Hatte er sie von sich gestoßen? Nein, das konnte nicht sein. So etwas würde Max niemals tun.

Sie zitterte am ganzen Leib, vor Kälte und auch vor Angst. Der Überlebenswille, der sie gerade noch an die Wasseroberfläche katapultiert hatte, wich einer großen Hoffnungslosigkeit. Sie hatte keine Ahnung, wie sie sich aus dieser Situation befreien sollte. Mit zittrigen Händen versuchte sie, sich irgendwo an der Decke festzuhalten, um so lange wie möglich Luft zu bekommen. Aber ihre Finger waren so kalt und steif, dass sie kaum Halt fand. Immer wieder wurde sie von der Strömung weitergerissen, geriet unter Wasser, stieß gegen Möbelstücke. Sie spürte, wie ihr Arm von irgendetwas aufgerissen wurde, die tiefe Fleischwunde brannte.

Elisa musste ihren Kopf immer stärker gegen die Zimmerdecke pressen, um zwischendurch überhaupt noch atmen zu können. Sie versuchte erneut, nach Hilfe zu rufen, aber das Wasser erstickte all ihre Schreie. Die anderen müs-

sen doch wissen, dass ich noch hier bin. Warum hilft mir denn keiner? Wo ist Max? Warum hatte er sie hier zurückgelassen?

Weil du verloren bist.

Die Erkenntnis traf sie mitten ins Herz, löste einen körperlich spürbaren Schmerz in ihrer Brust aus. Max und die anderen hatten sie aufgegeben, ließen sie ertrinken, weil sie nicht mehr zu retten war. Elisa kamen die Tränen, sie schluchzte auf, wodurch noch mehr Wasser in ihren Mund geriet. Je stärker der Drang zu weinen wurde, desto weniger Luft bekam sie. Sie musste sich zusammenreißen, wenn sie hier rauskommen wollte, irgendwie die Nerven behalten. Jetzt bereute Elisa es, nicht auf Max gehört zu haben. Seine Tabletten hätten sie zumindest ruhig gehalten. Eine Panikattacke würde ihren sicheren Tod bedeuten.

Sie dachte an die Worte ihres Therapeuten. *Angst ist ein ganz normaler menschlicher Gefühlszustand. Er schützt uns und hilft, in akuten Belastungssituationen handlungsfähig zu bleiben, entweder zu flüchten oder sich der Gefahr zu stellen. Eine Angststörung liegt dann vor, wenn die Angst auch in harmlosen Situationen auftritt.*

Das hier ist keine harmlose Situation, du hast keine Panikattacke, dein Körper reagiert ganz normal. Er sagt dir, dass du hier verschwinden sollst. Also tu es! Der Gedanke machte ihr etwas Mut. Sie hatte die Tabletten abgelehnt, weil sie einen klaren Kopf bekommen wollte, den hatte sie jetzt, also musste sie ihn auch nutzen.

Elisa versuchte, etwas ruhiger zu atmen, was schwierig war, da der Luftkorridor immer kleiner wurde. Sie musste es irgendwie schaffen, bis in den Flur zu tauchen, dort noch

einmal Luft zu schnappen, um dann weiter bis zum Treppenaufgang zu kommen. Insgesamt waren das keine zehn Meter, die sie zurücklegen musste. Konnte sie das schaffen?

Die Wunde an ihrem Arm blutete, das konnte sie nicht nur spüren, sondern inzwischen auch sehen. Ihr Körper wurde immer schwächer, ihre Glieder steifer. Sie erinnerte sich an den Segelkurs, den sie in ihrer Kindheit absolviert hatte. In der winterkalten Ostsee, in der die Temperatur nicht mal fünf Grad war, blieben einem höchstens dreißig Minuten bis zur Bewusstlosigkeit.

Elisa hatte keine Vorstellung davon, wie lange sie dem kalten Wasser schon ausgesetzt war. Aber noch konnte sie sich bewegen. Noch war es nicht vorbei. Sie presste ihre Wange an die Decke und atmete so viel Luft ein, wie sie nur konnte. Dann tauchte sie unter. Es kostete sie mehr Kraft, als sie gedacht hatte, auch nur einen Meter vorwärtszukommen. Ihre Schwimmstöße waren hektisch und kräftezehrend, ohne sonderlich effektiv zu sein. Dennoch schaffte sie es schließlich bis in den Flur. Schnell wollte sie zur Wasseroberfläche schwimmen, um erneut Luft zu holen – aber es ging nicht! Sie kam nicht hoch.

Elisa brauchte eine Sekunde, um zu realisieren, dass sie irgendwo festhing. Ihr linkes Hosenbein. Sie fuhr mit beiden Händen am Bein hinunter, zerrte an dem Stoff, der sich an irgendetwas Spitzem verheddert hatte. Ein Nagel? Ein großer Holzsplitter? Sie bekam die Hose nicht ab, versuchte, den Stoff zu zerreißen, aber die Jeans war zu fest.

Der Sauerstoffmangel wurde immer schlimmer, ihr Kopf fühlte sich an, als würde er platzen, ihre Lunge for-

derte Luft und der Drang, einfach den Mund zu öffnen und tief einzuatmen, wurde immer größer. Aber Elisa wusste, dass das ihr Ende wäre.

Hektisch versuchte sie, die Hose auszuziehen. Ein unmögliches Unterfangen. Die Strömung war zu stark, ihr Oberkörper wurde von einer Seite zur anderen geworfen. Ihre Glieder waren von der Kälte inzwischen so unbeweglich geworden, dass sie schmerzten und zu nichts mehr zu gebrauchen waren. Sie schaffte es nicht mal mehr, die Gürtelschnalle zu öffnen, geschweige denn den Knopf.

Du schaffst es nicht.

Wie ein Mantel der Ruhe legte sich diese Erkenntnis über sie. Die hektischen Bewegungen, mit denen sie gerade noch versucht hatte, ihren Gürtel zu öffnen, hörten plötzlich auf. Wie aus dem Nichts wurde Elisa ganz ruhig. Sie hörte auf zu kämpfen und zu zappeln, ließ die Gürtelschnalle los und ihre Arme nach oben treiben.

So fühlt es sich also an, wenn man stirbt. So muss sich Lizzy gefühlt haben. Liebste Lizzy. Du hattest es nicht verdient, so zu sterben. Im Gegensatz zu mir. Ich habe es verdient.

Elisa spürte das Ende. Der Sauerstoffmangel ließ sie immer benommener werden. Sie sah vor ihren Augen Bilder von früher, Mama, Papa, Lizzy und sie im Urlaub in Spanien, Elisa immer bei Papa, Lizzy bei Mama. Im Skiurlaub, auf der Party im Gemeindezentrum, beim gemeinsamen Schminken, auf Lizzys Hochzeit, auf ihrer eigenen. Mamas Beerdigung, dann Papas, schließlich Lizzys. Wie sehr sie ihre Familie vermisste.

Elisa lehnte sich zurück und öffnete den Mund, bereit, mit dem Wasser eins zu werden. Als sie gerade tief einatmen wollte, schnellte plötzlich eine Hand zu ihr. Sie glaubte noch, ein Messer zu erkennen, und spürte gleichzeitig etwas an ihrem Bein. Dann packte jemand ihren Kopf und zog sie ruckartig nach oben. Sie konnte sich nicht orientieren, wusste nicht, wo sie genau war, aber sie konnte endlich atmen. Ihr ganzer Körper wurde von einem krampfartigen Husten geschüttelt, während sie gleichzeitig nach Luft schnappte und so viel davon einzuatmen versuchte wie nur möglich.

»Elisa! Guck mich an! Ist alles okay?«

Sie verschluckte sich an dem ausgehusteten Wasser, was einen erneuten Hustenkrampf zur Folge hatte. Es dauerte einen Moment, bis sie wieder klar sehen konnte. Mit weit aufgerissenen Augen starrte sie in Pauls Gesicht, zu keiner Reaktion fähig.

»Jetzt sag doch was! Bist du verletzt?«

Für einen Augenblick konnte sie ihn nur stumm ansehen. Dann realisierte sie die Gefahr, die von Paul ausging und die mindestens genauso groß war wie die des Wassers. Sie musste weg von dem Mann, der sie umbringen wollte. So schnell wie möglich.

»Hilfe!« Ihr Schrei war nicht besonders laut. Reflexhaft schlug sie Pauls Hand weg, zog mit letzter Kraft ihr Bein ruckartig hoch, sodass ihr Knie in seinem Bauch landete. Aber er zuckte nur kurz zusammen und hielt sie sofort wieder fest.

»Geh weg! Lass mich in Ruhe! Hilfe!« Sie strampelte, für

ein kraftvolles Treten hatte sie keine Kraft mehr. Elisa versuchte, sich aus Pauls Griff zu lösen. Aber er hielt sie so fest, dass es ihr wehtat.

»Ruhig, du musst ruhig bleiben. Elisa! Sieh mich an!«

Aber Elisa schrie weiter nach Hilfe, schlug auf seine Arme ein, ohne damit etwas zu erreichen. Ihre letzten Kraftreserven waren inzwischen erschöpft, ihr Widerstand nicht mehr effektiv. Durch das Zappeln geriet sie immer wieder unter Wasser, wurde durch die Atemnot zusätzlich geschwächt.

»Hör jetzt auf!«, sagte Paul in dem Moment scharf, hielt mit der einen Hand ihren Oberkörper fest, mit der anderen ihr Kinn, zwang sie so, an der Wasseroberfläche zu bleiben, zu atmen und ihm ins Gesicht zu blicken. Seine Kraft überraschte Elisa. »Ich tue dir nichts!«

»Du willst mich umbringen!«

»So ein Schwachsinn! Elisa, ich habe dich gerade vor dem Ertrinken gerettet. Warum sollte ich dich jetzt umbringen wollen? Ich liebe dich doch, verdammt noch mal.«

»Du hast Lizzy umgebracht.« Elisas Stimme war kaum noch zu hören.

»Hab ich nicht!« Paul hielt ihr Gesicht fest. Sein Kopf drückte ebenfalls gegen die Flurdecke, sie hatten beide Schwierigkeiten zu atmen. »Ich bin unschuldig, verstehst du? Ich werde dir alles erklären. Aber nicht jetzt. Jetzt müssen wir von hier verschwinden. Und zwar so schnell wie möglich!«

Elisa konnte ihm nicht glauben. Sie war im Gericht gewesen, sie hatte das Urteil gehört, seine Todesdrohungen

gegen sie und Max. Max. Die Treppe war nicht weit, von hier aus müsste er sie doch hören können.

»Max! Max!« Sie schrie so laut sie konnte. »Hilf mir! Paul ist ...«

Schlagartig presste Paul ihr eine Hand auf den Mund. »Hör auf damit! Wer hat dich gerade aus dem Wasser gezogen? Max? Denk nach, Elisa!«

Sie hörte seine Worte, als wären sie in Watte gepackt. Nur leise drangen sie zu ihr durch. Hatte er sie wirklich vor dem Ertrinken gerettet?

»Ich werde dir alles erklären, aber jetzt müssen wir hier weg.« Mit aufgerissenen Augen sah er sich um. »Durch die Fenster ist es zu gefährlich, die Scheiben sind gesplittert. Halt dich an mir fest! Wir tauchen zum Treppenaufgang.«

Im ersten Stock war Max. Er würde sich um Paul kümmern, dann war sie gerettet. Ja, zum Treppenaufgang.

»Okay«, antwortete sie leise.

»In Ordnung. Hol so tief Luft, wie du kannst! Ich zähle bis drei.«

Ihr Herz raste, Elisa sog die Luft in ihre Lunge und klammerte sich an Pauls Schultern.

»Eins, zwei – drei!«

Paul tauchte unter und Elisa mit ihm. Sie kniff die Augen zusammen, wusste ja, dass sie in dem schlammigen Wasser nichts erkennen konnte, spürte, dass die Wunde an ihrem Arm immer noch blutete, und hatte Schwierigkeiten, sich zu bewegen.

Doch Paul war stark, viel stärker, als sie ihn in Erinnerung hatte. Plötzlich packte er ihre Hand und legte sie ir-

gendwo drauf. Sie fühlte den Treppenlauf, zog sich daran hoch, hatte schließlich eine Stufe unter ihren Füßen. Im nächsten Moment konnte sie wieder Luft holen. Hustend und mit dem Unterkörper noch immer im Wasser, versuchte sie zu atmen.

»Keinen Schritt weiter!« Max' Stimme war scharf, laut und bestimmend.

Elisa blickte auf und sah ihn am Ende der Treppe stehen, hinter ihm Vera und Joachim. Max. Gott sei Dank! Er hielt etwas in der Hand, das aussah wie eine Pistole, allerdings in Orange, zielte damit direkt auf Paul und sie.

»Wenn ihr euch noch einen Schritt bewegt, schieße ich!«

Er meint Paul, nicht dich, dachte Elisa und kämpfte sich weiter die Stufen hoch.

»Stehen bleiben habe ich gesagt!«

Überrascht sah Elisa auf. »Aber ...«

»Bleib gefälligst bei deinem Lover!«, sagte Max hasserfüllt. »Du hast dich damals für ihn entschieden, dann kannst du auch jetzt bei ihm bleiben.«

»Ich hatte Schluss gemacht. Es war vorbei, Max!«, rief Elisa verzweifelt.

»Ach ja? Da hat mir Lizzy aber was anderes erzählt!« Sie erkannte ihn kaum wieder. Max' Gesicht war zu einer wütenden Fratze verzerrt. »Als ich ihr von eurer Affäre erzählt habe, hat sie nur gelacht und gesagt, sie wollte Paul freigeben, damit du mit ihm glücklich wirst. Nur ich hab dabei gestört, sollte einfach ausgewechselt werden wie ein schlechter Fußballer! Raus aus der Firma, raus aus der Familie, da-

mit ihr drei weiterhin tun und lassen könnt, was ihr wollt. Aber nicht mit mir! Ich lass mich nicht verarschen!«

»Was?« Elisa konnte nicht glauben, was sie da hörte. Aber jetzt war nicht der richtige Zeitpunkt, um das zu diskutieren. Die Flut stieg unaufhörlich. »Max, das Wasser!« Ihre Stimme zitterte.

»Ist mir egal.« Max fuchtelte mit der Waffe herum und zielte immer wieder in ihre Richtung. »Ihr kommt nicht hoch! Hier ist kein Platz für einen verurteilten Mörder.«

»Elisa ist verletzt«, sagte Paul laut, aber erstaunlich ruhig, wie sie fand. Er packte sie und zog sie weiter die Stufen hoch. »Du musst ins Trockene.«

»Stehen bleiben!«, schrie Max.

Im nächsten Augenblick war ein so lauter Knall zu hören, dass Elisas Ohren zu fiepen begannen. Wie eine Silvesterrakete war das Geschoss aus der Waffe direkt auf sie zugekommen. Es hatte Paul an der Schulter getroffen und war dann leuchtend im Wasser versunken. Blut trat aus der Wunde und tropfte zu Boden. Paul hatte den Mund schmerzverzerrt aufgerissen und schien zu schreien, was sie wegen des lauten Pieptons in ihren Ohren nicht hören konnte. Es dauerte eine Weile, bis sich ihr Gehör wieder normalisiert hatte.

»Ich habe gesagt, du bewegst dich keinen Zentimeter weiter, ist das klar? Der nächste Schuss trifft deinen Kopf, und ich bin mir nicht sicher, ob du das überleben wirst!«

»Du hättest fast Elisa getroffen!« Trotz der Kälte hatte Paul einen roten Kopf. »Aber das wäre dir wahrscheinlich ganz recht gewesen.«

»Halt's Maul!«

»Wäre es nach dir gegangen, dann wäre sie doch eh mit Lizzy ertrunken. Das war es doch, was du wolltest! Lizzy, Elisa und ich – wir alle drei sollten absaufen!«

Elisa presste sich eine Hand gegen den verletzten Arm. »Was redest du da? Max hat mich gerettet, nachdem du Lizzy über Bord geworfen hast!«

»Ach ja? Bist du dir da so sicher?« Pauls Stimme hatte einen schrillen Unterton bekommen. »Er war es, der Lizzy zu diesem Ausflug überredet hat.« Dann drehte er sich wieder zu Max um. »Du hast uns was in den Champagner gemischt. Kein Mensch ist nach einem Glas so hinüber, wie wir es waren. Du hast uns K.-o.-Tropfen in das Zeug gerührt.«

»K.-o.-Tropfen?« Elisa blickte von Paul zu Max und wieder zu Paul.

»Denk nach, Elisa! Hast du damals mehr als ein Glas getrunken?« Paul sah sie mit weit aufgerissenen Augen an.

»Die Frau ist tablettenabhängig!« Max grinste, während er die Worte zu ihnen hinunterbrüllte. »Die erinnert sich noch nicht mal an gestern!«

Paul ignorierte Max' Worte. »Elisa! Ein Glas! Wir hatten ein Glas!«

Plötzlich sah sie den Bootsausflug genau vor sich. Max hatte den Champagner geöffnet und die Gläser vollgeschenkt. Sie hatten angestoßen, alle, außer Max, der keinen Champagner trank und lieber mit Bier anstieß.

Paul hatte recht. Sie hatten damals nicht so viel getrunken, um so neben der Spur zu sein, wie sie es gewesen waren. Vielleicht hatte Lizzy mehr als ein Glas gehabt, aber sie

selbst konnte sich nicht an mehr erinnern. Aber K.-o.-Tropfen? Woher sollte Max die haben?

Paul wandte sich wieder an Max. »Du wolltest uns ausknocken und dann in Ruhe über Bord gehen lassen. Um dir mit dem Erbe der beiden Schwestern ein schönes Leben zu machen.«

Max lachte spöttisch auf. »Wie schade, dass es für deine wilde Theorie keinerlei Beweise gibt.«

»Dir ging es doch immer nur um die Firma. Und das kann ich sehr wohl beweisen!«

»Wohl kaum.« Max zielte mit der Leuchtpistole genau in Pauls Gesicht. »Fahr zur Hölle!« Er betätigte den Abzug. Mit dem lauten Knall brach Max im selben Augenblick zusammen, die Leuchtmunition verfehlte Paul nur knapp und landete im Wasser. Erst da realisierte Elisa, dass Vera ihm von hinten mit dem Gehstock auf den Kopf geschlagen hatte. Bewusstlos stürzte Max die Treppen hinunter, vorbei an Elisa und Paul. Vera und Joachim hechteten ihm fast zeitgleich hinterher, versuchten ihn festzuhalten, aber es war zu spät. Das Wasser riss ihn sofort mit.

»Wo ist er? Ich kann ihn nicht sehen«, rief Joachim, der sich mit einer Hand am Treppengeländer festhielt und mit der anderen hilflos das Wasser durchwühlte in der Hoffnung, irgendetwas von Max zu fassen zu kriegen.

Vera stand neben ihm, die Hände zu einem Trichter geformt. »Max? Max!«, rief sie, so laut sie konnte, und ihr Blick wanderte hektisch über die Wasseroberfläche. Aber von Max war nichts zu sehen.

»Er ist weg.« Joachim sackte auf der Stufe zusammen und schüttelte fassungslos den Kopf.

Mit zusammengepressten Lippen blickte Vera auf das tosende Wasser. Dann atmete sie tief durch. »Kommen Sie rauf ... schnell!«, sagte sie, legte Elisa einen Arm um die Hüften und stützte sie die Stufen hinauf.

»Max ...« Elisa sprach den Namen leise aus. Ihr Kopf war leer, und sie konnte nicht mehr denken, fühlte sich wie nach einer ihrer Attacken, wenn sie einfach erschöpft und müde wegdämmerte.

»Wir sollten aufs Dach«, sagte Joachim. »Das Wasser steigt immer noch, hier sind wir nicht mehr lange sicher.«

»Wir haben jede Menge Decken und trockene Sachen.« Vera betrachtete erst stirnrunzelnd Elisas Wunde am Arm, dann Pauls verletzte Schulter. »Ich werde versuchen, das zu verbinden. Viel haben wir leider nicht da.«

»Mein Bein hat auch was abgekriegt«, sagte Joachim.

»Vielleicht finde ich noch Desinfektionsspray.« Vera eilte ins Bad.

Mit hängenden Schultern sah Elisa ihr nach. Max hatte K.-o.-Tropfen ...? Und sie über Bord ...? Sollte Paul unschuldig ...? Aber wie passte das alles zusammen? Apathisch sah sie zu, wie Vera mit einer Flasche und einigen Handtüchern in der Hand aus dem Bad zurückkam.

»Leider kein Desinfektionsspray. Aber fürs Erste müsste das auch gehen.«

Vera sprühte ihr Parfum auf die Wunde. Es brannte höllisch, und Elisa biss die Zähne zusammen. Dann wickelte sie ihr ein Handtuch um den Arm und verknotete es fest.

Dasselbe tat sie mit Pauls Schulter, allerdings war es hier deutlich schwieriger, eine Art festen Druckverband hinzukriegen.

»Es ist nur eine Fleischwunde«, sagte Paul. »Das wird schon gehen.«

»Was ist mit meinem Bein?« Joachim zog seine Hose hoch. Auf seinem Schienbein zeigten sich ein langer Ratscher und eine starke Prellung.

»Da hilft verbinden nichts«, stellte Vera mit einem Blick fest. »Denkst du, es ist gebrochen?«

»Nein, ich kann auftreten. Aber es tut ganz schön weh.«

Vera legte Elisa einen Bademantel um die Schultern. »Bei mir im Schlafzimmerschrank sind jede Menge Klamotten. Holen Sie sich was Trockenes.«

Elisa nickte nur und blieb wie angewurzelt im Flur stehen, während Vera Joachim half, eine trockene Hose anzuziehen und auch Paul ein paar Sachen gab. Über Max verlor niemand mehr ein Wort.

Elisa zitterte am ganzen Körper, diesmal nicht vor Kälte oder Angst. Sie stand unter Schock, genau wie damals, als Papa gestorben war. Sie fühlte sich benommen, fast benebelt. Ihre Gedanken drehten sich so schnell, dass sie keinen einzelnen fassen konnte und ihr geradezu schwindelig wurde. Max. Was hatte er getan? Und wo war er jetzt? Konnte er es schaffen, sich aus den Fluten zu retten? Paul. Was hatte er damals mit Lizzys Tod zu tun? War er wirklich unschuldig? Vera. Wie hatte sie es geschafft, so schnell die Treppe zu ihr hinunterzulaufen? Ohne Stock? Den sie auch jetzt nicht mehr zu brauchen schien? Joachim. Wusste er,

wie es seiner Frau wirklich ging, oder war es ihm einfach egal? Welche Rolle spielte er in diesem undurchsichtigen Spiel?

Wem konnte sie vertrauen? Und wer spielte falsch?

»Sie müssen aus den nassen Sachen raus. Sie zittern ja am ganzen Leib. Ich hole Ihnen etwas.« Vera eilte ins Schlafzimmer. Wieder ungewöhnlich leichtfüßig und schnell.

Paul hatte sich inzwischen erschöpft gegen die Wand gelehnt. Um seine Augen hatten sich schwarze Ränder gebildet, die Mundwinkel hingen nach unten. Er sah aus wie ein Marathonläufer, der kurz hinterm Ziel zusammengebrochen war.

»Ich muss dir so viel erzählen«, sagte er leise. »Ich würde dir niemals etwas tun, Elisa. Du musst mir glauben.«

»Ich weiß nicht, ob ich das kann«, flüsterte sie. »Max wollte mich retten.« Wollte er das wirklich? Sie war sich nicht mehr so sicher.

»Aber ich habe dich da rausgeholt«, sagte Paul mit Nachdruck. »Hast du dich mal gefragt, warum Max das nicht geschafft hat? Er, der erfahrene Lebensretter, schafft es nicht, dich aus einem vollgelaufenen Flur zu befreien?«

»Was …?«

»Was ich damit sagen will?«, brachte er ihre Frage zu Ende. Eindringlich sah er sie an. »Ich glaube, die Frage kannst du dir selbst beantworten. Er hat auf uns geschossen, Elisa. Er hat mich getroffen, aber du warst direkt neben mir. Er hätte dich also genauso treffen können.«

Elisa fuhr sich mit den Händen durch das Gesicht. Das war doch alles Irrsinn. Warum sollte Max all die Gefahren

auf sich nehmen und nach Bad Seeberg kommen, nur um sie dann absichtlich ertrinken zu lassen? Wollte Paul ihn vielleicht als Schuldigen abstempeln? Um sich selbst reinzuwaschen? Andererseits ... warum hatte Max sie in den Fluten losgelassen, ja geradezu von sich gestoßen? Oder bildete sie sich das nur ein?

Sie wusste nicht mehr, was sie glauben sollte.

»Ich kann jetzt nicht darüber nachdenken«, sagte sie mit zitternder Stimme. »Ich kann überhaupt nicht mehr denken.«

Paul nickte. »Wir reden später. Aber eins will ich dir noch mal deutlich sagen. Ich habe Lizzy nicht von Bord gestoßen. Ich bin unschuldig.«

Elisa wich seinem Blick aus. Seit über einem Jahr war kein Tag vergangen, an dem sie Paul nicht für den Mörder ihrer Schwester gehalten hatte. Jeden Morgen war sie mit dem Gedanken an Lizzy und ihren grausamen Tod aufgewacht, hatte Paul verflucht, hatte sich selbst verflucht und hatte sich wegen Max schuldig gefühlt, dessen Träume sie genauso zerstört hatte wie ihre eigenen. Wieso sollte sie Paul jetzt einfach so glauben?

K.-o.-Tropfen, dachte sie. Max hatte starke Medikamente für sie dabeigehabt. Woher hatte er die? Und hatte er ihnen davon eine hochkonzentrierte Dosis in den Champagner gemischt? Sie waren alle wie betrunken gewesen – außer Max, der nur Bier getrunken hatte, so wie immer. Keiner von ihnen fand es komisch, dass Max mit Bier anstoßen wollte. Und danach hatte es nicht lange gedauert, bis es Lizzy, Paul und ihr schummrig geworden war.

Könnte Paul recht haben? Hatte Max etwas damit zu tun?

Aber er war extra nach Bad Seeberg gekommen, um sie zu retten. Max hatte sich durch das Katastrophengebiet gekämpft, um sie hier rauszuholen.

Oder?

Er hatte sich auf den Weg zu ihr gemacht, nachdem sie ihm von Pauls Flucht aus dem Gefängnis erzählt hatte. Hatte er Angst gehabt, dass Paul ihn verraten könnte? War er deshalb nach Bad Seeberg gekommen, um Paul endgültig auszuschalten und die Wahrheit so für immer zu begraben? Elisa atmete tief durch. Es hatte keinen Sinn mehr, jetzt weiter darüber zu grübeln. Sie war viel zu erschöpft und durcheinander.

Sie blickte sich noch mal um in der Hoffnung, vielleicht doch noch zu sehen, wie Max nach draußen gelangen, sich dort an einem Baumstamm festklammern und so retten konnte. Er war ausgebildeter Rettungsschwimmer, hatte schon zahlreichen Menschen aus den unterschiedlichsten Gefahrensituationen herausgeholfen. Wenn es einer schaffen konnte, dann Max. Suchend blickte sie über das reißende Wasser.

Aber anstelle ihres Ex-Mannes sah sie nur eine halb verweste Leiche am Treppenaufgang vorbeitreiben.

Freitag, 29. September

Mein letzter Tagebucheintrag.

Es ist komisch, diese Worte zu schreiben. Aber jetzt kann ich die Augen auch vor dieser Wahrheit nicht mehr verschließen, jetzt kann ich mich nicht mehr irgendwohin flüchten, jetzt gibt es kein Wegducken mehr. Zum ersten Mal in meinem Leben gibt es keinen Ausweg und niemanden, der mir hier raushelfen könnte.

Ich hätte nie gedacht, dass es so schnell geht. Sechs Wochen liegt es jetzt zurück, dass ich die Diagnose bekommen habe. Metastasierter Bauchspeicheldrüsenkrebs, da kann man nichts machen.

»Möchten Sie zu Hause oder im Krankenhaus sterben?« Das hat mich dieser Arzt doch tatsächlich gefragt, vor den anderen, und mich dann zum Sterben nach Hause entlassen. Natürlich war das ein Schock, natürlich bin ich auch traurig, aber etwas anderes beschäftigt mich seitdem viel mehr.

Ich kann nicht gehen, bevor ich noch eine Sache geregelt habe. Aber ich glaube, ich habe jetzt alles vorbereitet. Hoffentlich.

Denn ich kann schon kaum noch Tagebuch schreiben, bin bis zum Anschlag voll mit Schmerzmitteln, Morphium, Fentanyl, alles, was mir die Sinne raubt. Ich wiege keine fünfzig Kilo mehr, bin nur noch Haut und Knochen. Am Ende meines Lebens werde ich also doch noch mal richtig

dünn. Das müsste Felix eigentlich gefallen. Was für eine Ironie.

Lizzy ist immer bei mir. Elisa kommt auch oft, aber sie kann es nicht so gut aushalten wie ihre Schwester. Felix besucht mich nie.

Ich spüre, dass es nicht mehr lange dauert. Mit Lizzy habe ich alles besprochen. Das hochdosierte Morphin, das ich bekomme, ist stark blutdrucksenkend. Mischt man es mit einem ebenfalls sehr starken Blutdrucksenker, kann diese Kombination Lösungen herbeiführen. Nur wenn man in einer Obduktion gezielt danach sucht, findet man diese Kombi auch. Das weiß sie alles.

Mir tut es leid für Elisa, weil sie so an ihrem Vater hängt. Aber das tut sie nur, weil sie Felix noch nicht durchschaut hat. Sie weiß nicht, was er vorhat, sie ahnt es noch nicht mal.

Lizzy hat mir versprochen, dass sie sich um Elisa kümmert. Dass sie dafür sorgen wird, dass die beiden ein langes und glückliches Leben führen werden, die Firma zu ungeahnten Erfolgen steuern und eine Handvoll Kinder in die Welt setzen. Ich weiß, dass sie dieses Versprechen erfüllen wird.

Felix hat gesagt, dass er die Firma verkaufen wird, sobald ich tot bin. Dann will er mit diesem Au-pair nach Berlin ziehen und noch mal ganz neu anfangen. Von dem, was meine Eltern aufgebaut haben und wovon wir alle so lange gut leben konnten, würde dann nichts mehr übrig sein. Nichts für Lizzy und Elisa. Er würde alles verprassen.

Ich bin froh, dass Lizzy das verhindern wird.

Wenn ich sterbe, werde ich hoffentlich mit einem Lächeln gehen. Ich liebe Dich, meine Tochter Lizzy, ich liebe Dich, meine Tochter Elisa. Für immer.

Nachtrag Sonntag, 8. Oktober

Ich bin froh, dass Du tatsächlich mit einem Lächeln eingeschlafen bist. Ich werde Dich auch immer lieben, und ich werde mein Versprechen an Dich einlösen.

Schon ganz bald.

Deine Lizzy

24

Vera saß neben Elisa auf dem flachen Dach der Gaube, beide in eine Decke gehüllt. Auf dem anderen Gaubendach harrten Joachim und Paul aus. Zum Glück hatten sie sich noch mit frischer, trockener Kleidung eindecken können, bevor auch der erste Stock überflutet wurde. Paul hatte etwas von Joachims Sachen bekommen, Elisa welche von ihren. Die Vorstellung, völlig durchnässt auf dem Dach ausharren zu müssen, ließ ihr einen Schauer über den Rücken laufen. Mit der trockenen Kleidung und den dicken Daunendecken mussten sie jetzt wenigstens nicht frieren.

Die Erschöpfung war bei allen deutlich sichtbar. Paul hatte sich in seine Decke eingerollt und auf die Seite gelegt. Ob er wirklich schlief, konnte Vera nicht erkennen, vielleicht ruhte er sich auch nur aus. Joachim lehnte mit geschlossenen Augen am Schornstein, es sah so aus, als wäre er eingenickt.

Zuerst hatte Paul sich neben Elisa gesetzt, aber sie hatte ihm sofort deutlich erklärt, dass sie jetzt Abstand von ihm brauchte. Vera konnte es ihrer Nachbarin nicht verübeln,

dass sie völlig durcheinander war. Wer wäre das an ihrer Stelle nicht gewesen?

Sie hatte einen Arm um Elisa gelegt, im anderen hielt sie Katinka, die tief und fest schlief. Auch an der Katze war die Aufregung nicht spurlos vorübergegangen. Vera hatte das ansonsten agile Tier noch nie so erschöpft gesehen. Stumm starrte sie aufs Wasser, das die Fenster des ersten Stocks längst erreicht hatte und hüfthoch im oberen Flur stand.

Vera war sich nicht sicher, aber sie glaubte, dass das Wasser seit einer Weile nicht mehr gestiegen war. Sie hatte sich einen Riss im Nachbarhaus eingeprägt und kontrollierte an ihm den Pegelstand. Als sie aufs Dach gekommen waren, stand der Pegel zwei Handbreit darunter, jetzt mindestens drei, wenn nicht sogar vier.

Es wurde weniger. Endlich. Der Höhepunkt der Flut war überschritten, langsam floss das Wasser dahin zurück, wo es hingehörte. Und auch der Sturm hatte nachgelassen und an Kraft verloren. Die Bäume bogen sich nicht mehr dramatisch zur Seite, und das Wasser unter ihnen war nicht mehr zu Wellen aufgetürmt. Noch ging eine Brise, aber im Vergleich zu dem, was die letzten achtundvierzig Stunden los gewesen war, war sie mehr als harmlos.

Bevor der erste Stock überflutet worden war, hatte Joachim noch einen Notruf per Funk abgesetzt. Man hatte ihm versprochen, so schnell wie möglich einen Rettungshubschrauber zu schicken, im selben Satz aber angemerkt, dass die Bergung von Schwerverletzten Vorrang habe. Dazu zählten sie zum Glück nicht, auch wenn Joachim wortreich darauf hingewiesen hatte, dass sie sehr wohl verletzt seien.

Vera blickte auf die Seenlandschaft vor sich. Solche Bilder kannte sie bisher nur aus dem Fernsehen. Nach dem Hurrikan Katrina hatte es in manchen Teilen im Süden der USA ähnlich ausgesehen. Es war nur schwer zu begreifen, dass sie sich gerade in einem vergleichbaren apokalyptischen Szenario befanden.

Die Stille, die jetzt über Bad Seeberg lag, war nach dem Lärm der letzten zwei Tage ungewohnt, fast unheimlich. Das Heulen des Sturms, der prasselnde Regen, die knackenden Äste und brechenden Bäume hatten eine dauerhafte Geräuschkulisse gebildet, die sie ständig an die permanente Bedrohungslage erinnert hatte. Jetzt, nach der Sturmflut, war es ruhig, das Wasser hatte sich wie ein Leichentuch über die Landschaft gelegt. Wohin Vera auch blickte, überall nur Wasser. Ganze Straßen waren mitsamt der Häuser verschwunden. Es gab Stellen in Bad Seeberg, die niedriger lagen als ihr Haus hinterm Deich. Dort war alles in den Fluten versunken, noch nicht mal die Dachgiebel konnte sie noch sehen.

Wenn sie sich Richtung Deich umdrehte, bot sich ihr ein ähnliches Bild. Ihr Blick ging direkt auf die Ostsee. In den letzten Tagen hatte sie selbst aus dieser Entfernung die weiße Gischt gesehen, die sich auf dem aufgewühlten Meer gebildet hatte. Inzwischen war sie verschwunden, die Wellen hatten sich gelegt, auch in die Ostsee war wieder Ruhe eingekehrt. Vera atmete erleichtert durch. Sie hatten es geschafft. Es war vorbei.

Elisa hatte den Kopf an ihre Schulter gelehnt. Jetzt hob sie ihn an, hielt eine Hand vor den Mund und gähnte.

»Tut mir leid, wenn ich Sie geweckt habe«, sagte Vera leise.

»Alles gut.«

»Konnten Sie ein bisschen schlafen?«

»Kurz. Aber es hat geholfen. Ich fühle mich nicht mehr völlig erschlagen«, antwortete Elisa.

»Und die Wunde an Ihrem Arm?«

Elisa strich sich über das Handtuch, das nach wie vor über um die Wunde gewickelt war. »Ist okay, glaube ich. Und Ihre Unterleibsprobleme?«

»Ich habe immer noch Blutungen«, antwortete Vera. »Aber nicht mehr so stark. Was nicht heißt, dass es nicht wieder schlimmer werden könnte. Meistens ist das so ein Auf und Ab. Wobei es jetzt so stark war wie schon lange nicht mehr.«

»Seit wann haben Sie diese Blutungen denn schon?«

Vera räusperte sich. Sie ahnte, dass ihre Antwort Fragen aufwerfen würde. »Seit fast einem Jahr.«

Elisa zog die Augenbrauen hoch. »Das ist ja ganz schön lange. Und dagegen kann man nichts machen? Was sagen denn die Ärzte?«

Vera starrte auf die nächtliche Seenlandschaft. Wie viel konnte sie Elisa erzählen? Wenn sie die ganze Wahrheit erfahren würde, dann müsste sie eigentlich die Polizei rufen. Aber würde sie das nicht sowieso machen? Nach dem, was sie schon gesehen hatte?

Die Leiche war aus ihrem Grab geschwemmt worden, Vera war sich sicher, dass Elisa das nicht entgangen war. Sie hatte sich genau in dem Moment zum überfluteten Flur

316

gedreht und Vera danach einen Blick zugeworfen, den sie nicht deuten konnte. Da war Entsetzen gewesen, aber auch Verwunderung und Irritation.

Vera horchte in sich hinein. Es war ihr egal, wenn Elisa der Polizei alles erzählen würde. Sie hatte keine Angst mehr vor den Folgen, die daraus zwangsläufig resultieren würden. Für sie war jetzt viel wichtiger, dass die Lügen endlich aufhörten. Sie konnte dieses Konstrukt nicht länger tragen, hielt es einfach nicht mehr aus. Bei allem, was sie tat, musste sie immer darauf achten, dass niemand hinter ihre Lügen kam. Das belastete sie, und es machte sie einsam, da neue Freundschaften und Kontakte nur auf Reisen möglich waren, nicht aber zu Hause. Das war zu riskant. Nein, Vera wollte endlich ein normales Leben führen, und sie war bereit, die Konsequenzen zu tragen, die mit der Wahrheit automatisch auf sie zukommen würden.

Sie drehte sich wieder zu Elisa und grinste sie schief an. »Ich bin im Moment nicht in ärztlicher Behandlung.«

Auf Elisas Stirn war eine tiefe Sorgenfalte zu sehen. »Das sollten Sie aber. Wann hat sich ein Arzt das denn zum letzten Mal angeschaut?«

Vera schluckte den Kloß in ihrem Hals herunter. »Vor über einem Jahr.«

Erstaunt zog Elisa die Augenbrauen hoch. »Und da hat der Arzt Sie einfach nach Hause geschickt? Ging er davon aus, dass die Blutungen harmlos sind?«

Vera zögerte. »Nein. Meine Ärztin hat einen Tumor in der Gebärmutter festgestellt. Danach bin ich nie wieder zu ihr gegangen.«

Wieder blickten sie beide für eine Weile schweigend aufs Wasser.

»Das ist ein Fehler.« Elisa klang nun ungewöhnlich klar.

»Jeder macht mal Fehler«, versuchte Vera möglichst leicht zu sagen, aber sie hörte an ihrer Stimme, dass ihr das nicht gelang.

»Nein, ich meine das ganz im Ernst«, entgegnete Elisa. »Sie machen einen unverzeihlichen, geradezu unverantwortlichen Fehler. Ich kann verstehen, dass man der Wahrheit manchmal nicht ins Auge schauen will, aber es ist trotzdem falsch. Meine Mutter hatte Bauchspeicheldrüsenkrebs und hat viel zu lange gewartet, bevor sie zum Arzt ging. Sechs Wochen nach der Diagnose war sie tot.«

Das versetzte Vera einen Stich. Die Angst, dass ihr Tumor längst zu einer ernsthaften Bedrohung geworden sein könnte, beschäftigte sie schon lange. »Das tut mir sehr leid.« Sie musste sich wieder räuspern, trotzdem war ihre Stimme noch belegt. »Das muss schlimm für Sie gewesen sein.«

Elisa fuhr sich mit der Hand über die Augen. »Es war traumatisch. Für Lizzy allerdings schlimmer als für mich. Sie war immer Mamas Liebling, ihre Lizzy, die Einzige in der Familie, die so wunderschöne blonde Haare hatte. Sie war das hübscheste Mädchen, das ich je gesehen habe.«

»Sie sind auch sehr hübsch.« Vera lächelte. »Ich bin mir sicher, Ihre Mutter hat Sie genauso geliebt.«

»Ja. Aber manchmal haben Eltern nun mal Lieblingskinder. Ich komme nach meinem Vater, war immer ein Papa-

kind. Ein halbes Jahr nach meiner Mutter ist er auch verstorben.«

Vera sah sie mit offenem Mund an. »Das ist ja furchtbar. Auch Krebs?«

»Nein. Er hatte schweren Bluthochdruck. Ist beim Autofahren gegen einen Baum geknallt. Ein Schlaganfall wurde vermutet. Genau weiß man es nicht, der ganze Wagen brannte aus.«

Vera hielt sich eine Hand vor den Mund. »Das schockiert mich jetzt wirklich. Und dann noch Ihre Schwester ... Tut mir aufrichtig leid, dass Sie so viel durchmachen mussten.«

»Danke.« Elisa lächelte kurz, wurde aber schnell wieder ernst. »Sie müssen zum Arzt gehen, Vera. Unbedingt. Spielen Sie nicht leichtfertig mit Ihrem Leben.«

Vera unterdrückte ein Seufzen. »Sie haben ja recht. Aber im Moment geht es einfach nicht.«

»Jetzt gerade geht es vielleicht nicht«, sagte Elisa mit Nachdruck in der Stimme. »Aber diese Sturmflut hält uns hoffentlich nicht mehr lange gefangen. Sobald wir hier rauskommen, müssen Sie gehen!«

Vera warf einen Blick zu Joachim, der immer noch zu schlafen schien. »Vielleicht mache ich das auch«, sagte sie dann leise.

»Nicht vielleicht. Sie müssen es mir versprechen, Vera! Nur weil Sie Angst vor der Diagnose haben, können Sie doch nicht einfach den Kopf in den Sand stecken.«

»Das ist es gar nicht«, antwortete sie leise. »Ich weiß ja, dass etwas nicht stimmt, ob es nun ein Arzt ausspricht oder nicht.«

»Warum lassen Sie sich dann nicht behandeln?« Elisas
Stimme klang nun sehr besorgt. Sie zögerte, bevor sie weitersprach. »Wissen Sie etwa schon, dass es aussichtslos ist?«
Vera schüttelte den Kopf. »Keiner weiß, ob der Tumor
gutartig oder bösartig ist. Aber Sie haben völlig recht, ich
muss mich behandeln lassen.« Sie lächelte ihr zu und hoffte,
dass das Thema damit abgeschlossen war.

»Hat das alles etwas mit der Leiche zu tun?«, fragte Elisa
dann unvermittelt.

Ihr Magen zog sich zusammen. Irgendwie hatte sie gehofft, dass die verletzte und geschwächte Frau den Vorfall
verschweigen, vielleicht sogar vergessen würde. Hatte sie
aber nicht. Vera nahm ihren ganzen Mut zusammen. Sie
hatte sich vorgenommen, mit den Lügen aufzuhören. Und
das ging nun mal nur, wenn sie die Wahrheit aussprach, so
schmerzhaft die Folgen auch sein würden.

»Ja«, antwortete sie leise. Jetzt war es raus, jetzt gab es
kein Zurück mehr. Sie nahm den Arm von Elisas Schulter
und legte ihn nun um Katinka, die sich schnurrend streckte
und in ihren Ellbogen kuschelte.

»Haben Sie jemanden umgebracht?« Elisa räusperte
sich, schien aber immer noch darauf bedacht, dass die Männer sie nicht hören konnten.

»Nein.«

»Ihr Mann?«

Vera schüttelte den Kopf. »Joachim ist kein Mörder. Und
auch nicht mein Mann.«

Elisa sah sie mit erstaunten Augen an. »Sind Sie nicht?
Aber der Nachname ... Als Sie eingezogen sind, haben Sie

sich doch als Ehepaar vorgestellt, oder habe ich das falsch in Erinnerung?«

Sie atmete tief durch. »Nein. Das ist schon richtig. Es ist eine komplizierte Geschichte.«

»Erklären Sie es mir?«

Langsam nickte Vera. »Ich bin nicht Joachims Frau, noch nicht mal seine Freundin. Wir haben auf einer gewissen Ebene eine Beziehung, aber anders, als Sie sich das vielleicht vorstellen.«

»Verstehe ich nicht.«

Vera warf einen Blick zu Joachim, der sich immer noch nicht rührte. »Seine Frau hatte vor ein paar Jahren einen schweren Arbeitsunfall. Damals habe ich als ...« Sie zögerte, wusste, auf welche Vorbehalte ihr früherer Job normalerweise stieß. »Ich habe als Prostituierte gearbeitet, und Joachim war mein Freier«, sagte sie dann schnell.

»Was?« Es war mehr ein ungläubiger Ausruf als eine Frage.

Vera presste die Lippen zusammen und nickte. »Für mich war das keine leichte Zeit«, erzählte sie dann leise weiter. »Mit Ende fünfzig bist du in der Branche in einem schwierigen Alter. Kaum noch Freier, geringer Lohn, ich bin mehr schlecht als recht über die Runden gekommen.«

»Moment.« Elisa schüttelte irritiert den Kopf. »Das heißt, Sie sind gar nicht Vera Peters?«

»Nein. Sandra Ratke. So hieß ich jedenfalls mal. Arbeitsname Sandy.«

»Oh!«

Vera entging Elisas Blick nicht, die sie kurz musterte.

Offensichtlich hatte sie sich eine ältere Sexarbeiterin anders vorgestellt. »Es ging mir finanziell jedenfalls so schlecht, dass ich Joachims Angebot einfach nicht ablehnen konnte«, fuhr Vera fort. »Seine Frau war sehr gut versichert gewesen, und nachdem sie an den Folgen des Arbeitsunfalls gestorben war, hat er mich gefragt, ob ich ...« Sie hielt inne.

Elisa nagte an ihrer Unterlippe und blickte stirnrunzelnd in die Ferne. »Sie sollten den Platz der toten Vera einnehmen, um weiterhin das Geld von der Versicherung zu kassieren?«

»Ja.« Vera empfand es ungemein erleichternd, endlich über alles zu sprechen. »Ich sah damals keinen Grund, sein Angebot abzulehnen. Seine Frau war tot, was Joachim aber lieber für sich behalten wollte. Besonders der Versicherung gegenüber natürlich. Ich bin dann in Veras Rolle geschlüpft, habe mir angewöhnt, mit ihrer Gehhilfe zu laufen und ansonsten möglichst wenig aufzufallen.«

»Aber was ist mit Verwandten oder Freunden der echten Vera?«, fragte Elisa. »Die müssen doch gemerkt haben, dass Sie nicht die Richtige sind?«

»Die beiden hatten keine Familie. Und Freunde auch nur wenige. Joachim und ich sind dann von Stuttgart hier an die Ostsee gezogen. Er hat die wenigen alten Kontakte abgebrochen und einschlafen lassen. Das hat gut funktioniert.«

»Und die verstorbene Frau?«

Vera suchte nach den richtigen Worten. Aber es gab nichts, was die Wahrheit beschönigen könnte. »In Stuttgart hatte er sie in einer Kühltruhe aufbewahrt. So haben wir sie dann nach Bad Seeberg gebracht und hier begraben.«

»Im Garten?«

Sie nickte. »Was Sie gesehen haben, war keine Täuschung.«

Elisa sah sie eine ganze Weile schweigend an. »Ich verstehe nicht, wie man so was tun kann«, sagte sie dann. »Geld hin oder her.«

Vera rang mit den Händen. »Ich weiß, es ist nicht zu entschuldigen. Ich hatte einfach gehofft, ein neues Leben beginnen zu können. Ein besseres.«

»Und wurde alles besser?«

Sie schüttelte den Kopf. »Es war der größte Fehler, den ich je in meinem Leben begangen habe. Wie dumm ich war. Ich weiß nicht, wie ich auf die Idee kommen konnte, dieses Theater auf Dauer durchziehen zu können.«

»Manchmal macht man dumme Fehler.« Elisas Stimme war ganz leise geworden.

»Ja. Und dann muss man mit den Konsequenzen leben.«

Elisa nickte. Wieder schwiegen sie beide für einen Moment.

»Jedenfalls ist das alles der Grund, warum ich nicht zum Arzt gehen kann«, wollte Vera das Gespräch abschließen.

»Weil dann rauskommen könnte, dass Sie gar nicht Vera sind«, schlussfolgerte Elisa.

»Ja. Joachims Frau war schon vor Jahrzehnten die Gebärmutter entfernt worden. Unsere Lügengeschichte würde also schnell auffliegen, wenn ich mich jetzt unter dem Namen von Joachims toter Ehefrau behandeln lassen würde. Und unter meinem richtigen Namen bin ich überall abgemeldet und ins Ausland gezogen. Krankenkassenbeiträge

zahle ich schon lange nicht mehr. Warum auch? Jeden normalen Arztbesuch konnte ich als Vera wahrnehmen, nur die Sache mit der Gebärmutter war ein Problem.«

Elisa merkte auf. »Hören Sie das?«

Sie nickte. In der Ferne glaubte sie, einen Hubschrauber zu hören. Auch die Männer waren von dem Geräusch aufgewacht.

»Sie kommen.« Paul setzte sich auf. Er starrte in die Richtung, aus der die Helikoptergeräusche kamen. »Gleich haben wir es geschafft.«

Er hörte sich nicht begeistert an, fand Vera. Kein Wunder. Seine Stunden in Freiheit dürften gezählt sein. Genau wie Joachims und ihre.

Vera wusste nicht, wie lange sie hier oben auf dem Dach ausgeharrt hatten und wie spät es jetzt war. Aber sie waren alle sehr erschöpft und mitgenommen. Es war Zeit, ins Warme zu kommen, selbst wenn es die Wärme eines Polizeipräsidiums sein sollte.

Die Scheinwerfer des Hubschraubers tauchten am Himmel auf. Joachim sprang auf und schwenkte seine Decke wie eine Fahne hin und her. »Hier sind wir! Hier!«

Auch Paul war aufgestanden und winkte mit beiden Armen. Dann drehte er sich zu ihnen um und kam die wenigen Schritte auf Elisa zu. »Sie werden mich jetzt gleich wieder in irgendeinen Knast stecken.«

Elisa zuckte verloren mit den Schultern. »Ich werde sie nicht daran hindern können.«

»Ich weiß. Trotzdem sollst du wissen, dass ich mit Lizzys Tod nichts zu tun habe. Unsere Ehe war schon lange vor-

bei, wir hätten uns getrennt, auch wenn das mit uns nie passiert wäre. Max wusste das. Er wollte dich umbringen, um wenigstens die Firma zu behalten.«

»Lizzy ist ertrunken. Nicht ich.«

»Lizzy wollte dich festhalten und ist so ins Wasser gefallen ...«

»Ich weiß, dass du das immer vor Gericht behauptet hast, aber ...«

»Es ist wahr. Max ist schuld an ihrem Tod, nicht du. Wäre das andere Segelboot nicht gekommen, dann hätte Max dich auch ertrinken lassen.«

»Das Gericht hat dir das damals schon nicht geglaubt, die anderen Segler haben etwas anderes ausgesagt. Warum sollte dir jetzt jemand glauben?«

Er zog eine Plastiktüte unter seinem Pullover hervor, in die irgendetwas eingewickelt war. »Das gehörte deiner Schwester. Sie hatte es in ihrem alten Zimmer versteckt, und ich habe es rausgeholt, bevor ich dich bei deinen Nachbarn gesehen habe. Es wird dir erklären ...«

Paul konnte nicht weitersprechen, der Hubschrauber war nun direkt über ihnen. Elisa nahm den Umschlag an sich und ging reflexhaft in die Knie, um vor den Rotorblättern Schutz zu suchen. Kurz darauf seilte sich ein Mann zu ihnen ab, mit Schutzhelm und Sicherheitsanzug ausgestattet.

»Hallo, ich bin Tom, und ich hole Sie jetzt hier raus.« Seine Stimme war tief und ruhig, ohne einen Hauch von Aufregung. »Ist jemand von Ihnen verletzt?«

Vera wies auf Elisa und Paul. »Die beiden haben ziemlich fiese Fleischwunden.«

»Und ich habe mein Bein verletzt!«, rief Joachim dazwischen.

Tom nahm kurz Elisas Handtuch von der Wunde. »Das muss genäht werden.« Dann sah er sich Pauls Schulter und Joachims Bein an. »Alles klar, das kriegen wir hin.« Er drückte auf das Funkgerät, das an seiner Brust hing. »Keine lebensbedrohlichen Verletzungen«, sagte er. Dann nickte er Elisa zu. »Als Erstes Sie. Wir holen einen nach dem anderen nach oben. Es kann ein bisschen wackelig werden, aber das ist kein Problem. Versuchen Sie, ruhig zu bleiben. Ich bin die ganze Zeit bei Ihnen, okay?«

Es ging erstaunlich schnell. Einer nach dem anderen wurde in einem Gurt nach oben gezogen, dort von einem weiteren Helfer in Empfang genommen und in eine goldene Rettungsfolie gewickelt.

»Wir bringen Sie jetzt ins Krankenhaus. Sie haben es geschafft«, erklärte der Rettungssanitäter, als Elisa die Tränen über die Wange liefen.

Als der Hubschrauber fortflog, blickte Vera noch einmal auf das Haus, in das sie vor einem Jahr gezogen war, voller Hoffnung auf ein besseres Leben. Sie war hier nie glücklich gewesen. Die ganze Zeit hatte sie sich eingeredet, dass jetzt alles besser war. In materieller Hinsicht hatte das auch gestimmt. Sie hatte in einem Haus gelebt anstatt in einem heruntergekommenen Appartement, in dem sie auch noch anschaffen musste. Sie hatte Reisen unternommen in Länder, von denen sie früher nicht gewagt hatte zu träumen. Aber

obwohl Joachim immer an ihrer Seite gewesen war, war sie einsam gewesen. Er hatte sich ihr gegenüber immer wie ein Freier benommen, nie als Partner oder Freund. Sie hatte sich wie eine austauschbare Erfüllungsgehilfin gefühlt, die sie ja eigentlich auch war.

Jetzt nicht mehr, dachte sie entschlossen. Es war endgültig an der Zeit, ein neues Kapitel aufzuschlagen.

Es dauerte keine zehn Minuten, bis der Hubschrauber auf einem großen Sportplatz landete, der außerhalb des Katastrophengebietes lag. Hier waren Zelte aufgebaut, mehrere Rettungswagen standen am Rand, THW und Rotes Kreuz waren mit einem Großaufgebot vor Ort. Überall waren Menschen, teilweise in Isolierdecken gehüllt, teilweise irrten sie scheinbar ziellos über das Gelände.

Der Hubschrauber legte nur einen kurzen Stopp ein, und die beiden Männer halfen ihnen heraus, ohne dass der Motor abgestellt wurde. Sofort wurden sie von weiteren Sanitätern in Empfang genommen und zu den Rettungswagen gebracht, während der Hubschrauber wieder abhob und zum nächsten Einsatz flog.

Entschlossen gab Vera der schnurrenden Katinka einen Kuss auf den Kopf und reichte sie Joachim, als sie am Notarztwagen angekommen waren.

»Kümmere dich um sie«, sagte sie. »Ich werde es jetzt erst mal nicht können.«

Verständnislos sah Joachim sie an. »Und wieso bitte nicht?«

Vera ignorierte ihn und wandte sich an den Rettungssanitäter, der vor ihr stand. »Ich habe einen Tumor in der Ge-

bärmutter«, sagte sie mit fester Stimme. »Ich hatte in den letzten vierundzwanzig Stunden schwere Blutungen, die immer noch nicht aufgehört haben. Das muss dringend behandelt werden.«

Der Sanitäter nickte. »Ich funke sofort einen Arzt an. Wir fahren direkt in die Klinik.«

»Vera!« Joachim stand fassungslos vor ihr, während der Sanitäter einen Funkspruch absetzte. »Was redest du denn da?«

»Die Wahrheit. Und es wird höchste Zeit.«

25

Elisa setzte sich auf. Die Wunde an ihrem Arm war mit wenigen Stichen genäht und verbunden worden. Sie hatte noch ein Antibiotikum und ein Medikament gegen ihre Angstzustände bekommen, nachdem sie der Ärztin von ihren Problemen erzählt hatte. Ihre Tablettensucht hatte sie verschwiegen, weil sie nicht wollte, dass die Medizinerin Bedenken wegen des verschreibungspflichtigen Beruhigungsmittels bekam. Auch wenn Elisa sich fest vorgenommen hatte, es nicht zu nehmen, wollte sie es trotzdem lieber bei sich haben. Für den Fall der Fälle. Es gab ihr einfach ein sicheres Gefühl, wenn sie wusste, dass sie für den Notfall ein passendes Medikament dabeihatte.

Das Krankenhaus, in das sie der Rettungswagen gebracht hatte, war restlos überfüllt. Es war die Klinik, die in unmittelbarer Nähe zum Katastrophengebiet lag, ohne von der Flut selbst betroffen zu sein. Sie hatte nicht nur die Patienten aus den überfluteten Krankenhäusern und Seniorenheimen aufgenommen, sondern versorgte zusätzlich jede Menge Verletzte, die von Bäumen oder herabfallenden Dachziegeln getroffen worden waren, zu lange im Wasser

hatten ausharren müssen und sich schwere Unterkühlungen zugezogen hatten, in Autos oder Häusern eingeklemmt worden waren. Von leicht bis hin zu lebensgefährlich Verletzten wurden alle in diese Klinik gebracht. Überall hörte man Schreie und Rufe, Krankenhauspersonal, das beruhigend auf Patienten einredete oder nach Verstärkung rief.

Trotz der Hektik und des Durcheinanders fühlte sich Elisa hier wohl. Früher hätte sie es in so einem trubeligen Chaos keine zwei Minuten ausgehalten, jetzt war sie froh, so viele Menschen um sich herum zu haben. Sie gaben ihr ein noch größeres Gefühl von Sicherheit als die Tabletten in ihrer Tasche.

»Alles okay? Ist Ihnen schwindelig?« Die Krankenpflegerin sah sie prüfend an, während die Ärztin grußlos zum nächsten Patienten weitereilte.

»Nein, es geht mir gut. Ich bin nur ein bisschen müde.«

»Kein Wunder. Können Sie irgendwo unterkommen? Oder sollen wir Sie zu einer der Notunterkünfte bringen lassen? Es gibt einen Taxidienst vom Roten Kreuz. Das funktioniert ganz gut.« Die Schwester klebte noch ein Druckpflaster auf die vernähte Wunde.

»Kann ich nicht hierbleiben?«, fragte Elisa. »Nur für ein oder zwei Nächte?«

»Wir sind bis zum Anschlag überbelegt, ständig kommen neue Patienten rein«, antwortete die Schwester. »Tut mir leid. Aber Ihre Verletzung ist nicht schwer genug, um Sie noch aufnehmen zu können.«

»Verstehe.« Elisa versuchte, ihre Enttäuschung zu verbergen.

»Ich sorge dafür, dass Sie in eine Notunterkunft kommen. Dort sind Sie auf jeden Fall trocken und sicher. Sind weitere Angehörige von Ihnen bei uns?«

Elisa musste schlucken. »Ich habe keine Angehörigen.«

»In Ordnung. Ich kümmere mich um den Fahrdienst. Warten Sie doch bitte im Eingangsbereich. Man wird Ihnen Bescheid geben, wenn ein Wagen da ist.«

Die Schwester ging eiligen Schrittes aus dem Behandlungszimmer, und Elisa konnte durch die zufallende Tür sehen, dass sie sich direkt um einen weiteren Patienten kümmerte, der zusammengesunken auf einer Bank im Flur wartete. Elisa ließ sich von der Liege gleiten, hielt sich im Stehen zur Sicherheit mit einer Hand fest und horchte einen Moment in sich hinein, ob ihr vielleicht doch noch schwindelig werden würde. Aber alles war in Ordnung, sie fühlte sich erstaunlich gut. Ihr Magen knurrte, was sie nicht überraschte. Es war bald vierundzwanzig Stunden her, dass sie etwas gegessen hatte. Aber sie hatte kein Schwindelgefühl, kein Herzrasen und auch sonst keine Anzeichen von Angst. Ihre Atmung ging normal, und wenn sie nicht an das dachte, was in den letzten Stunden passiert war, dann fühlte sie sich auch normal.

Vorsichtig zog sie das Sweatshirt wieder an, das Vera ihr gegeben hatte, nahm die Jacke und verließ den Behandlungsraum. Auf dem Gang herrschte inzwischen ein Treiben wie in einem Bienenstock. Das Krankenhauspersonal eilte über den Flur, immer wieder wurden neue Patienten hereingeschoben, Angehörige erkundigten sich aufgelöst nach ihren Familienmitgliedern, leichter Verletzte kamen

eigenständig auf die Station und ließen sich erschöpft auf die Stühle im Wartebereich fallen. Auch die Schwerverletzten, die auf Liegen gebracht wurden, mussten hier warten, bevor sie in den OP- oder Behandlungsbereich geschoben werden konnten. Dass ihre Verletzungen schlimm waren, konnte Elisa auch ohne medizinische Vorkenntnisse mit einem Blick sehen. Bei einem Mann ragte ein Ast aus dem Bein, eine Frau hatte offene Brüche an den Armen, eine andere eine große blutende Kopfverletzung. Keine Frage, diese Leute waren alle schlimmer verletzt als sie selbst. Es war richtig, dass sie hier nicht bleiben durfte, auch wenn sie sich so müde und erschöpft fühlte, dass sie sich eine Fahrt zu einer Notunterkunft nicht mehr vorstellen konnte.

Im Eingangsbereich sah es nicht viel besser aus, auch hier wimmelte es von Menschen. Elisa fand noch einen freien Platz und setzte sich, wobei sie darauf achten musste, mit ihrem verbundenen Arm nicht gegen ihren Sitznachbar zu stoßen.

Wie mochte es wohl Vera gehen? Sie waren alle in dieses Krankenhaus gebracht worden, Elisa und Paul in die Notaufnahme, Vera direkt auf die gynäkologische Station, und von Joachim wusste sie es nicht. Vielleicht war er auch schon wieder entlassen worden, mehr als eine Unterkühlung und ein paar Prellungen dürften sie bei ihm nicht festgestellt haben, dachte Elisa.

Sie lehnte sich zurück und schloss die Augen, versuchte, das laute Stimmengewirr zu ignorieren, was ihr nicht gelang. Immer wieder schoben sich Erinnerungen an vergangene Klinikbesuche in ihren Kopf. Im Krankenhaus hatte

sie erfahren, dass Mama sterben würde und nur dafür wieder nach Hause entlassen wurde, dass Papa einen Unfall hatte und verbrannt war, dass Lizzy nicht wiederbelebt werden konnte. Trotz dieser schrecklichen Erinnerungen fühlte sie sich im Moment aber auf eine merkwürdige Art im Krankenhaus geborgen und sicher. Vielleicht lag es daran, dass sie wusste, dass ihr hier nichts passieren konnte, die Flut war weit weg, und alle Anzeichen einer Panikattacke würden vom medizinischen Personal sofort erkannt werden. Hier würde sie niemals zappelnd und zitternd vor Angst am Boden liegen, hier würde man sich um sie kümmern, und das gab ihr ein gutes Gefühl.

Sie schlug die Augen wieder auf und sah sich um. Ihre Zunge klebte am Gaumen, sie hatte großen Durst. Aber einen Getränkeautomaten konnte sie im ganzen Eingangsbereich nicht entdecken. Mit einem Mal stockte ihr der Atem. Von zwei Polizisten begleitet kam Paul aus der Notaufnahme in die Eingangshalle, die Schulter verbunden, den einen Arm in einer Schlinge, den anderen mit einer Handschelle an einen der Beamten gefesselt. Ihre Blicke trafen sich, und Elisa bekam sofort einen Kloß im Hals. Dir kann nichts passieren, sagte sie sich immer wieder. Du bist absolut sicher.

Sie konnte sehen, wie Paul etwas zu einem der Polizisten sagte und der zögerlich nickte. Kurz darauf standen die Männer vor ihr.

»Was willst du noch?«, fragte Elisa mit belegter Stimme.

»Ich wollte mich nur kurz von dir verabschieden.«

»In Ordnung. Tschüs.«

Der ältere der Polizisten wollte Paul wegziehen. »Einen Moment bitte noch«, bat der daraufhin. Der Mann verzog den Mund, nickte dann aber. »Ich werde dafür sorgen, dass der Fall noch mal neu aufgerollt wird. Vera hat der Polizei schon erzählt, was Max gesagt hat.«

»Aha!«

»Ich wäre dir dankbar, wenn du auch noch mal über alles nachdenken und dann mit der Polizei sprechen könntest. Was ist damals wirklich passiert, und was hat Max behauptet, dass es passiert ist. Bitte, Elisa.«

Elisa wusste nicht, was sie sagen sollte, und nickte nur.

»So, jetzt reicht es«, sagte nun auch der jüngere Polizist.

»Bist du da, wenn das alles vorbei ist?«, fragte Paul schnell. Doch Elisa zuckte nur mit den Schultern.

»Kommen Sie jetzt.« Die Beamten zogen Paul weiter. Kurz vorm Ausgang drehte er sich noch mal zu ihr um.

»Ich liebe dich«, formte er tonlos mit den Lippen und lächelte. Dann war er verschwunden.

Seine Worte hallten in ihr nach, während sie auf die große Drehtür starrte. Was war wirklich passiert, und was war behauptet worden? Konnte sie das überhaupt noch voneinander unterscheiden? Hatten sich Wahrheit und Fiktion möglicherweise längst zu einer eigenen Wahrheit vermischt?

»Ein Taxi bringt Sie gleich in die Notunterkunft. In zehn Minuten steht es vorm Eingang.« Sie hatte die Schwester gar nicht kommen hören und blickte erschrocken auf. »Und das haben Sie vergessen.« Sie reichte Elisa einen Plastikbeutel.

Es war der, den Paul ihr im Haus von Joachim und Vera gegeben hatte. »Alles Gute für Sie.«

»Danke. Für Sie auch.«

Die Schwester eilte weiter, und plötzlich fühlte sich Elisa doch allein in dieser Halle, in der es vor Menschen nur so wimmelte. Sie wünschte sich jemanden an die Seite, der ihr sagen konnte, was sie mit Paul und seinem Plastikbeutel am besten machen sollte.

»Das muss jetzt aufhören!«, sagte sie energisch und so laut, dass ihr Nebenmann, der sich ein Taschentuch gegen eine blutende Platzwunde drückte, erschrocken zusammenzuckte. Aber das war ihr egal.

Es musste jetzt endlich aufhören, sie wollte nicht länger die hilfsbedürftige, ängstliche Frau sein, die von irgendjemandem gerettet werden musste. Sie hatte in den letzten zwei Tagen eine der schlimmsten Naturkatastrophen überstanden, sie hatte es geschafft, da lebend rauszukommen, dann würde sie es ja wohl auch schaffen, so eine läppische Plastiktüte zu öffnen. Es gab einfach keinen Grund, davor Angst zu haben, was sollte denn schon passieren?

Unschlüssig knetete sie das Plastik zwischen den Händen und dachte immer wieder an Pauls Worte. Damals, als sie nach Lizzys Tod bei der Polizei ausgesagt hatte, hatte sie noch unter Schock gestanden. Sie war einige Tage im Krankenhaus gewesen und wegen Unterkühlung und Schock behandelt worden. Dass ihre Angstattacken bereits das Anfangsstadium verlassen hatten und sich prächtig entwickelten, ahnte damals noch niemand, am wenigsten sie selbst. Alle hielten es für normal, dass jemand nach so einem Ver-

brechen mit Ängsten zu kämpfen hatte. Als sie aus dem Krankenhaus kam, war Paul aufgrund der Aussagen von Max und der anderen Segler, deren Boote etwas abseits gelegen hatten, bereits verhaftet worden.

Nachdenklich blickte Elisa auf den Beutel. Die anderen Segler. Was hatten sie wirklich sehen können? Einen Streit zwischen zwei Männern, die handgreiflich wurden. Ein kleines Boot, das ins Wanken geriet. Zwei Frauen, die über Bord fielen. Hatten die Segler wirklich genau sehen können, dass Paul Lizzy gestoßen hatte? War das in dem Handgemenge überhaupt richtig zu erkennen gewesen?

Paul. Er hatte ein Motiv gehabt. So sah es jedenfalls das Gericht. Er wollte Lizzy loswerden, um mit ihr ein neues Leben anzufangen. Aber hatte Paul wirklich geglaubt, dass er Elisa so gewinnen könnte?

Max. Laut Paul hatte er Elisa über Bord gestoßen, und Lizzy war nur ins Wasser gefallen, weil sie ihre Schwester retten wollte. Max hatte immer behauptet, nichts von der Affäre gewusst zu haben. Er hatte keinen Grund, sie umzubringen. Oder doch?

Langsam öffnete sie den Beutel. Würde sie hier Antworten auf ihre Fragen finden? Vorsichtig zog sie einen dicken DIN-A4-Umschlag heraus. Er war nicht beschriftet, aber abgegriffen und fleckig. Elisa öffnete ihn und fand darin eine alte Kladde, außerdem einige Zettel.

»Tagebuch«, las sie leise die geschnörkelte Schrift vorn auf dem Heft. Ihr stockte der Atem, als sie erkannte, dass es die Handschrift ihrer Mutter war. Fast zärtlich strich sie mit dem Zeigefinger darüber. Sie wusste nicht, dass ihre Mutter

Tagebuch geführt hatte, auch wenn es sie nicht überraschte. Sie war so empfindsam und sensibel gewesen, hatte alle Probleme immer in sich hineingefressen. Und sich einige hier offensichtlich wieder von der Seele geschrieben.

Ein Tagebuch war fast so etwas wie ein Heiligtum. Es widersprach Elisas Prinzipien, es zu lesen, auch wenn es einer Verstorbenen gehörte. Aber es enthielt sehr wahrscheinlich die intimsten Gedanken ihrer Mutter, es war einfach nicht richtig, darin zu lesen.

Und wenn sie dadurch der Wahrheit ein Stück näher kam?

Zögerlich fuhr Elisa mit den Fingern über die abgewetzte Pappe. Dann schlug sie die Kladde auf.

Samstag, 31. März

Es ging alles viel einfacher, als Du gedacht hast, Mama. Zuerst hatte ich ein bisschen Sorge, dass der Cocktail zu schnell wirkt und er sich nicht mehr ins Auto setzt, aber Du weißt ja, wie Felix ist. Den hält nichts und niemand auf. Zum Glück muss man in diesem Fall sagen!

Leid tut es mir wegen Elisa. Sie hängt ja doch ganz schön an Felix. Vielleicht weil er ihr leiblicher Vater ist. Ich bin froh, dass Du mir kurz vor Deinem Tod noch erzählt hast, dass von seinen vergifteten Genen nichts in mir steckt. Rückblickend erklärt das so viel, und es erleichtert mich enorm.

Trotzdem kümmere ich mich natürlich um Elisa, das hatte ich dir versprochen, und es ist mir selbst ein Anliegen. Auch wenn wir nur Halbschwestern sind, fühle ich mich für sie verantwortlich. Sie ist manchmal so hilflos.

Um Papas Lieblingsmitarbeiter kümmere ich mich jetzt als Nächstes. Elisa und ich haben die Firma offiziell geerbt, ich müsste diesen verlogenen Max eigentlich rauswerfen können. Leider konnte ich nicht verhindern, dass Elisa sich in den Mistkerl verliebt hat. Sei mir nicht böse, Mama, aber psychisch kommt sie echt nach Dir.

Ich habe zunächst überlegt, ob ich ihr sagen soll, dass Max zuerst mich angemacht hat, dass es ihm nur um die Firma geht. Aber bei der ersten Andeutung hat Elisa das Gespräch sofort abgewürgt, wollte nichts davon hören. Ich glaube, sie ist sehr froh, dass Max sich als starker Tröster an ihrer Seite aufspielt, vielleicht braucht sie so was jetzt auch.

Aber es wird nicht gut ausgehen. Mit einem wie Max kann es gar nicht gut ausgehen.

Vielleicht sollte ich mich mit Kommentaren aber auch besser zurückhalten. Ich kann schließlich nicht ausschließen, dass die beiden sich wirklich lieben. Auch wenn ich es mir nicht vorstellen kann.

Paul hast Du nicht mehr kennengelernt. Du hättest ihn gemocht, aber er ist kein Mann für die Ewigkeit. Aber jetzt gerade tut er mir gut.

Wie gerne würde ich das alles mit Dir besprechen! Du fehlst mir so, Mama!

. . .

Montag, 8. Oktober

Jetzt bist Du schon ein Jahr tot.

Aber es läuft alles so, wie Du es wolltest. Max ist raus aus der Firma, ich regle jetzt alles allein. Elisa kann sich noch nicht in die Firma einbringen, sie ist noch zu mitgenommen. Paul unterstützt mich auch nicht besonders, er ist einfach durch und durch Lehrer. Ich glaube, wir werden uns bald trennen, unsere Leben sind einfach zu unterschiedlich.

Deine Meinung zu ihm hätte mich interessiert.

. . .

Freitag, 14. Dezember

Mit Paul läuft es immer schlechter. Ich weiß nicht, ob ich Dir die versprochenen Enkelkinder so schnell liefern kann. Eher nicht. Jedenfalls nicht mit ihm. Inzwischen ist er wie ein kleiner Bruder für mich. Manchmal denke ich, er würde viel besser zu Elisa passen. Ich hätte nichts dagegen, wenn sie Max in den Wind schießen und dafür Paul nehmen würde.

...

Donnerstag, 25. April

Ich bin heute ins Gästezimmer gezogen. Glaube, das mit Paul ist vorbei.

Max hat eben Deine alten Medikamente mitgenommen, um sie zu entsorgen. Wir konnten das Fentanyl und die ganzen Morphine ja nicht einfach ins Klo werfen. Ich fand's nett, dass er das übernommen hat, nach allem, was war. Unser Verhältnis ist ja schon lange nicht mehr das beste. Ich glaube, mit Elisa und Max erledigt sich das auch gerade von selbst. Ich sehe die beiden jedenfalls kaum noch zusammen. Dafür scheint sie sich mit Paul immer besser zu verstehen. Mir soll es egal sein.

In Bachemdorf ist eine traumhafte Wohnung frei geworden. Ich überlege, sie zu mieten. Von da bis zur Firma ist es nicht weit, Paul und ich könnten ein bisschen Abstand bekommen, und Elisa und ich vielleicht auch. Keine Sorge, ich werde mein Versprechen weiterhin halten und mich um sie kümmern, aber manchmal brauche ich einfach meine Ruhe. Sie hört überhaupt nicht mehr auf zu trauern.

Es gibt Tage, an denen würde ich ihr am liebsten erklären, um wen sie da so trauert. Was Felix wirklich für ein
Mensch war, wie er Dich behandelt hat, mich, wie er Max
in die Firma geholt und was er ihm alles versprochen hat.
Diese Männerseilschaften regen mich so auf. Was glauben
die eigentlich, wie sie mit uns umspringen können?

Nun, Felix hatte sich ja dann doch verrechnet. Und jetzt,
wo ich weiß, wie es geht, überlege ich, mit Max dasselbe zu
machen. Es war so einfach.

26

Seit gut vier Stunden waren sie jetzt unterwegs. Die Höllentalklamm zählte zu den anspruchsvolleren Bergwanderwegen. Zunächst war es noch recht zivil bergauf gegangen, aber inzwischen verlief der schmale Pfad direkt entlang eines Abhangs. Ein falscher Schritt konnte zu einem schweren Sturz führen. Der steile Hang bestand zwar aus einer Wiese, aber zwischen dem Grün lugten immer wieder Felsbrocken und Gestein hervor. Zum Skifahren würde dieser Hang im Winter bestimmt nicht genutzt werden, dachte Elisa.

Obwohl sie keine erfahrene Bergwanderin war, hatte sie bisher alles problemlos meistern können. Einzig die immer stärker werdende Steigung machte ihr langsam zu schaffen. Die Oberschenkel brannten, und der Schweiß lief ihr aus den Poren. Sie hatte bisher nur in gute Wanderschuhe investiert und den Kauf teurer Funktionskleidung erst mal verschoben. Ein Fehler, wie sie jetzt feststellte, und sie beschloss, sich als Nächstes mit atmungsaktiven Hosen und Shirts einzudecken.

Elisa liebte das Wandern in den Bergen, das sie erst nach

ihrem Umzug in das kleine Dorf in der Nähe von Garmisch-Partenkirchen für sich entdeckt hatte. Sie bekam den Kopf frei, konnte sich ganz auf sich konzentrieren und über Dinge nachdenken, die sie sonst am liebsten verdrängte.

So wie das Tagebuch.

Sie hatte keine Ahnung gehabt, dass ihre Mutter Tagebuch geschrieben hatte. Und erst recht nicht, dass Lizzy es nach ihrem Tod offenbar weiterführte. Alles, was Elisa darin las, schockierte sie zutiefst. Sie hatte das Gefühl, dass es in dem Tagebuch nicht um die Familie ging, die sie kannte, in der sie aufgewachsen und die ihr vertraut war, sondern vielmehr um völlig Fremde, mit denen sie noch nie ein Wort gewechselt hatte. Es war für sie bis heute unbegreiflich, dass ihr Vater, ihre Mutter und ihre Schwester ein Leben führten, das völlig anders war, als Elisa es immer wahrnahm. Beim Lesen des Tagebuchs war sie in eine Art Paralleluniversum eingetaucht, von dessen Existenz sie nie etwas geahnt hatte.

Dass Lizzy und ihr Vater immer ein schwieriges Verhältnis gehabt hatten, war Elisa zwar durchaus bewusst gewesen, aber dass Lizzy für Papas Tod verantwortlich sein sollte, das konnte Elisa bis heute kaum glauben. Konnte das wirklich stimmen? Oder hatte sie die Passage im Tagebuch missverstanden?

Zigmal hatte sie den Tag, an dem ihr Vater verunglückt war, Revue passieren lassen. Die Blutdruckmittel hatten immer in der Küche gestanden, in einem dunklen Röhrchen neben den Teebeuteln. Routiniert griff er morgens, mittags und abends danach, ohne groß hinzuschauen. Es wäre nicht schwierig gewesen, die Tabletten auszutauschen, ihnen ein-

fach etwas von Mamas Morphin unterzumischen, ohne dass Papa es bemerkt hätte.

Elisa sah ihren Vater genau vor sich. Mit dem Daumen drückte er den Verschluss des Röhrchens auf, warf sich eine Tablette in den Mund, verschloss es wieder und steckte es in die Tasche, weil er es auf seine Reise mitnehmen musste.

»Ich bin morgen Abend zurück, mein Schatz«, hatte er zu ihr gesagt, ihr einen Kuss auf die Stirn gedrückt, Lizzy nur kurz zugenickt und war dann in sein Auto gestiegen. Eine lange Fahrt hatte er vor sich, zu einer Süßwarenmesse, die über fünfhundert Kilometer entfernt stattfand. Zwei Stunden später zerschellte sein Audi an einem Baum und ging sofort in Flammen auf. Als die Einsatzkräfte vor Ort waren, konnten sie nur noch seinen verkohlten Leichnam bergen. Anhand einer DNA-Probe musste er identifiziert werden.

Und dafür war Lizzy verantwortlich?

Der Moment, als die beiden Polizisten vor ihrer Haustür standen, hatte sich für immer in Elisas Gedächtnis gebrannt. So oft hatte sie die betroffenen Mienen der beiden Beamten vor sich gesehen, als sie ihnen die Todesnachricht überbracht hatten. Wie hatte Lizzy damals reagiert?

Elisa versuchte, sich so gut wie möglich an ihren Gesichtsausdruck zu erinnern. Aber es gelang ihr nicht. Lizzy hatte hinter ihr gestanden, die Arme um sie gelegt und sie aufgefangen, als Elisa weinend zusammengebrochen war. Das war alles, woran sie sich erinnerte.

Und die Tage danach? Elisa hatte nur weinend im Bett gelegen, während Lizzy alles organisiert hatte, die Beerdi-

gung, die Angelegenheiten in der Firma, einfach alles. Ihre Klarheit in diesen schrecklichen Zeiten hatte nun einen anderen Beigeschmack bekommen. Niemals hätte sie Lizzy so etwas zugetraut.

Ja, Papa und sie waren nie miteinander klargekommen. Das war Elisa nicht entgangen. Aber sie hatte sich nichts dabei gedacht, in vielen Familien war es doch so, dass ein Kind sich mit der Mutter enger verbunden fühlte und das andere mit dem Vater. Dass Papa nicht Lizzys leiblicher Vater war und dass er sich so mies ihr und ihrer Mutter gegenüber verhalten hatte, davon hatte Elisa erst aus dem Tagebuch erfahren.

Wie hatte sie jahrelang so blind sein können? Warum hatte sie nichts davon mitbekommen? Weil sie immer nur mit sich und ihren eigenen Problemen beschäftig war, dachte Elisa und schluckte den Kloß in ihrem Hals herunter.

Sie war schon immer das Sensibelchen von den beiden Schwestern gewesen. Wenn Lizzy eine Fünf in der Schule geschrieben hatte, hatte sie dem Lehrer lachend ins Gesicht gesagt, dass die nächste Arbeit eine Zwei werden würde. Elisa dagegen hatte schon bei einer Vier geweint. Lizzy hatte nie Liebeskummer gehabt, Elisa hatte er fertiggemacht. Für sie hatte es immer nur Probleme gegeben, alle ihre Gedanken hatten sich darum gedreht. Für die Sorgen anderer hatte sie keine Kapazitäten mehr gehabt, zu sehr war sie mit ihren eigenen Missständen beschäftigt gewesen. Das war die einzige Erklärung, die sie für ihre Blindheit hatte. Eine Entschuldigung war es nicht.

Lizzy hatte recht gehabt, dass Elisa die Psyche ihrer Mutter geerbt hatte. Genau wie sie hatte Elisa sich immer vor Problemen versteckt, war ihr Leben lang Streit aus dem Weg gegangen, hatte nie einen vernünftigen Umgang mit Konflikten gefunden, hatte alles in sich hineingefressen und Stunden darüber gegrübelt. Das war ihr schlagartig bewusst geworden, als sie das Tagebuch gelesen hatte.

Wie sich Geschichte manchmal wiederholte, dachte sie, während sie über die saftigen grünen Wiesen nach unten ins Tal blickte. Dutzende hellbrauner Kühe grasten friedlich auf der Weide, hatten keine Probleme, am steilen Hang zu stehen. Bayern war im Sommer wunderschön. Besonders schön fand sie, dass es so weit von der Küste entfernt lag.

Ihr geliebter Vater hatte ihre Mutter nur geheiratet, um an die Firma zu kommen. Und Max hatte dasselbe Spiel noch einmal gespielt, hatte es erst bei Lizzy versucht und dann bei Elisa Erfolg gehabt.

Sofort spürte sie wieder diesen Stich in der Magengegend, den sie immer bekam, sobald sie über Max und Lizzy nachdachte. Sie konnte einfach nicht verstehen, warum ihre Schwester sie nicht vor Max gewarnt hatte. Wenn er es vorher schon bei ihr versucht hatte, dann hätte sie Elisa doch etwas davon erzählen müssen. Ihr Verhältnis mit Lizzy war eng und vertrauensvoll gewesen – das war es doch, oder?

Sie erschlug eine Mücke auf ihrem Arm und versuchte, sich die Szenen in Erinnerung zu rufen, die sie als besonders innige Schwesterbegegnungen in ihrem Gedächtnis gespeichert hatte. Sie dachte an den Moment, als ihre Mut-

ter und Lizzy ihr gesagt hatten, dass Mama Krebs hatte, wie sie alle geweint und Elisa in den Arm genommen hatten.

Sie ging weiter in der Zeit zurück, dachte an ihre Abiturfeier, als Lizzy und Mama sie mit einem tollen Spa-Tag überrascht hatten. Sie dachte daran, wie sie bei Albträumen zu Lizzy ins Bett geklettert war und ihre große Schwester sie getröstet hatte. Mama war auch meistens dazugekommen, und dann hatten sie zu dritt in Lizzys Bett gelegen und sich Geschichten erzählt.

Elisa wischte sich den Schweiß von der Stirn. In allen innigen Erinnerungen mit Lizzy tauchte immer ihre Mutter auf. Es gab eigentlich keine, die sie mit Lizzy allein hatte.

Waren es wirklich gemeinsame Erlebnisse mit Lizzy gewesen, an die sie sich erinnerte? Oder hatte Elisa nur die innigen Augenblicke zwischen ihrer Mutter und Lizzy gekreuzt? Nicht sie war eng mit ihrer Schwester gewesen, sondern ihre Mutter. Und vielleicht hatte Elisa auch deshalb die Nähe zu ihrem Vater gesucht und war blind gegenüber seinem Verhalten gewesen, weil sie sich auch nach so einem innigen Verhältnis gesehnt hatte. Dass ihr Vater sich den beiden gegenüber so mies verhalten hatte, dass sie seinen Tod planten, konnte Elisa trotz allem Grübeln bis heute nicht begreifen.

»Brauchst du eine Pause?« Paul war ein paar Meter vor ihr stehen geblieben und strahlte sie an. Den Bart hatte er inzwischen wieder abrasiert, aber sein muskulöses Äußeres war geblieben. Vielleicht auch, weil er neben seinem Job am Gymnasium im Nachbarort auch noch als Wanderführer arbeitete.

»Nein. Aber du, was?«

Er lachte. »Hast du noch Wasser?«

Elisa holte ihre Wasserflasche aus dem Rucksack und reichte sie ihm. Durstig trank Paul die halbe Flasche leer.

Hätte man ihr vor über einem Jahr gesagt, dass sie heute mit Paul in Bayern leben würde, dann hätte sie denjenigen für verrückt erklärt. Aber es hatte sich alles ineinandergefügt, ohne dass Elisa die Dinge selbst in die Wege geleitet hatte.

Paul wischte sich den Schweiß von der Stirn. »Geht es dir gut?«

Sie verdrehte übertrieben die Augen. »Es geht mir blendend! Du sollst dir nicht immer so viel Sorgen machen!«

Er drückte ihr einen Kuss auf den Mund und grinste. »Sorry, aber von nichts kommt nichts.«

Sie seufzte. »Ich weiß.«

Natürlich machte Paul sich nicht grundlos Sorgen um sie, das wusste sie auch. Nachdem sich ihr altes Leben in der Sturmflut aufgelöst hatte, hatte sie sich für einen Tablettenentzug entschieden. Die Ärzte rieten ihr, dafür die vertraute, aber eben auch traumatisierende Umgebung zu verlassen, und hatten ihr einen Therapieplatz in einer Entzugsklinik empfohlen, die nur zwanzig Kilometer von Garmisch entfernt lag. Drei Monate war sie dort geblieben, der Entzug war schmerzhaft gewesen, sowohl körperlich als auch psychisch. Paul wusste das. Und er wusste auch, wie hoch die Rückfallquote bei Suchtkranken war.

Aber Elisa war jetzt seit geraumer Zeit clean, auch wenn sie selbst nicht glaubte, dass sie ihre Sucht schon völlig

überwunden hatte. Der Suchtdruck war nicht mehr so groß wie früher, aber manchmal überkam er sie noch. Besonders in stressigen und herausfordernden Situationen schlich sich wieder der Gedanke an die vermeintlich immer helfenden Tabletten ein.

Deshalb hatte sie sich nach dem Entzug auch ein Zimmer hier in der Nähe genommen, um weiterhin alle Therapieangebote in der Klinik wahrnehmen zu können und ihre Angststörung endgültig in den Griff zu kriegen. Und irgendwann hatte Paul vor ihrer Tür gestanden.

Der Fall war wieder aufgenommen und Paul freigesprochen worden. Dass Max ihnen an Bord des Segelbootes K.-o.-Tropfen verabreicht hatte, erschien dem Gericht nach der neuen Beweislage glaubhaft. Nicht nur Elisa hatte das bestätigt, auch die Passagen im Tagebuch, das sie dem Gericht vorgelegt hatte, sprachen dafür. Außerdem sagten sowohl Vera als auch Joachim für ihn aus. Sie hatten geschildert, was Max am Abend des Dammbruchs über Lizzys Tod gesagt hatte. Zusätzlich hatten noch eine Mutter und ihre Teenagertochter für Paul ausgesagt, die er vor einem entflohenen Gewalttäter beschützt hatte, der bis heute nicht wieder in Haft genommen werden konnte. Keiner wusste, was aus dem zweifachen Mörder geworden war. Die Flut hatte nicht jeden wieder hergegeben.

Seit zwei Monaten wohnte Elisa jetzt mit Paul zusammen. Sie waren in eine hübsche Wohnung mit Blick auf die Zugspitze gezogen, beide willens, ihr altes Leben im Norden für immer hinter sich zu lassen und ganz neu anzufangen.

»Sandra hat mir gestern geschrieben«, sagte Elisa, nachdem sie auch etwas getrunken hatte.

»Wer ist Sandra?«

»Sorry, Vera. Sie hat den dritten Zyklus der Chemotherapie gut überstanden. Mit ein bisschen Glück hat sie jetzt Ruhe.«

Nur wenige Tage nach ihrer Rettung war Vera operiert und der Tumor entfernt worden. Es stellte sich heraus, dass er bösartig war, aber noch nicht gestreut hatte. Sie hatte gute Chancen, den Krebs zu besiegen und wieder ganz gesund zu werden.

»Das freut mich für sie. Waren die Nebenwirkungen schlimm?«

»Sie meinte, es wäre auszuhalten gewesen«, antwortete Elisa. »Wahrscheinlich fühlt sie sich allein deshalb schon besser, weil sie sich von Joachim getrennt hat.«

Paul nickte. »Der hat im Moment ja sowieso die Kacke am Dampfen. Muss er nicht das gesamte erschlichene Geld von der Versicherung zurückzahlen?«

»Allerdings. Und eine saftige Geldstrafe obendrauf.«

»Wenn er damit davonkommt, hat er noch Glück«, meinte Paul. »Das Verfahren wegen Betrugs und Störung der Totenruhe läuft ja noch.«

»Das zieht sich alles ganz schön hin.«

»Ja, hat ja auch lange gedauert, bis man die sterblichen Überreste seiner Frau gefunden hat«, meinte Paul.

»Stimmt. Und dann hat es noch mal ewig gedauert, bis sie festgestellt haben, dass sie eines natürlichen Todes ge-

storben ist.« Elisa packte die Wasserflasche wieder in ihren Rucksack. »Sollen wir weiter?«

»Immer! Mit dir laufe ich bis zur Zugspitze.«

Elisa lachte. »Heute nicht!«

Als hätte er nicht Wasser, sondern Energie getankt, marschierte Paul mit festem Schritt weiter den Berg hinauf. Sportlich und deutlich schneller, als es ihre Kräfte noch zuließen. Elisa war froh, dass er sie jetzt nicht mehr ansehen konnte. Sie wusste genau, dass sich auf ihrer Stirn tiefe Sorgenfalten gebildet hatten, als sie über die sterblichen Überreste von Joachims Frau sprachen, dass ihr Blick verkniffen war und ihre Lippen zusammengepresst. So wie immer, wenn sich Max in ihre Gedanken schlich.

Denn im Gegensatz zu der Frauenleiche war Max' Körper bis heute nicht gefunden worden. Es wurde vermutet, dass er aufs Meer hinausgetrieben wurde. Ein Schicksal, das viele andere auch erlitten hatten. Insgesamt waren über hundert Menschen bei der Sturmflut ums Leben gekommen, viele wurden immer noch vermisst, und die Hoffnung, sie zu finden, war längst aufgegeben worden. Nach einem Jahr gab das Meer niemanden mehr her.

Elisa fuhr sich mit den Händen über das Gesicht und versuchte, die verspannte Muskulatur ihrer Wangen zu lockern. Sie wollte nicht mehr über Max nachdenken, aber er ging ihr einfach nicht aus dem Kopf. Vor allen Dingen auf eine Frage hatte sie noch keine richtige Antwort bekommen. Ein paar Mal hatte sie Paul schon darauf angesprochen, aber er war ihr immer ausgewichen oder hatte nur schwammig geantwortet.

»Ich habe nie eine Erklärung dafür gefunden, woher Max eigentlich von uns wusste«, sagte sie plötzlich atemlos.

»Das hatten wir doch schon zigmal.« Paul drehte sich noch nicht mal zu ihr um, wanderte einfach weiter. Er klang genervt.

»Aber du hast mir nie eine richtige Antwort gegeben!«

»Können wir das nicht endlich abhaken?«

»Jetzt warte doch mal!«, rief Elisa. »Ich hab das Gefühl, dass du mir bei dieser Frage jedes Mal ausweichst. Paul! Das geht so nicht! Wir haben uns versprochen, immer ehrlich zueinander zu sein. Bleib doch mal stehen, Mann!«

Paul seufzte laut, blieb aber stehen und drehte sich langsam zu ihr um. »Ja, du hast recht. Das haben wir uns versprochen. Aber ist diese Sache wirklich so wichtig für dich?«

»Ja. Ich muss das alles verstehen, und dafür muss ich es wissen. Bitte.« Sie zögerte kurz, ob sie das aussprechen sollte, was ihr schon so lange durch den Kopf ging. »Hast du es ihm gesagt?«

Pauls Kiefermuskeln traten hervor. Er rang mit den Händen und schien nach den richtigen Worten zu suchen. Dann nickte er kurz, drehte sich um und lief weiter den steilen Weg hinauf.

»Hey, halt, warte!« Elisa war mit einem Satz bei ihm und hielt ihm am Arm fest. »Warum? Warum hast du das getan?«

Langsam drehte er sich wieder zu ihr um und sah sie ernst an. »Na, warum wohl! Weil ich dich liebe. Weil ich wollte, dass ihr euch scheiden lasst. Wenn ich geahnt hätte, was ich dadurch auslöse, hätte ich logischerweise meine Klappe gehalten. Können wir das Thema damit beenden?«

»Ja«, sagte Elisa leise.

»Danke.« Er gab ihr einen Kuss. »Es war dumm von mir, und es tut mir wahnsinnig leid, okay?«

Sie nickte nur.

»Gut. Komm, sonst wird es dunkel, bevor wir zurück sind«, sagte Paul und marschierte weiter den schmalen Pfad hinauf.

Elisa brauchte einen Moment, bevor sie weitergehen konnte. Sie spürte, wie ihre Gedanken wieder zu rasen begannen, so wie früher, wenn sich eine Panikattacke ankündigte. Sie hatte geahnt, dass Paul es gewesen war, der Max von der Affäre erzählt hatte. Auch dass er es aus Liebe getan hatte, schien plausibel. Trotzdem keimte in Elisa der Verdacht auf, dass Paul Lizzys Tod ganz gelegen gekommen war. Wäre er nicht verurteilt worden, dann hätte er ihr Vermögen geerbt und die geschiedene Elisa heiraten können.

Sie schüttelte über sich selbst den Kopf. Nur weil es in ihrer Familie Männer gegeben hatte, denen die verdammte Firma und das damit verbundene Geld wichtiger als alles andere gewesen war, musste das noch lange nicht für Paul gelten. Niemals würde sie ihm so ein berechnendes Verhalten zutrauen. Elisa war felsenfest davon überzeugt, dass Paul nicht in der Lage war, einen Menschen zu töten. Niemandem war Gewalt so fremd wie Paul, der jede Spinne mit der Hand nach draußen trug und keiner Fliege etwas zuleide tun konnte.

Elisa atmete tief in den Bauch hinein. Sie drückte die Schultern nach hinten und schüttelte ihren Oberkörper, so wie sie es in der Therapie gelernt hatte.

Weg mit diesen dunkeln Gedanken! Was vergangen ist, ist vergangen. Du lebst im Hier und Jetzt, in diesem Augenblick.

Bei jeder Sitzung in der Klinik sagte sie das gemeinsam mit den anderen Teilnehmern, und Elisa bemühte sich, es jeden Tag von Neuem umzusetzen.

Ganz bewusst versuchte sie zu lächeln, und tatsächlich half dieser einfache Trick, sich gleich ein bisschen besser zu fühlen. Energisch setzte sie sich in Bewegung und beschleunigte ihr Tempo, um so zu Paul aufzuschließen, der bereits einige Meter von ihr entfernt war.

Mit einem Mal spürte Elisa einen heftigen Stoß gegen den Rücken. Nur einen Wimpernschlag später stürzte sie mit einem lauten Schrei den Abhang hinunter. Sie rutschte über das Gras, stieß sich an Wurzeln und Steinen, überschlug sich, während sie krampfhaft versuchte, mit ihren Händen Halt an der steilen Fläche zu finden. Sie spürte mehrere Fingernägel brechen, ihre Hose zerriss, ihre Knie schürften blutig auf. Sie war nicht in der Lage, nach Hilfe zu rufen, konnte nur panische Laute von sich geben.

»Elisa!« Pauls Stimme war weit weg, zu weit, er würde ihr nicht helfen können.

Sie rutschte immer weiter, immer schneller. Bis sie plötzlich mit einem heftigen Ruck nach hinten gerissen wurde. Ihre Schultern schmerzten, schienen ausgerenkt. Mit merkwürdig verdrehten Armen blieb sie liegen, nicht weit von einem großen Felsen entfernt.

Stillstand. Du fällst nicht mehr. Gott sei Dank! Du lebst.

Sie brauchte einen Augenblick, um zu realisieren, was

passiert war. Ihr Rucksack hatte sich an einem Ast verfangen und ihren Sturz aufgehalten. Sie baumelte an ihm und konnte nur hoffen, dass er nicht brach.

Elisa hörte Paul immer noch rufen. Vorsichtig und darauf bedacht, keine unnötige Bewegung zu machen, drehte sie ihren Kopf zum Hang und sah, wie er vorsichtig zu ihr abstieg.

»Elisa! Um Himmels willen! Bist du okay? Hast du dich verletzt?«

»Es geht mir gut!«, rief sie ihm zu. »Aber du musst mir helfen, ich komm hier allein nicht raus!«

Kurz darauf war er bei ihr, sorgte für einen sicheren Stand unter seinen Füßen und befreite sie aus dem Rucksack. Erleichtert schloss er sie in die Arme.

»Verdammt noch mal, ich dachte schon, du stoppst erst unten im Tal«, murmelte er, während er sie an sich drückte. »Wie konnte das passieren?«

»Keine Ahnung ...«

Elisa blickte hinter Paul zum Weg hoch, der vielleicht dreißig Meter über ihr lag. Im selben Augenblick verkrampfte sich alles in ihr. Ein Mann, die Baseballkappe tief ins Gesicht gezogen, stand oben auf dem Pfad und sah zu ihr herunter. Dann eilte er in den Wald und war im nächsten Moment verschwunden.

»Wirklich alles in Ordnung?«, fragte Paul erneut. Er löste sich aus der Umarmung und sah sie prüfend an.

Ein Schauer lief Elisa über den Rücken, und sie spürte, wie ihr Herz schneller schlug. Nein, das konnte unmöglich Max gewesen sein.

Sie hob den Blick und zwang sich zu einem Lächeln. »Ja, alles gut«, sagte sie, obwohl sie spürte, dass das nicht stimmte.

Der Blick ins abgrundtief Böse

Eine Frau in Todesangst. Sie kann nicht schreien, ein Knebel verstopft ihren Mund. Sie ist auf einer Pritsche fixiert und kann sich keinen Zentimeter bewegen.

Der »Seelenleser« Tom Bachmann bekommt einen Anruf von einer alten Bekannten, deren Freundin verschwunden ist. Niemand nimmt ihren Verdacht ernst, da die Vermisste noch Fotos von sich auf Instagram hochlädt. Als Tom erkennt, dass die Frau auf den Bildern tot ist, wird ihm klar: Wer seine Opfer auf diese Art und Weise ausstellt, mordet nicht zum ersten Mal.

Chris Meyer
Der Follower
Thriller

Taschenbuch
Auch als E-Book erhältlich
www.ullstein.de

ullstein

Du willst nicht aufwachen, denn vor dir steht das Böse

Ein Mann hängt nackt und gefesselt an einem Fleischerhaken. Vor ihm steht ein Killer, der fachkundig ein Messer schärft. Das Opfer wünscht sich vergeblich, alles sei nur ein Albtraum. Auf dem noch ruhigen Wochenmarkt baut die Metzgersfrau gerade ihren Stand auf, als sie unter einer Plane einen bestialisch zugerichteten Toten findet, dem ein Stück aus dem Bauch fehlt. Tom Bachmann, Spezialist beim BKA für gestörte Psychokiller, jagt einen Mörder, der vor nichts zurückschreckt. Und der schon bald wieder nach dem Messer greift.

Chris Meyer
Der Schlachter
Thriller

Taschenbuch
Auch als E-Book erhältlich
www.ullstein.de

ullstein

Ein grausamer Killer fordert Profiler Robert Hunter heraus

Los Angeles: Die Leiche einer jungen Frau wird gefunden, zu Tode gequält und bestialisch verstümmelt. Keinerlei Spuren. Bis auf ein in den Nacken geritztes Kreuz, ein Teufelsmal: das Erkennungszeichen eines hingerichteten Serienmörders. Detective und Profiler Robert Hunter wird schnell klar, dass der Kruzifix-Killer lebt. Er mordet auf spektakuläre Weise weiter. Und er ist Hunter immer einen Schritt voraus - denn er kennt ihn gut. Zu gut.

Chris Carter
Der Kruzifix-Killer
Thriller

Aus dem Englischen von Maja Rößner
Hardcover
Auch als E-Book erhältlich
www.ullstein.de

Schließ deine Augen und bitte um einen schnellen Tod

Bei der Autopsie eines Verkehrsopfers entdeckt Gerichtsmedizinerin Dr. Hove etwas Seltsames. Tödliche Wunden unter der Haut, die nicht vom Unfall stammen können. Sie ist auf das Werk eines Serienkillers gestoßen. Unbemerkt und mit enormer Expertise lässt er jeden seiner brutalen Morde wie ein zufälliges Unglück aussehen. Dr. Hove meldet ihren Verdacht Robert Hunter und Carlos Garcia vom LAPD Ultra Violent Crimes Unit. Die Detectives stehen vor einem Problem. Wie ermittelt man in einer Mordserie, wenn die Opfer nicht bekannt sind? Wie fängt man einen Killer, wenn es keinen Tatort gibt? Wie stellt man einen sadistischen Jäger, der ausgesprochen vorsichtig vorgeht? Wie hält man einen Unsichtbaren auf, dessen Existenz nicht zu beweisen ist?

Chris Carter
Der Totenarzt
Thriller

Aus dem Englischen von Sybille Uplegger
Taschenbuch
Auch als E-Book erhältlich
www.ullstein.de

ullstein

Der Mentor sprach: Töte!

Zwei Frauenleichen, regelrecht abgeschlachtet und im Wald verscharrt. Im Nacken tragen sie eingeritzt die Zahlen I und III. Von Leiche Nummer II fehlt jede Spur. Für den Heidelberger Kommissar Jakob Krohn eine absolute Ausnahmesituation. Hilfe verspricht er sich von einer Sondereinheit des LKA München, doch Fallanalytikerin Nova Winter ermittelt am liebsten im Alleingang. Die beiden müssen sich zusammenraufen, denn die Spur führt zu einem studentischen Geheimbund und einem grausamen Antagonisten, der gerade erst mit dem Töten begonnen hat ...

Svenja Diel
Der Mentor
Thriller

Taschenbuch
Auch als E-Book erhältlich
www.ullstein.de

Stina Westerkamp
Nachtflut